KB015156

죽은 시인의 사회

DEAD POETS SOCIETY

by
N.H. Kleinbaum

A novel by N.H. Kleinbaum. Based on the motion picture from Touchstone Pictures. Produced by Steven Haft, Paul Junger Witt, Tony Thomas. Based on the motion picture written by Tom Schulman. Directed by Peter Weir

Touchstone Pictures presents in associted with Silver Screen Partners IV a Steven Haft Production in associattion with Wiitt-Thomas Productions
A Peter Weir Film
Robin Williams
Dead Poets Society
Written by Tom Schulman
Produced by Steven Haft, Paul Junger Witt, Tony Thoms
Directed by Peter Weir
Distributed by Buena Vista Pictures Distriduction, Inc.
(c) 1989 Touchstone Pictures

DEAD POETS SOCIETY

A novel by N.H. Kleinbaum based on the motion picture written
by Tom Schulman
Copyright © 1989 by Touchstone Pictures.
All rights reserved.
Originally published in the United States and Canada
by Bantam Books
DEAD POETS SOCIETY
Korean translation copyright © 2003 by Seokyo Publishing Co.
This translated Korean edition published by arrangement with Hyperion, New York through
Korea Copyright Center, Seoul.

이 책의 한국어판 저작권은 한국저작권센터(KCC)를 통한
저작권자와의 독점계약으로 서교출판사에 있습니다.
저작권법에 의해 한국 내에서 보호를 받는 저작물이므로 무단전재와 복제를 금합니다.

DEAD POETS SOCIETY

"내가 왜 이 위에 섰는지 이유를 아는 사람?
이 위에 선 이유는 사물을 다른 각도에서 보려는 거야.
이 위에서 보면 세상이 아주 다르게 보이지.
믿기지 않는다면 너희들도 한 번 해봐. 어서, 어서!
어떤 사실을 안다고 생각할 때 그것을 다른 시각에서도 봐야 해.
틀리고 바보 같은 일일지라도 시도를 해 봐야 해."

영화 '죽은 시인의 사회' 중에서

서교출판사

1

웰튼 아카데미는 미국에서 가장 좋은 사립 고등학교 중 한 곳이다. 이 명문 사립학교는 미국 북동부에 있는 버몬트 주의 한적한 구릉지대에 우뚝 서 있다. 100년 전통의 유명세를 뒷받침이라도 하듯 고색창연한 석조 건물들과 캠퍼스를 온통 삼켜 버릴 듯 빽빽이 들어서 있는 숲은 보는 사람으로 하여금 경외심마저 들게 했다. 더구나 캠퍼스 앞을 휘돌아 나가는 강물의 힘찬 흐름이나, 그 강을 터 삼아 떼지어 날고 있는 물새들의 세찬 날갯짓은 이 학교가 단지 전통 속에 사라져 간 유물이 아니고 지금도 여전히 그 유명세에 걸맞은 위치를 유지하고 있음을 은근히 말해 주고 있었다.

웰튼 아카데미의 여러 석조 건물 가운데 가장 오래되고 눈에 잘 띄는 교회 안에서는 지금 막 입학식이 시작되고 있다. 긴 통로 양쪽에는 교복을 단정히 갖춰 입은 300여 명의 학생들이 자리를 꽉 메우고 있었다. 학생들 뒤쪽에는 학부모들이 앉아 있었는데, 학부모들은 자랑스럽다 못해 거만해보일 정도로 자신만만한 표정을 짓고 있었다. 모두들 부러워하는 웰튼 아카데미에 아들을 보냈다는 일종의 강한 승리감의 표시였다.

교회 안은 옆 사람의 숨소리가 들릴 정도로 조용했다. 감히 바스락 소리도 내서는 안 될 것 같은 어떤 강한 위압감이 사람들을 내리 누르고 있었다. 사람들은 그런 엄숙한 분위기를 즐기기라도 하는 듯 고개를 빳빳이 든 채 앞만 쳐다보고 있었다.

잠시 후 무거운 분위기를 깨고 스코틀랜드식 백파이프 연주가 잔잔히 울려 퍼졌다. 입학식이 시작된 것이다. 백파이프 연주에 맞춰 값비싼 예복을 입은 노신사가 나타났다. 노신사는 키는 작았지만 어딘지 모르게 권위 의식으로 똘똘 뭉친 듯한 분위기를 자아냈다.

노신사는 조심스럽게 초에 불을 붙인 뒤 그 촛불을 들고 교회 안으로 들어섰다. 노신사를 따라 4명의 학생이 잔뜩 긴장한 표정으로 웰튼 아카데미의 네 가지 교훈을 새긴 깃발을 들고 들어왔다. 그 뒤로는 한껏 멋을 낸 예복 차림의 교사들과 웰튼 아카데미의 동문들이 고급 대리석으로 꾸며진 교회 통로를 따라 교회 안쪽에 마련해 놓은 단상으로 향했다. 교회 안을 울리고 있던 백파이프 소리는 점점 더 잦아들면서 그 여운이 실내를 온통 위압하고 있었다.

웰튼 아카데미의 교장 놀런 게일은 60대 초반의 남자로 몸집이 매우 마른 편이었다. 단상에 서 있던 그는 만족스러운 표정으로 이들의 입장을 지켜보고 있었다. 잠시 후 모든 행렬이 끝나고 모두들 제자리를 찾아 자리를 잡고 앉았다. 백파이프 연주자들은 단상 한쪽에 가지런히 줄을 맞추어 앉았고, 웰튼 아카데미의 교훈 깃발을 들고 입장했던 4명의 학생들도 '전통', '명예', '규율', '최고'라고 쓰인 각자의 깃발을 조심스레 내려놓은 뒤 미리 정해 놓은 자리에 허리를 꼿꼿이 하고 앉았다.

마침내 본격적인 입학식이 시작되었다. 놀런 교장은 근엄한 표정을 지으며 말했다.

"존경하는 학부모 여러분! 그리고 이 자리에 모인 학생 여러분!"

그의 목소리는 마이크 없이도 교회 안을 쩌렁쩌렁 울릴 만큼 컸다. 놀런 교장은 노신사가 들고 있는 촛불을 가리키며 말했다.

"저 촛불은 바로 지식의 등불입니다."

그 말에 노신사는 촛불을 들고 천천히 앞으로 걸어 나갔다. 교회를 가득 채운 사람들은 예의를 갖춘 박수갈채를 보냈다. 맨 앞줄에는 신입생들이 앉아 있었다. 신입생들은 모두 초를 한 자루씩 들고 있었다. 노신사는 권위와 예의를 갖춘 행동으로 맨 앞에 앉아 있는 학생에게 촛불을 전해 주었다. 그 학생은 옆에 앉아 있는 학생에게 촛불을 붙여 주었다. 그렇게 해서 하나 둘씩 촛불이 퍼져 갔다.

"지식의 빛은 이처럼, 나이 든 사람들로부터 젊은이들에게 전해져야 하는 법입니다."

촛불 의식을 진행하는 동안 놀런 교장은 연설을 계속했다.

"친애하는 학부모 여러분! 그리고 학생 여러분! 올해 1959년은 웰튼 아카데미가 문을 연 지 100년이 되는 해입니다. 100년 전 바로 오늘, 이 자리에 41명의 학생들이 앉아 있었습니다. 그 선배들 역시 새로운 학기를 시작하면서 제군들과 똑같은 질문을 받았습니다.

놀런 교장은 그렇게 말한 후 잠시 말을 멈추고는 긴장한 신입생들로 가득 찬 교회 안을 훑어보았다.

"제군들! 4개의 기둥이 뜻하는 교훈이 무엇인 줄 아는가!"

놀런 교장은 학생들을 향해 큰 소리로 말했다. 그 순간, 마치 약속이라도 한 듯 학생들은 앉은 자리에서 하나 둘씩 일어나 차려 자세를 취하기 시작했다. 숨이 막힐 정도로 조용하던 교회 안은 갑자기 신발과 바닥이 마주치는 소리로 일순간 시끄러워졌다. 어느새 모든 학생은 자리에서 일어나 차려 자세를 취하고 있었다. 그리고 마치 잘 훈련된 군인들이 명령에 복창하듯이 '전통! 명예! 규율! 최고!'라고 외쳤다.

교회 안의 모든 학생이 마치 군인처럼 딱딱한 동작과 말투로 그렇게 외치고 있을 때 일어서지 않고 앉아 있는 학생이

단 한 명 있었다. 그는 웰튼 아카데미의 교복을 입지 않은 유일한 학생이기도 했다. 그의 이름은 토드 앤더슨으로 이번 학기에 웰튼 아카데미로 전학온 2학년 학생이었다. 토드 앤더슨이 일어나지 않고 계속 자리에 앉아 있는 것을 뒤에서 지켜본 그의 어머니는 재빨리 다가가 옆구리를 쿡 찔렀다. 하지만 그는 얼굴을 찡그리며 못마땅하다는 표정을 지었다. 그의 얼굴에는 불만스러운 표정이 짙게 깔려 있었다.

군인들의 외침과 같은 학생들의 고함에 놀런 교장이 만족스럽다는 듯이 고개를 끄덕이자 학생들은 자리에 앉았다. 잠시 의자가 삐걱거리는 소리가 들리더니 교회 안은 다시 숨 막히는 침묵이 흘렀다. 교장은 마이크에 대고 다시 큰 소리로 말하기 시작했다.

"우리 웰튼 아카데미는 설립 첫 해에 5명의 졸업생을 배출했습니다……"

놀런 교장은 잠시 뜸을 들인 후 계속 말했다.

"그리고 지난해에는 51명이 웰튼을 떠났습니다. 그 졸업생 가운데 38명이 아이비리그로 진학하는 영광을 차지했습니다.

이 말에 사람들은 다시 우레와 같은 박수를 쳤다. 기수로 뽑힌 4명 가운데 낙스 오버스트릿과 찰리 달튼도 열광적인 분위기에 압도되어 힘차게 박수를 쳤다. 이들 역시 다른 학생들처럼 혈기 왕성한 16세의 소년으로 그들의 부모 못지않게 웰튼 아카데미에 들어온 것을 내심 자랑스러워하고 있었다. 그 자리에 있는 모든 사람은 학생, 학부모를 불문하고 모두 아이비리그의 매력에 한껏 빠져 있었다.

짧은 고수머리의 낙스 오버스트릿은 잘생긴 얼굴에 운동으로 다진 멋진 근육을 가진 학생이었다. 찰리 달튼은 몸집은 보통이었지만 상류층 분위기를 물씬 풍기는 귀공자 스타일의 미소년이었다. 둘 다 웰튼 아카데미에서 요구하는 모범생의 조건을 잘 갖춘 학생들이었다.

"이 같은 놀라운 업적은……."

놀런 교장의 연설이 계속되는 가운데 낙스와 달튼은 학교 친구들을 둘러보고 있었다.

"……우리 웰튼 아카데미의 교육 방침에 따라 열정적으로 헌신한 모든 교직원의 노고 덕택이라고 생각합니다. 바로 이 때문에 학부모님들께서 소중한 자녀들을 안심하고 우리 학교에 보내신다고 생각합니다. 또한 바로 이 때문에 우리 웰튼 아카데미는 미국 전체에서 일류 대학 진학률이 가장 높은 학교로 명성을 얻은 것입니다!"

놀런 교장이 말을 잠시 멈추자 기다렸다는 듯이 천둥과 같은 박수갈채가 다시 터져 나왔다. 놀런 교장은 만족한 듯 입을 굳게 다물고 교회 안을 둘러보았다.

"신입생 여러분!"

교장은 이제 웰튼 아카데미에 들어온 신입생들에게 눈길을 돌리며 연설의 화제를 바꾸었다.

"여러분의 성공을 위한 열쇠는 우리 학교의 네 가지 교훈에 달려 있습니다. 이것은 졸업반인 3학년뿐만 아니라 모든 학생

TRA

에게 똑같이 적용되는 원칙입니다…….”

네 가지 교훈이 재학생 모두에게 적용된다는 놀런 교장의 말에 토드 앤더슨은 자신도 모르게 몸을 움찔했다. 교장의 그 말이 유일하게 일어서지 않았던 자기에게 하는 것처럼 들렸기 때문이다. 토드 앤드슨의 얼굴에는 순간적으로 긴장된 표정이 드리워졌다. 그것은 마치 수줍음 많은 소녀가 부끄러움을 타는 것과 비슷했다.

“방금 말한 ‘네 가지 교훈’은 웰튼 아카데미의 교훈인 동시에 여러분의 인생에 주춧돌 역할을 할 것이라고 믿습니다. 여러분은 웰튼 아카데미를 졸업하는 순간, 웰튼 소사이어티를 지탱하는 튼튼한 버팀목이 될 것입니다. 자 그럼……, 웰튼 소사이어티 회원 후보자 리처드 캐머룬 군!”

놀런 교장이 이름을 부르자 기수 가운데 한 명이 가볍게 발을 구르며 자리에서 일어섰다. 단정한 금발에 얼굴에는 주근깨가 많은 키가 작은 학생이었다. 그의 얼굴에는 긴장감이 감돌고 있었지만 어딘지 모르게 거만한 여유로움도 배어나오고 있었다.

“예, 교장 선생님!”

리처드 캐머룬은 힘차게 대답했다. 하지만 목소리는 조금 떨리고 있었다. 긴장한 캐머룬과 달리 뒤에서 아들의 모습을 지켜보고 있던 그의 아버지는 놀런 교장이 모든 학생 가운데 캐머룬을 가장 먼저 불렀다는 사실에 매우 만족한 얼굴로 행복한 웃음을 머금었다.

"캐머룬 군! '전통'은 무엇이라고 생각하나?"

"예, 교장 선생님! '전통'이란 학교와 국가 그리고 가족에 대한 사랑입니다. 웰튼 아카데미의 전통은 바로 최고가 되는 것입니다."

"훌륭하네, 캐머룬 군."

캐머룬의 아버지 얼굴에는 기쁨이 만연했고 놀런 교장의 질문에 대답을 마친 캐머룬도 절도 있는 자세로 자리에 앉았다.

"자, 웰튼 아카데미 소사이어티의 또 다른 후보자, 조지 홉킨스 군! '명예'란 무엇인가?"

"'명예'는 품위입니다. 그리고 의무에 대한 완수라고 생각합니다."

조지 홉킨스도 완벽하게 대답했다.

"자랑스럽네 조지 군. 자……, 우리의 명예로운 또 다른 후보자, 낙스 오버스트릿 군!"

낙스 역시 학교 깃발을 들고 교회 안으로 들어선 기수 가운데 한 명이었다. 낙스는 자신의 이름이 호명되자 자리에서 벌떡 일어섰다.

"네, 교장 선생님!"

"자네는 '규율'을 무엇이라고 정의하겠는가?"

놀런 교장은 낙스에게 질문을 던졌다.

"'규율'이란 부모님과 선생님, 그리고 교장 선생님께 대한 존경입니다. 이 '규율'은 마음속에서 우러나오는 것이라고 생각합니다."

"고맙네, 낙스 오버스트릿 군!"

대답을 마친 낙스는 스스로 만족한 듯 살짝 웃으면서 자리에 앉았다. 낙스를 지켜보던 그의 부모 역시 자랑스러운 표정을 지으며 목에 힘을 주었다.

"자, 다음으로 명예로운 웰튼 소사이어티 회원 후보자, 닐 페리 군!"

마지막으로 이름이 불린 닐 페리가 일어섰다. 닐 페리가 입은 웰튼 아카데미의 교복은 다른 학생들과 똑같았지만 가슴에 달린 주머니 모양은 달랐다. 닐 페리의 교복에는 성적이 뛰어난 학생에게 주는 휘장과 배지가 몇 개씩이나 달려 있었다. 휘장과 배지를 비롯해 단정한 머리 스타일과 맑고 빛나는 눈동자 그리고 뚜렷한 이목구비는 그가 이곳 웰튼 아카데미의 최고 모범생이라는 것을 말해 주고 있었다. 그런데 이 16세 소년의 얼굴은 다른 학생과 다른 데가 있었다. 꼭 꼬집어 말할 수는 없지만 뭔가 채워지지 않은 허전함이 그의 가슴 속에 웅크리고 있는 그런 느낌이 들었다. 그러한 허전함을 드러내기라도 하듯 닐은 약간 못마땅한 표정으로 놀런 교장을 빤히 쳐다보았다.

"'최고'란 무엇인가, 닐 페리 군?"

"'최고'란 열심히 애쓴 대가를 말합니다. 또한 '최고'는 모든 성공에 대한 열쇠라고 생각합니다. 학교에서든 그 어느 곳에서든 말입니다!"

닐 페리는 우등생답게 마치 외우고 있던 것을 말하듯 거침없이 대답했다. 뒤에서 지켜보고 있던 그의 아버지 페리 씨는 낙스나 캐머룬의 아버지와는 달리 특별한 표정 변화 없이 잔뜩 굳은 얼굴로 아들의 행동을 지켜보고 있었다.

"제군들!"

놀런 교장은 계속 말을 이어 갔다.

"웰튼에서는…… 생애 그 어떤 때보다 더욱 열심히 공부해야 할 것입니다. 그렇게 하면 우리 모두가 제군들에게 기대하고 있는 성공이 제군들에게 보답으로 주어질 것입니다!"

이 말을 마지막으로 놀런 교장은 연설을 마치고 전달 사항을 공지했다.

"우리들이 존경해 마지않던 국어 담당 포티우스 선생님께서 명예로운 퇴직을 하시게 되었습니다. 지금 이 자리에는 그 분의 자리를 채워 주실 새 선생님이 와 계십니다. 소개하겠습니다. 존 키팅 선생님이십니다."

놀런 교장은 교사 자리로 눈길을 돌리면서 계속 말했다.

"키팅 선생님은 우리 학교의 명예로운 졸업생이시며, 최근 몇 년 동안 명문으로 잘 알려진 런던의 체스터 고등학교에서 학생들을 가르치셨습니다."

다른 선생님들 틈에 앉아 있던 존 키팅 선생은 자신을 소개하는 놀런 교장의 말에 몸을 앞으로 약간 숙여 인사하는 것으로 답례했다. 30대 초반의 존 키팅 선생은 갈색 머리와 갈색 눈을 가진 지극히 평범한 얼굴에 키는 중간 정도였다. 짙은 눈썹과 후덕해 보이는 두 뺨은 따뜻하고 지적인 분위기를 풍

졌고, 맑고 깊은 두 눈은 강한 인상을 주고 있었다. 그것은 학생들에게 존경받을 만한 인품을 지니고 있음을 뜻하는 것이기도 했다.

하지만 그날 입학식 자리에 있던 학부모 가운데에는 새로 온 존 키팅 선생에 대해 은근히 실망감을 드러내 보이는 사람이 있었다. 바로 닐 페리의 아버지였다. 닐 페리의 아버지는 키팅 선생의 부임으로 인해 마치 아들 닐의 장래가 엉망으로 되어버리기라도 할 것 같은 걱정스런 표정을 지었다. 그것은 자식 문제에 대해서 가지는 부모로서의 어떤 직감 같은 것이기도 했다. 놀런 교장은 계속 이야기를 이어갔다.

"오늘 이 성대하고 뜻깊은 신입생 환영식을 마치기에 앞서 우리 웰튼 아카데미의 동문 가운데 가장 나이가 많은 분을 이 자리에 모시겠습니다. 1886년도 졸업생이신 주니어 알렉산더 카마이클 씨를 여러분께 소개합니다!"

팔순 노인인 알렉산더 카마이클 씨는 옆에서 부축해 주려는 도움의 손길을 뿌리친 채 연단 쪽을 향해 느릿느릿 발걸음을 옮겼다. 사람들은 모두 일어나 열렬한 박수로 그를 맞이했다. 노인은 웰튼의 졸업생이라는 자부심으로 다소 거만한 태도를 보였지만 걸음걸이는 측은할 정도로 힘겨워 보였다.

연단에 도착한 노인은 마이크 앞에서 뭐라고 몇 마디 했다. 하지만 무슨 말인지 알아들을 수 있는 사람은 한 명도 없었다. 이렇게 알아들을 수 없는 노인의 몇 마디 말과 함께 입학식은 끝났다.

학생들과 학부모들은 줄지어 교회를 빠져 나갔다. 많은 사람이 한꺼번에 빠져 나갔지만 그 누구도 시끄럽게 떠들거나 경박스런 행동을 하지 않았다. 교회 안은 입학식을 시작하기 전과 크게 다르지 않았고, 거기에 모인 사람들은 모두 그러한 절도 있는 자신들의 모습을 즐기는 듯했다. 그것은 미국 최고의 명문 사립 고등학교에 다닌다는, 그리고 자식을 보낸 사람들이 갖는 일종의 우월감에서 나오는 집단적인 행동이었다.

학교 마당에는 한겨울의 차가운 바람이 스산하게 불고 있었다. 그 스산한 바람은 어딘지 모르게 음침한 느낌마저 감돌게 했다. 웰튼 아카데미가 가지고 있는 외형적인 화려함과 어울리지 않게 학교 여기저기에 스며 있는 어떤 칙칙함은 엄격과 규율로 다스려지는 경직된 학교 분위기와 무관하지 않았다. 또한 이것은 오랜 세월 오로지 명문대 진학만을 최고 목표로 삼아 앞만 보고 달려가는 동안 바깥 세상과 동떨어져 버린 데서 오는 불협화음이 쏟아내는 분위기이기도 했다.

주일 예배를 마친 뒤 교회 마당에서 교인들을 배웅하는 목사처럼 놀런 교장은 학부모들과 일일이 인사를 나누었다. 놀런 교장과 인사를 나눈 학부모들은 운동장 이곳저곳에서 자녀들과 작별 인사를 했다. 놀런은 그러한 모습을 행복한 표정으로 바라보고 있었다.

찰리 달튼은 못내 아쉬운 듯 어머니를 꼭 끌어안으며 작별 인사를 했다. 달튼의 어머니 역시 한동안 헤어져야 하는 아들을 보면서 눈가로 흘러내린 머리카락을 쓸어 넘겨주었다. 아버지와 함께 교정을 거닐던 낙스 오버스트릿도 아버지에게 작별 인사를 했다. 아버지는 사랑이 담뿍 담긴 표정으로 낙스의 손을 꼭 잡아 주었다.

운동장 이곳저곳에서 비슷한 작별 인사가 이루어지는 가운데 매우 특별나게 보이는 한 사람이 있었다. 닐의 아버지 페리 씨였다. 페리 씨는 장승처럼 우뚝 서서 아들의 가슴에 달려 있는 우등생 휘장을 정성껏 정리해 주고 있었다.

토드 앤더슨의 경우도 독특했다. 웰튼 아카데미 교복을 입지 않은 토드는 유난히 눈에 잘 띄었다. 그는 학생들 무리에서 조금 떨어진 곳에 홀로 서서 땅에 박혀 있는 뾰족한 돌멩이를 뽑아내기라도 하듯 발끝으로 툭툭 차고 있었다.

토드의 부모는 아들의 존재에 대해서는 까맣게 잊은 듯 다른 학부모들과 이야기하느라 정신이 없었다. 토드는 무언가 생각에 골똘히 잠긴 채 계속 돌멩이를 차고 있었다. 그때 놀런 교장이 토드에게 다가가 그의 이름표를 들여다보고는 정이 담뿍 담긴 목소리로 말했다.

"오, 토드 앤더슨 군! 우리 모두 자네에게 큰 기대를 걸고 있다는 걸 잊지 말게. 자네 형도 우리 학교의 최우수 학생이었으니까."

"예, 교장 선생님."

토드의 대답은 목구멍으로 기어들어갈 정도로 작았다. 놀런 교장은 흐뭇한 표정을 지어보이고는 토드 곁을 떠나 다른 곳으로 갔다. 교장은 계속해서 학부모들을 비롯해 몇몇 학생들과 악수를 하거나 눈인사를 했다. 그렇게 다니는 동안 그의 얼굴에는 웃음이 가시지 않았다. 그러다가 그는 닐 페리와 그의 아버지 앞에 이르러 발걸음을 멈추었다. 그는 닐의 어깨에 손을 얹으며 말했다.

"우리 웰튼에서 자네에게 거는 기대가 아주 크다네, 닐 페리 군!"

"감사합니다, 교장 선생님."

닐은 토드와 달리 조금 여유 있게 대답했다.

"이 아이는 기대에 부응해 교장 선생님을 실망시켜 드리지 않을 겁니다. 그렇지 닐?"

닐의 아버지는 닐과 놀런 교장을 번갈아 바라보며 그렇게 말했다.

"최선을 다하겠습니다. 교장 선생님!"

거역을 모르는 닐에게는 너무나 당연한 대답이었다. 놀런 교장은 만족스럽다는 듯이 닐의 어깨를 툭툭 두드려 주고는 자리를 옮겼다. 학교 운동장에는 눈물을 글썽이며 부모의 손을 놓지 못하는 몇몇 신입생들의 모습도 보였다. 그 학생들은 가족과 떨어져 기숙사 생활을 하는 것이 처음인 듯했다.

"생활하다 보면 이곳도 곧 정들기 시작할 게야."

한 아버지가 웃으면서 말했다. 그리고 손을 흔들더니 잰걸음으로 교문 밖으로 걸어 나갔다.

"넌 이제 한두 살 먹은 어린애가 아니야! 어린애처럼 굴면

못써!”

눈물이 그렁그렁한 아들의 손을 뿌리치며 매몰차게 말하는 아버지의 모습도 보였다. 그렇게 학부모들은 하나 둘씩 학교를 떠나갔고, 그들이 타고 온 차들도 멀리 사라져 갔다.

입학식에 참석했던 손님들이 모두 떠나자 웰튼 아카데미는 갑자기 거대한 침묵 속으로 빠져들어 가는 듯했다. 그리고 학교를 에워싸고 있는 울창한 숲은 마치 바깥 세계와 웰튼 아카데미를 단절시키는 견고한 벽처럼 느껴졌다.

2

"제군들, 조용히 걷도록!"

한 교사가 스코틀랜드풍의 억센 억양으로 목청을 높이고 있었다. 1학년 신입생 40여 명이 한꺼번에 쿵쾅거리며 기숙사 계단을 뛰어 내려가고 있었다. 그런데 반대쪽에서 7명 남짓한 2학년 학생들이 계단을 올라오고 있었다. 그러다 보니 순간적으로 계단이 북새통이 되고 만 것이다.

"알겠습니다. 맥카리스터 선생님, 죄송합니다!"

2학년 학생 중 누군가가 얼른 대답했다. 맥카리스터 선생은 기숙사에서 달려 나가 여전히 시끄럽게 굴며 운동장을 가로질러 가는 신입생들을 바라보면서 고개를 가로저었다. 신입생들이 몰려가는 곳은 온통 나무로 꾸며진 '웰튼 아카데미 기념 전시실'이었다. 신입생들은 그곳에서 놀런 교장과 면담을 하기 위해 순서를 기다려야 했다. 신입생과 교장과의 개인 면담은 웰튼 아카데미의 오래된 전통이었다. 신입생들은 기념 전시실 안에서 각자 서성이며 기다렸다. 오래된 낡은 가죽 의자에 앉아 있는 학생도 있었고, 벽에 기대선 채 교장실로 올라가는 계단을 힐끗힐끗 쳐다보는 학생도 있었다.

잠시 후 2층 문이 열리자 7명의 2학년 학생들이 입을 꾹 다문 채 계단 아래로 줄을 섰다. 신입생 면담에 앞서 2학년 가운데 가장 모범적인 학생 7명이 교장과 면담하는 것도 웰튼 아카데미의 전통이었다. 흰머리가 많은 할아버지 교사 한 명이 슬리퍼를 끌면서 문 밖으로 나왔다.

"먼저 낙스 오버스트릿 군, 닐 페리 군, 찰리 달튼 군, 토드 앤더스 군, 리처드 캐머룬 군 들어오도록."

이름을 부른 사람은 헤이거 박사였다. 5명의 학생이 한 줄로 계단을 올라가는 동안 1층에 남아 있던 두 학생은 그들을 물끄러미 지켜보고 있었다. 두 학생은 귓속말로 소곤거리기 시작했다.

"새로 전학을 온 애가 있다며?"

먼저 말을 한 것은 피츠였다.

"응. 저기 토드 앤더슨."

믹스 스티븐이 짧게 대답했다. 노련한 헤이거 박사는 놓치지 않고 두 학생이 잡담하는 것을 들었다.

"이봐! 피츠, 믹스! 두 사람 벌점이야."

헤이거 박사는 위압적인 목소리로 말했다. 두 사람은 바로 고개를 떨궜다. 이때 피츠는 몰래 눈을 흘겨 불만을 나타내 보였다. 헤이거 박사는 그것도 놓치지 않았다. 비록 나이가 들어 늙었으나 오랜 세월 규율과 통제로 학생들을 감시하던 예리함이 몸에 배어 있었던 것이다.

"피츠 군! 벌점 하나 더 추가야!"

규칙을 목숨만큼 소중하게 생각하는 헤이거 박사에게 필요 없는 잡담은 용납할 수 없는 것이었다. 다섯 학생은 헤이거 박사를 따라 교장실로 들어갔다. 교장실 앞은 비서실이었는데 놀런 교장의 부인이 비서실장이었다.

다섯 학생은 놀런 교장과 마주 볼 수 있도록 놓인 의자 앞에 나란히 섰다. 놀런 교장 옆에는 위협적인 자세로 앉아 있는 사냥개가 한 마리 있었다.

"어서들 오게, 제군들."

놀런 교장은 사무적으로 인사말을 하고 곧바로 찰리 달튼에게 물었다.

"그래, 달튼 군, 아버지께서는 안녕하신가?"

"예, 잘 계십니다, 교장 선생님."

"낙스 군, 가족이 모두 새 집으로 이사를 했다고?"

"네, 교장 선생님, 한 달 정도 됐습니다."

"그래, 잘됐군."

놀런 교장은 환하게 웃으며 말했다.

"아주 멋진 저택이라고 했던 것 같은데 말이야."

그는 학생들이 보는 앞에서 사냥개의 등을 쓰다듬으며 과자 하나를 물려 줬다. 교장의 여유 있는 태도와 달리 학생들은 자기한테 어떤 질문이 떨어질지 몰라 잔뜩 긴장하고 있었다.

"토드 앤더슨 군, 자네는 이 학교 처음이지?"

토드는 초조한 모습으로 놀런 교장을 쳐다보았다.

"네."

"우리 웰튼에서는 말이야. 성적과 함께 학생 본인의 희망 사항을 들어본 뒤에 교장인 내가 과외 활동을 허락하고 있네."

"……."

"그리고 과외 활동은 정규 수업과 똑같이 중요한 과목으로 인식하고 있어. 안 그런가, 제군들!"

"예! 교장 선생님!"

마치 잘 훈련된 군인들이 구호를 복창하듯 토드를 뺀 나머지 학생들이 큰 소리로 대답했다.

"만약, 의무적인 이 모임에 빠지게 되면 벌점을 받는다는 걸 잊지 말도록."

교장은 개개인의 신상 명세표를 바라보며 일일이 알맞은 과외 활동을 늘어놓았다.

"자, 그럼, 달튼 군. 자네는 학교 신문과 근로봉사단 그리고 축구부와 보트부에서 활동하도록 하게. 낙스는 웰튼학생협회와 학교 신문과 축구부 그리고 동문 자제회에서 활동하고, 닐은 웰튼학생협회와 화학부와 수학부, 학교연감위원회와 축구부에서 활동을 좀 해 주게. 캐머룬 군도 웰튼학생협회와 토론

부, 변론부 그리고 명예위원회에서 활동하도록!"

이처럼 웰튼 아카데미에서의 과외 활동은 교장의 말에 학생들이 무조건 따라야만 하는 것이었다.

"알겠습니다, 교장 선생님."

캐머룬은 힘차게 대답했다. 토드는 무엇에 대해 알겠다는 것인지 이해하기가 어려웠다. 그는 정규 수업 이외의 활동은 자신의 적성과 취미에 맞게 각자가 알아서 정할 문제라고 생각하고 있었다. 하지만 자기 차례가 돌아오자 토드 역시 교장에게서 자신의 의지와 상관없는 과외 활동을 부여받아야 하는 처지가 되고 말았다. 놀런은 토드에게 속삭이듯 말했다.

"토드 앤더슨 군, 여기 오기 전에 다녔던 발린크레스트 학교의 기록을 보니……, 여기서는 축구부와 근로봉사단, 학교 연감위원회에서 활동하면 되겠군. 다른 할 말이 있나?"

토드는 말없이 서 있기만 했다. 마음속에서는 뭔가 말을 해야 한다는 생각이 맴돌았지만 도무지 입 밖으로 나오지 않았다.

"말해 보게, 토드."

놀런 교장은 더욱 부드럽게 말했다.

"저, 저, 저는……. 보트부에서…… 활동을…… 했으면 합니다."

토드는 간신히 입을 뗐지만 말은 더듬거렸고 거의 알아들을 수 없을 만큼 작은 목소리였다. 교장은 토드를 아래 위로 훑어보았다.

"보트를? 보트를 타겠다고? 여기 평가서를 보니까 발린크레스트 학교에서는 축구를 했다고 나와 있는데?"

"그렇……습니다……. 하지만……."

토드는 침착하게 대답하려고 애썼다. 하지만 긴장한 탓에 처음보다 더 더듬거렸다. 긴장은 점점 두려움으로 변해 갔다. 목소리는 자꾸 기어들어갔고 구슬 같은 땀방울이 눈썹 위에 송글송글 맺혔다. 자신도 모르게 불끈 쥔 주먹은 손가락이 아플 정도였다. 옆에 다른 친구들이 없었다면 눈물을 보였을 정도로 그는 심하게 떨고 있었다.

놀린 교장은 예상치 못한 토드의 태도에 약간 당황했지만 더 이상 이야기를 길게 끌고 가지 않았다. 그리고 다른 학생들에게 한 것처럼 일방적으로 과외 활동을 부여했다.

"알겠네, 토드. 하지만 여기 웰튼에서도 축구를 하는 것이 좋을 게야. 적응하면 아무런 문제가 없을 테니까!"

면담을 마친 다섯 학생들은 차례로 방을 나갔다. 토드는 까닭 모를 슬픔으로 얼굴빛이 무척 어두워져 있었다. 헤이거 박사는 나머지 2명을 2층으로 불러 올리고 있었다.

교장실에 같이 들어갔던 5명은 운동장을 가로질러 기숙사로 향했다. 토드는 머리를 푹 숙이고 땅바닥을 쳐다보며 낙담한 듯 혼자 뒤떨어져 터벅터벅 걸었다.

"헤이!"

닐 페리가 토드에게 다가가 손을 내밀며 인사를 했다.

"우린 아마 한방을 쓰게 될 거야. 앞으로 잘 지내자. 내 이름은 닐 페리야."

"난 토드 앤더슨이야."

토드는 여전히 창백한 표정이었다. 그의 말은 들릴 듯 말듯 작았다. 두 사람은 말없이 나란히 앞을 보며 걸었다. 잠시 후 침묵을 깨고 닐이 말을 걸었다.

"발린크레스트를 다녔다며?"

"응"

"근데 왜 여기로 전학왔니?"

"우리 형이 여길 다녔거든."

닐이 이유를 알았다는 듯이 머리를 끄덕였다.

"아, 네가 바로 그 유명한 제프리 앤더슨의 동생이로구나!"

닐은 웰튼 아카데미에 입학한 이후 토드의 형에 대한 이야기를 여러 차례 들었다. 놀런 교장을 비롯해 여러 선생들이 모범생 제프리 앤더슨을 입에 침이 마르도록 칭찬했기 때문이다.

"우리 부모님은……."

토드는 어깨를 움찔해 보이더니 낮은 목소리로 말했다.

"내가 이 학교에 들어오길 바라셨어."

"그런데?"

"난 형만큼 공부를 잘하지 못했어. 성적을 올리기 위해 발린크레스트를 갔던 거야."

"성적을 올려 웰튼 아카데미에 들어오기 위해?"

"으응."

"음, 거기서 1등을 했단 말이지?"

닐은 그 말에 별다른 뜻이 없다는 것을 보여 주기 위해서 환하게 웃었다.

"하지만 토드, 웰튼에서는 힘들 거야……."

"나도 알고 있어."

토드의 목소리는 이미 모든 걸 체념한 것 같았다. 실제로 토드는 입학식 전에 웰튼 아카데미 생활에 대한 기대 따위는 포기한 상태였다. 토드와 닐이 기숙사 현관에 도착하니 가방과 타자기와 이불, 베개 같은 학생들의 개인 짐들이 여기저기 어지럽게 널려 있었다. 현관 입구에는 수위가 아직 주인을 만나지 못한 짐 더미를 지키고 서 있었다. 같은 방을 쓰게 된 닐과 토드도 그 속에서 자신들이 가방을 찾아냈다. 가방을 찾은 두 사람은 그들이 배정받은 방을 찾아갔다.

"좁은 방이라 답답하겠지만 말이야. 그래도 여기는 즐거운 나의 집이지!"

닐이 우스갯소리를 하며 방 안으로 들어갔다. 두 사람은 좁은 방에 2개의 싱글 침대와 2개의 옷장, 그리고 책상 2개가 어떻게 다 들어갔는지 놀라워하며 서로를 쳐다보았다.

닐은 들고 온 가방을 한쪽 침대 위에 팽개치듯 획 던져놓았다. 그때 노랑머리 리처드 캐머룬이 불쑥 들어왔다.

"닐, 이번에 새로 전학 온 녀석과 방을 함께 쓴다며? 꽉 막힌 멍청이 녀석이라고들 하던데!"

캐머룬은 말을 채 끝맺기도 전에 이미 방 안에 들어와 있던 토드와 눈이 마주치고 말았다.

"아이쿠!"

캐머룬은 난처한 표정을 짓더니 재빨리 방에서 나가 버렸다. 토드는 별다른 반응을 보이지 않은 채 가방을 한쪽 침대 위에 내려놓았다. 그의 얼굴은 교장실에서 보였던 창백한 모습과는 달리 많이 편안해져 있었다.

"저 친구 캐머룬인데, 원래 그런 애니까 신경 쓰지 마."

닐은 캐머룬이 사라진 문과 토드를 번갈아 바라보며 말했다. 그러나 토드는 아무렇지도 않다는 듯 어깨를 한 번 으쓱하고는 짐을 풀기 시작했다. 잠시 뒤 낙스 오버스트릿과 찰리 달튼 그리고 스티븐 믹스가 들어왔다.

"어이, 닐 페리 군! 여름 방학 때 계절 학기 수업을 들으셨다며?"

달튼이 장난기 섞인 표정을 지으면서 말했다.

"응, 화학 공부……. 아버지가 예습을 해 두라고 해서."

닐은 웃으면서 대답했다.

"그랬군!"

달튼은 이해한다는 듯 고개를 끄덕였다. 대부분의 웰튼 아카데미 학생들에게 아버지의 영향력은 거의 절대적이었다. 따라서 닐의 태연한 대답과 달튼의 당연하다는 반응은 웰튼 아카데미에서는 결코 이상한 것이 아니었다. 무엇보다 닐은 아버지의 뜻이라면 무슨 일이든지 따랐다. 심지어 자신의 생애를 파멸의 구렁텅이로 몰아놓는 결과를 초래하는 것이라 해도 따라야 한다고 생각하고 있을 정도였다.

"믹스는 라틴어에서 A를 받고, 나는 국어에서 늘 최고잖니! 그래서 말이야, 네가 동의한다면 스터디 그룹을 만들고 싶은데."

달튼이 진지한 표정을 지으며 제안했다.

"그래? 좋아. 그런데 실은 캐머룬도 똑같은 말을 하던데……."

"그 녀석이?"

"캐머룬하고 함께 공부하는 거 싫어하는 사람 있니?"

닐의 말에 달튼이 웃으며 말했다.

"그 녀석 잘 하는 과목이 있어야지. 하긴 뭐, 알랑거리는 거는 최고지!"

달튼이 쌀쌀맞게 말했다. 그 말은 사실이었다. 캐머룬은 뛰어나게 잘난 면도, 특별히 못난 구석도 없었다. 다만 주변 환경에 잘 적응하는 데는 기막힐 정도로 빨랐다.

"너랑 함께 방을 쓰는 친군데 그러면 되겠어?"

닐이 달튼에게 의젓하게 충고했다.

"칫, 내가 알게 뭐람!"

달튼은 고개를 흔들며 관심 없다는 듯이 말했다. 토드는 그들이 시끌벅적하게 떠드는 와중에도 자신의 가방 정리에 열중이었다. 그때 믹스가 토드에게 말을 걸었다.

"처음 보는 것 같은데. 난 스티븐 믹스야."

토드는 머쓱해하면서 손을 내밀었다.

"그래, 나는 토드 앤더슨……."

낙스와 달튼도 차례로 악수를 청했다.

"난 찰리 달튼."

"난 낙스 오버스트릿이야."

토드는 무척이나 쑥스러운 표정을 지으며 그들과 악수했다.

"토드 형이 그 유명한 제프리 앤더슨이래."

닐이 한마디 설명을 보탰다. 달튼은 생각난다는 듯이 눈을 반짝거리며 말했다.

"그래? 졸업생 대표에다 국가 공훈 장학생이던 그 선배 말이야?"

토드가 보일 듯 말 듯 고개를 끄덕였다. 하지만 토드에게 형에 관한 얘기는 몹시 스트레스를 주는 주제였다. 집에서나 밖에서나 웰튼의 우등생이었던 형 제프리 앤더슨과 비교되는 게 싫었기 때문이다.

"어쨌든 좋아. 이 '지옥 학교' 웰튼에 들어온 걸 환영한다."

믹스가 너스레를 떨었다. 웰튼 아카데미 학생들은 지독하게 공부시키는 웰튼을 지옥이라는 뜻의 '헬(Hell)'에 비꼬아 '헬톤 아카데미(Hell ton : 지옥 학교)'라고 부르곤 했다.

"소문을 들어 알겠지만, 우리 학교는 지독하게 엄격한 곳이야. 믹스 같은 천재라면 별 문제 없겠지만 말이야."

달튼이 짐짓 심각한 표정으로 말했다.

"재, 지금 나한테 라틴어를 도와달라고 아부하고 있는 거야."

믹스가 웃으며 말했다. 그는 웰튼에서 라틴어 실력이 최고였다.

"게다가 국어와 삼각함수까지도……."

달튼이 한술 더 뜨자 방에 있던 모두는 와르르 웃음을 터뜨렸다. 그때 누군가 방문을 두드렸다. 모두들 잠시 이야기를 멈췄다.

"방문 열렸어!"

닐이 큰 소리로 말했다. 그런데 문이 열리면서 모습을 드러낸 사람은 또래 친구들이 아니었다.

"아, 아버지……."

너무 뜻밖의 일이라 닐은 말까지 더듬거리며 순간적으로 얼굴빛이 창백해졌다.

"아, 아니, 집으로 가신 줄 알았는데요."

"안녕하세요?"

방에 있던 친구들은 닐의 아버지가 방으로 들어오자 모두 자리에서 일어나 함께 머리 숙여 인사를 했다.

"오, 그래, 다들 앉아라. 방학 동안 잘들 지냈니?"

"네, 덕분에요."

닐의 친구들은 공손하게 대답했다. 페리 씨는 아들 친구들의 인사를 받은 뒤 닐 앞으로 성큼 다가왔다. 닐은 불편한 기색을 감추지 못하고 한 발짝 뒤로 물러섰다.

"닐, 내가 알아보니 너무 많은 과외 활동에 참여하는 것 같더구나. 그래서 교장 선생님을 만나 뵙고 그 문제를 상의했다.

교장 선생님께서도 네가 학교연감위원회의 활동을 보류하는 게 좋겠다고 하셨다. 내년으로 말이야!"

페리 씨는 일방적으로 말하고 방문 쪽으로 발길을 돌렸다.

"아버지! 저는 연감위원회 편집장인데요."

닐이 떨리는 목소리로 그렇게 말했다. 페리 씨는 굳은 표정으로 닐의 말을 받았다.

"미안하다, 닐."

하지만 페리 씨의 목소리에는 미안함이라곤 조금도 묻어 있지 않았다.

"아버지, 그건 안 돼요. 저는……."

닐은 다시 한 번 말했다. 하지만 무섭게 쏘아보는 아버지의 눈길에 그는 더 이상 어떤 의사 표현도 할 수 없었다. 페리 씨는 방문을 열더니 닐에게 따라오라는 눈짓을 했다.

"얘들아, 잠깐 닐하고 얘기해도 되겠지? 그럼 실례한다."

페리 씨는 무척이나 정중하게 닐의 친구들에게 양해를 구했다. 페리 씨는 닐을 데리고 밖으로 나간 뒤 조용히 방문을 닫았다. 그리고 성난 얼굴로 닐을 꾸짖기 시작했다.

"아버지한테 대꾸하는 나쁜 버릇을 어디서 배웠니!"

"저, 저는…… 대꾸한 게 아니라 단지……."

닐의 목소리는 잔뜩 주눅들어 있었다.

"또 대꾸냐!"

아버지의 목소리는 작았지만 살이라도 벨 듯 날카로웠다.

결국 닐은 자신의 생각을 제대로 밝히지 못한 채 입을 다물

고 말았다. 아버지의 뜻을 거스르는 행동은 결코 용납되지 않는다는 사실을 너무나 잘 알고 있었기 때문이다.

"일단 의과대학을 마쳐라. 그 다음에는 어떤 일을 하든 간섭하지 않으마. 네가 원하는 일을 네 맘대로 하란 말이야. 하지만 그때까지는 이 아버지가 시키는 대로만 해!"

닐은 말없이 바닥만 내려다보고 있었다.

"……잘못했어요, 아버지."

"엄마가 네게 바라는 것이 무엇인지도 잘 알고 있을 테지?"

페리 씨는 자기가 하는 말에 대한 당위성을 강조하기 위해 늘 마지막에는 그렇게 말했다. 그것은 닐이 저항할 수 없게 만드는 강력한 무기였다.

"네, 알아요……."

닐은 잠자코 아버지 말에 따랐다. 어머니는 닐에게 있어서 유일한 안식처라고 할 수 있었다. 아버지는 자신의 욕심을 위장하기 위해 늘 어머니를 내세우곤 했다. 닐은 그러한 아버지의 속셈을 잘 알고 있었지만 어쩔 수 없었다. 그는 어머니를 사랑했고, 너무나 오랫동안 아버지의 말에 맹목적으로 순종해왔기 때문에 어머니가 아버지의 뜻을 거슬러 뭔가를 결정한다는 것은 상상조차 할 수 없는 일이었다.

"이제야 말귀를 알아듣는구나."

기어코 닐의 항복을 받아낸 페리 씨는 만족한 듯 부드러운 말투로 바뀌어 있었다.

"예, 아버지 말씀에 따르겠습니다."

"그래, 필요한 게 있으면 언제든지 전화하렴."

페리 씨는 더 이상 다른 말을 하지 않고 돌아갔다. 닐은 멀어져 가는 아버지의 뒷모습을 말없이 쳐다보았다. 아버지의 뒷모습을 바라보는 닐의 눈은 절망에 가까운 슬픔과 원망이 뒤섞여 있었다. 어째서 자신은 늘 이렇게 속수무책으로 아버지의 결정에 따라야 한단 말인가.

닐이 방으로 들어간 것은 아버지의 모습이 완전히 사라진 뒤였다. 친구들은 아무 일도 없었던 것처럼 애써 태연한 표정을 짓고 있었다. 누구도 방금 일어난 일에 대해 아는 척하지 않았다. 하지만 누군가 무슨 말이라도 꺼내 주길 은근히 기다리는 분위기였다. 마침내 달튼이 침묵을 깨뜨렸다.

"왜 너희 아버지는 네가 하고 싶어 하는 것을 못하게 막는 거니? 도무지 이해할 수가 없어."

낙스도 한마디 거들었다.

"맞아, 아버지에게 정식으로 말해 봐! 손해 볼 건 없잖아. 안 그래?"

닐은 고개를 흔들며 속으로 생각했다.

'너희들이 우리 집에 대해 무얼 안다구!'

잠시 뒤 닐이 말문을 열었다.

"뭐라고? 흥!"

닐은 코웃음을 치며 조소에 가까운 웃음을 보였다.

"장래의 변호사님과 장래의 은행가님이신 너희들이 부모님에게 대들 듯 나도 그렇게 한번 해 보라 이거야?

아버지 때문에 약간 흥분한 닐의 목소리가 날카롭게 울려 퍼졌다. 닐이 화가 나 있다는 것을 알아차린 친구들은 침대 위에 앉아 고개를 숙인 채 신발 끝만 쳐다보고 있었다. 그때 닐이 교복 윗도리에 달려 있던 학교연감위원회 기념 배지를 확 떼어 버렸다. 그리고 신경질적으로 바닥에 내팽개쳤다.

"진정해 닐. 나도 너처럼 아버지에게 함부로 대들지 못해."

낙스가 다가서며 말했다. 하지만 닐은 낙스의 위로를 뿌리치고 쓴웃음을 지으며 말했다.

"그야 물론 그렇겠지. 너에게 부모님 말씀은 곧 진리니까. 게다가 넌 앞으로 아버지 법률 회사에 들어가서 일하면 되잖아. 그래 잘 알고 있다고!"

닐은 자신의 침대 위에 아무렇게나 누워 있는 달튼을 향해서도 쏘아붙였다.

"너 역시 마찬가지야. 네 녀석은 죽을 때까지 평생 은행에서 융자 신청에 관한 인허가를 하며 살아갈 거고 말이야!"

"그래, 네 말이 맞아!"

달튼은 닐의 말이 맞다는 듯 두 손을 들어 보이며 한숨을 내쉬었다.

"하지만 나 역시 그렇게 산다는 게 맘에 드는 건 아니야. 나도 부모님 앞에서는 너와 다를 게 없어. 난 단지 그냥……."

"그러니까 앞으로 두 번 다시 나와 우리 집에 대해 이러쿵저러쿵 끼어들어 간섭하지 마! 알겠어!"

"그래, 알았어. 그건 그렇고 이제 연감 일은 어쩔 셈이니?"

낙스가 한숨을 쉬며 말했다.

"어쩌긴 뭘 어째. 그만 손을 떼야지. 무슨 뾰족한 방법이 없잖아!"

닐은 체념한 듯 그렇게 말했다. 그때 잠자코 있던 믹스가 돌연 웃는 얼굴로 대수롭지 않다는 듯 끼어들었다.

"내 생각엔 아무것도 아닌 것 같은데."

믹스는 분위기를 바꿔 보기라도 하려는 듯 한마디 더했다.

"사실 연감위원회 활동이란 게 고작 놀런 교장에게 잘 보이려는 놈들이나 하던 짓이었잖아."

닐은 짜증스러운 듯 가방을 퍽 소리 나게 닫아버리고는 침대 위로 몸을 던지며 말했다.

"어쨌든 이제 나와 상관이 없는 문제야."

닐은 베개에다 대고 주먹을 한 방 날렸다. 그리고 똑바로 누워 천장만 뚫어지게 쳐다보았다. 친구들도 닐의 모습에서 허탈감과 슬픔을 공감하며 말없이 서 있었다. 그때 달튼이 힘차게 말문을 열었다.

"내 생각엔…… 기분도 전환할 겸 라틴어 공부나 하자. 오늘 밤 8시 내 방에서……"

"그래, 좋아!"

닐이 대답했다.

"토드, 생각 있으면 너도 와."

달튼이 토드를 쳐다보며 말했다.

"그래, 고맙다."

닐과 토드를 남겨 두고 그들은 제각기 자신들의 방으로 돌아갔다. 다시 짐을 정리하는 토드를 바라보던 닐은 좀 전에 내팽개쳤던 배지를 다시 주웠다.

토드는 가방에서 액자를 꺼내 물끄러미 바라보았다. 액자 속에는 가족사진이 들어 있었다. 아버지와 어머니는 자신들의 기대를 저버리지 않았던 형 제프리의 어깨를 약속이나 한 듯 다정스럽게 감싸안고 있었다. 이제까지 늘 보아 온 사진이었는데, 문득 그날 토드는 사진 속에 서 있는 자신이 뭔가 그들과 어울리지 않는다는 것을 발견했다. 가족이란 이름으로 한 지붕 아래 살기는 했지만 자기는 늘 이방인이었다는 것을 새삼스럽게 느꼈던 것이다.

사진을 꺼내 보며 한동안 멍한 생각에 잠겨 있던 토드는 정신을 차리고 예쁜 무늬가 새겨진 가죽 포장의 고급 필기구 세트를 책상 위에 올려놓았다. 그때 침대에 비스듬히 누워 있던 닐이 물었다.

"참, 너희 아버지는 어때?"

닐은 토드에게 솔직한 대답을 기대하며 물었다.

"……거의 비슷해."

토드는 혼잣말 하듯 아주 작게 대답했다.

"그래?"

닐은 토드에게서 동지애 비슷한 것을 느꼈다.

"야, 토드. 너 여기서 왕따 당하지 않으려면 마음을 털어놔야 해. 마음이 착한 사람이 이 지구를 이어가리라는 말이 있긴 하지만 그런 사람이 하버드에 합격한다는 건 불가능한 일이야. 내 말 알아듣겠니?"

토드는 단추가 달린 흰색 옥스퍼드 셔츠를 접으면서 고개를 끄덕였다. 닐은 연감위원회 기념 배지를 손에 집어든 채 투덜거렸다.

"빌어먹을 아버지들이란……, 아얏!"

닐은 말을 끝내기도 전에 비명을 질렀다. 기성세대에 대한 반감으로 손에 들고 있던 배지를 꽉 쥐는 바람에 뾰족한 핀이 손가락을 찔렀던 것이다. 손가락에서 핏방울이 솟아났다. 닐은 손가락에 박힌 핀을 뺄 생각도 하지 않고 얼굴을 찌푸린 채 멍하니 내려다보고 있었다. 마치 신기한 것을 발견한 듯한 표정으로……. 그리고 갑자기 손가락에서 핀을 돌려 빼더니 배지를 벽에 대고 힘껏 내동댕이쳤다.

3

새 학기 첫날이 시작되었다. 겨울치고는 맑고 화창한 날씨였다. 2학년 학생들은 부지런히 세면장과 침실을 들락거렸다. 놀랍도록 빠른 속도였다. 그중에는 벌써 말쑥한 교복 차림을 한 학생도 있었다. 오랜 기숙사 생활이 가져다준 신속함이었다. 토드와 닐은 아직 세면장에 남아 있었다.

"신입생들 말이야."

닐이 찬물로 세수를 하면서 말했다.

"아직도 어린애들 같지 않니? 긴장하는 모습들 하곤!"

"나도 비슷한 기분이 들어……."

토드는 전학생이라는 자신의 처지를 생각하며 말했다.

"신경 끊어. 첫날은 누구나 긴장하게 마련이니까."

널은 토드를 안심시켜 주기 위해 그렇게 말했다.

"토드, 넌 잘 해낼 수 있을 거야. 언제나 최선을 다해 왔잖아."

교복을 갈아입은 학생들이 화학관으로 몰려갔다.

"쓸데없이 어제 늦게 자는 바람에…… 아침식사를 놓쳤더니 지금 뱃속에서 꼬르륵대며 밥 달라고 난리가 났어!"

"나도 그래."

닐의 말에 토드가 대꾸하며 화학 실험실로 들어가자 언제 왔는지 낙스와 달튼, 캐머룬과 믹스가 자리를 잡고 앉아 있었다. 안경을 낀 대머리 화학 선생은 교단에 서서 두툼한 교과서를 이리저리 뒤적이고 있었다. 잠시 뒤 그는 잔뜩 위엄 섞인 목소리로 말했다.

"교과서에 실려 있는 과제물에 대해 설명하겠다. 제군들은 연구 과제 목록 가운데 3건의 실험 실습을 골라야 한다. 그리고 그 실험 결과를 5주에 한 번씩 리포트로 만들어 제출해야 한다. 오늘 과제물은 첫 단원 마지막에 실려 있는 1번부터 20번 문제를 내일까지 풀어 오는 것이다."

교과서를 뒤적이며 화학 선생의 말을 듣고 있던 달튼의 두 눈이 휘둥그레졌다. 그가 황당하다는 듯이 낙스를 바라보자 낙스 역시 믿을 수 없다는 표정을 지은 채 고개를 흔들었다. 그러나 토드는 달랐다. 그는 교과서 내용이나 선생님 말씀에 아주 태연했다. 친구들이 숙제를 놓고 수군거리는 데도 그는 수업에 충실하고 있었다. 화학 선생의 이야기는 계속되었다.

"1번부터 20번까지의 문제를……."

화학 선생은 과제물을 한 번 더 강조했다. 그러나 학생들은 너무한다는 표정으로 수군수군 푸념을 늘어놓을 뿐이었다. 잠시 뒤에 종이 울리자 화학 선생은 아무런 말도 없이 교실을 나가 버렸다.

학생들은 맥카리스터 선생의 강의를 듣기 위해 다른 강의실로 옮겨 갔다. 맥카리스터는 라틴어 담당이었다. 강한 스코틀랜드식 억양으로 라틴어를 가르치는 사람은 미국 전체에서 그가 유일할 것이다. 그는 시작종이 울리자마자 바로 교과서를 펼치고 수업에 들어갔다. 맥카리스터에게 있어서 수업 방침이나 방향 같은 것을 말하는 것은 시간 낭비일 뿐이었다.

"라틴어 명사의 격변화부터 공부하겠다. 큰 소리로 따라하도록……. 아그리콜라, 아그리콜라애, 아그리콜람……."

맥카리스터는 교실 안을 돌아다녔다. 학생들은 힘차게 맥카리스터 선생의 발음을 따라했다. 맥카리스터는 알아듣기 어려운 라틴어 단어 하나하나마다 일일이 격을 달리해 발음을 해 주며 수업 시간 내내 똑같은 과정을 지겹도록 되풀이했다. 학생들은 필사적으로 맥카리스터의 발음을 따라 공부했다.

40분 동안의 라틴어 단어 암송 시간이 흐른 뒤 맥카리스터는 칠판 앞에 멈춰 서서 학생들을 둘러보며 말했다.

"오늘 배운 명사의 격변화에 대해 내일 시험을 치겠다. 각자 공부를 충분히 해 오도록! 알겠나?"

맥카리스터는 단호하게 말하고 뒤돌아서 칠판을 향했다. 그 순간 학생들의 입에서 일제히 신음이 흘러나왔다. 맥카리스터가 2과로 접어들려는 순간 종소리가 울렸다. 학생들은 해방감을 만끽하며 제각기 한마디씩 했다.

"저 선생, 지금 제정신이야? 나는 죽었다 깨어나도 내일까지 다 못 외워. 우리가 뭐 자기처럼 몇 십 년 동안 라틴어를 공부한 걸로 착각하는 거 아니냐?"

달튼이 흥분한 목소리로 말했다.

라틴어에 자신 있는 믹스가 앞으로 나섰다.

"법칙만 알고 나면 간단해."

"무슨 법칙?"

"내가 가르쳐 줄 테니까 오늘밤에 함께 공부하자. 어서 가자. 이러다가 수학 시간에 늦겠다."

다음 수업은 헤이거 박사의 수학 시간이었다. 강의실 벽면에는 수학과 관련된 여러 가지 도표들이 가득 걸려 있었다. 그리고 책상마다 이미 교과서가 한 권씩 놓여 있었다.

"삼각함수 학습에 있어 무엇보다 중요한 것은 정확성이다."

딱딱한 수학 용어와 함께 헤이거 박사가 수업을 시작했다.

"수업에 앞서 조심할 것을 한 가지 말하겠다. 어떤 이유로든 과제물을 내지 않는 학생에 대해서는 학기말 성적에서 1점씩 깎겠다. 나중에 엉뚱한 소리를 하지 않도록 지금 확실히 밝혀 두니 명심해라!"

헤이거 박사의 엄포에 학생들은 모두 긴장했다.

"자, 그럼 누구 코사인에 대해 정의를 내려 볼 사람?"

리처드 캐머룬이 벌떡 일어섰다.

"코사인이란 삼각함수의 하나로, 직각삼각형의 한 예각을 낀 밑변과 빗변 사이에 성립되는 비율의 사인입니다. 만약 하나의 각을 A라고 했을 때……."

선생님에게 잘 보이고 싶어 하는 캐머룬의 성향이 여지없이 드러나는 순간이었다. 그는 헤이거 박사의 질문에 한마디도 틀리지 않고 정확하게 설명했다. 그처럼 캐머룬은 머리 회전이 빨랐다.

헤이거 박사는 수업 시간 내내 학생들에게 질문을 퍼부었다. 학생들은 서로 발표하겠다고 앞다퉈 손을 들었다. 그때마다 학생들은 마치 로봇처럼 일어나 대답하고 자리에 앉기를 되풀이했다. 헤이거 박사는 대답이 틀리면 그냥 지나치지 않았다. 반드시 실수를 집어낸 뒤 날카롭고 엄격한 질책을 했다. 그러므로 학생들은 수학 시간 내내 긴장할 수밖에 없었다.

마침내 기다리던 종이 울렸다. 그렇다고 수업이 끝난 것은 아니었다. 헤이거 박사의 몇 가지 훈계가 이어지고 나서야 수업이 끝났다.

"휴우……."

토드가 책을 덮으며 한숨을 내쉬었다.

"1분만 더 했더라면 난 미쳐 버렸을 거야."

"너무 걱정하지 마. 너도 우리처럼 헤이거 할아버지 수업에 곧 익숙해질 거야. 이런 방식이 처음이라 그래. 적응하고 나면 아무것도 아니야."

믹스가 토드를 위로했다.

"적응은커녕 지금 상태라도 유지할지 걱정이야……."

토드는 그때까지도 긴장이 풀어지지 않은 듯한 표정을 지으며 그렇게 말했다. 토드는 믹스와 어깨를 나란히한 채 다음 수업이 있는 강의실로 힘없이 걸어갔다. 다음 시간은 국어였다. 두 사람은 아무 말도 없이 강의실로 들어갔다. 토드는 지친 듯이 책상 위에 책을 팽개치듯 내려놓고 의자에 앉았다. 앞으로 남은 수업 시간을 버틸 생각을 하니 끔찍하기만 했다.

그때 강의실 앞쪽에 누군가 앉아 있는 것이 보였다. 입학식 때 본 국어 선생 존 키팅이었다. 그는 교단에 있는 의자에 앉아 창밖을 물끄러미 바라보고 있었다. 토드는 순간적으로 그가 다른 선생들과 다른 점이 있다고 느꼈다. 고개를 갸우뚱하며 다시 쳐다보았다. 그는 다른 선생들과 달리 와이셔츠 차림이었다. 단지 양복 윗도리를 벗었을 뿐인데 그의 모습은 너무나 자유롭고 평온해 보였다.

놀런 교장의 소개에 따르면 키팅 선생 역시 웰튼 아카데미 출신이다. 더구나 그는 아주 우수한 졸업생이었다. 그런데 그는 마치 웰튼 아카데미와는 전혀 관계가 없을 것 같은 묘한 분위기를 풍기고 있었다. 그에게는 엄격한 규칙만을 고집하는 권위 의식 같은 것이 풍기지 않았다. 대신 가까이 다가가 살며시 손을 내밀고 싶은 충동이 생길 만큼 강한 친밀감이 느껴졌다.

하지만 대부분의 학생들은 그동안의 수업에서 너무나 진을 빼 버렸기 때문에 키팅 선생에 대해 특별한 관심도 없이 그저 무덤덤하게 수업 시작종을 기다리고 있을 뿐이었다. 그리고 그 짧은 쉬는 시간에 해방감과 자유를 마음껏 누리고 있었다.

수업 시작을 알리는 종이 울렸다. 그런데도 키팅 선생은 여전히 창밖만 바라보고 있었다. 학생들은 어리둥절한 표정으로 서로의 얼굴을 쳐다보고 있었다. 웰튼 아카데미에서는 도무지 일어날 수 없는 상황이 벌어진 것이다.

한참 뒤 키팅 선생은 자리에서 일어났다. 그리고 말없이 지휘봉을 집어들고는 마치 건달이라도 되는 것처럼 휘파람을 불며 학생들이 앉아 있는 책상 사이를 왔다갔다 했다. 공부에 관한 이야기를 할 것으로 생각하고 있던 학생들은 키팅 선생의 괴상한 행동이 놀랍고 불안할 뿐이었다. 그러한 사실을 눈치채기라도 했는지 키팅 선생은 걸음을 멈추고 한 학생의 얼굴을 뚫어지게 쳐다보며 말했다.

"놀라지 마."

선생과 눈이 마주쳐 얼굴이 빨개진 그 학생에게 키팅 선생은 다정스럽게 말했다. 그는 계속 교실 안을 서성거리면서 한 사람씩 얼굴을 유심히 살펴보았다. 학생들은 도무지 키팅 선생의 뜻을 알아차릴 수 없었다.

"흠, 흠!"

그는 토드 앤더슨의 얼굴을 쳐다보며 크게 헛기침을 했다.

그리고 계속해서 '흠, 흠' 소리를 내면서 이번에는 닐 페리에게 다가갔다.

"좋아!"

키팅은 지휘봉으로 손바닥을 탁 내리쳤다. 그런 후 교탁 쪽으로 성큼성큼 걸어갔다. 교단에 선 뒤 교실 안을 죽 둘러보면서 지휘봉을 들고 연극하는 배우처럼 큰 소리로 말했다.

"총명한 젊은이 여러분!"

그러고 나서 갑자기 교탁 위로 훌쩍 뛰어올라갔다. 교탁 위로 올라간 그는 학생들의 얼굴을 일일이 훑어보았다.

"오! 선장님! 나의 선장님!"

키팅 선생은 잔뜩 감정을 넣은 채 연극 대사 같은 구절을 학생들에게 크게 읊었다. 그리고는 눈을 부릅뜨고 학생들을 둘러보았다.

"내가 읊은 시구가 어디에서 인용한 건지 아는 사람 없나? 누구 없나? 아무도?"

아무도 손을 드는 사람이 없었다. 모두 어리벙벙한 표정으로 서로의 얼굴만 쳐다볼 뿐이었다.

"그래, 좋다! 젊은 학자 여러분!"

키팅은 우렁찬 목소리로 말을 이어 나갔다.

"이 시는 월트 휘트먼의 시다. 그가 에이브러햄 링컨을 추모하면서 쓴 시의 일부분이다. 지금부터 내 수업 시간에는 나를 '오! 선장님 나의 선장님'이라고 부르면 좋겠다. 물론 키팅 선생이라고 불러도 좋다. 하지만 선장님이라고 부르면 더욱 환영하겠다."

그는 교탁에서 뛰어내려와 다시 책상 사이를 오가며 말을 계속했다.

"나에 대한 소문을 들었는지 모르겠다. 나는 쓸데없이 사람들 입방아에 오르내리고 싶지 않다. 그래서 미리 말해 두겠다. 여러분이 알고 있는 대로 나는 오래전 이 학교의 학생이었다. 물론 그때는 지금과 같이 카리스마 넘치는 사람은 아니었다."

"……."

"그러나 너희들은 내가 했던 대로 똑같이 공부하지 마라. 그렇게 하면 물론 성적은 올라가겠지. 하지만 그것뿐이다. 더 이상의 학습 효과는 얻지 못한다. 자, 지금부터 다들 책을 들고 '기념 전시관'으로 가자."

그는 지휘봉으로 교실 뒷문 쪽을 가리킨 뒤 성큼성큼 밖으로 나갔다. 학생들은 어떻게 해야 할지 당황하며 서로의 얼굴만 바라보고 있었다.

"일단 따라가 보자."

닐이 가장 먼저 교실 뒷문으로 나가면서 말했다. 그러자 다른 학생들이 교과서를 챙겨 들고 닐의 뒤를 따랐다. 그들은 떡갈나무 원목으로 벽을 장식한 웰튼의 '기념 전시관'으로 갔다. 학생들이 기념 전시관 안으로 모두 들어오자 키팅 선생은 전시관 안을 돌아다니며 이곳저곳을 유심히 살펴보았다. 전시관 안에는 1800년대부터 지금까지 웰튼 아카데미를 거쳐 간 졸업생들의 사진이 걸려 있었다. 그리고 곳곳에 놓인 유리

상자나 장식장 안에는 온갖 상패들이 설명서와 함께 가득 들어있었다. 학생들이 모두 자리에 앉는 것을 확인한 키팅은 학생들을 향해 섰다.

"자, 어디보자."

그는 출석부를 들여다보며 한 학생의 이름을 불렀다.

"피츠! 오! 불행한 이름이군!, 피츠, 어디 한 번 일어나 볼까?

몇몇 학생들이 쿡쿡 소리 죽여 웃었다. 키팅 역시 악의가 없다는 것을 증명하듯 입가에 엷은 웃음을 띠었다.

"피츠, 542쪽에 실려 있는 시의 첫 번째 연을 읽어 보게."

키팅의 말에 따라 피츠는 542쪽을 찾기 위해 교과서를 뒤적였다.

"처녀들이여 시간을 헛되이 보내지 말라 말인가요?"

"맞아, 바로 그 시야."

키팅이 장난스런 표정을 지으며 대꾸하자 다른 학생들이 큰 소리로 낄낄댔다.

"그럼, 읽겠습니다."

피츠가 목청을 가다듬고 시를 읽어 내려갔다.

장미꽃 봉오리를 따려면 지금
시간은 언제나 말없이 흐르고
오늘 이렇게 활짝 핀 꽃송이도
내일이면 시들어 버릴 것이다.

"장미꽃 봉오리를 따려면 지금!"

피츠의 낭독이 끝나자 키팅 선생은 다시 한 번 되풀이해서 읊었다.

"이 같은 감정을 라틴어로 '카르페디엠'이라 한다. 그 뜻을 아는 사람?"

"카르페디엠 말입니까?"

라틴어 박사 믹스가 손을 들었다.

"'오늘을 즐겨라'입니다."

"그래, 맞았다. 이름은?"

"스티븐 믹스입니다."

"믹스! 오늘을 즐겨라!"

키팅은 믹스에게 그렇게 말하고 다시 학생들에게 물었다.

"그럼 왜 시인은 이런 구절을 사용했을까?"

"그 시인은 무척 바빴기 때문에 그런 것 아닐까요?"

한 학생이 큰 소리로 대답하자 다른 학생들은 모두 킬킬대며 웃었다.

"아니야! 아니야! 전혀 아니올시다!"

키팅은 고개를 가로저으며 말했다.

"그건 바로 우리가 구더기의 먹이이기 때문이야. 이 어리석은 학자들아!"

키팅은 목청을 높였다.

"우리가 그저 제한된 횟수의 봄과 여름, 가을을 넘기며 살아가고 있다는 건 모두 다 아는 사실 아닌가? 믿고 싶지 않겠지만 언젠가 우리는 누구 하나 빠짐없이 숨이 끊어질 것이다. 싸늘하게 몸은 식고 죽음에 이르게 된다. 아무도 이 운명에서 벗어날 수는 없어!"

그는 이 부분에서 효과를 높이기 위해서 말을 멈추었다.

"자리에서 일어나라! 자, 여기에 걸린 사진 속의 주인공들을 유심히 들여다봐라! 이들도 60년, 70년 전, 우리처럼 이 학교에 다녔던 학생들이다. 얼른 나와 자세히 봐! 자, 어서! 부끄러워할 필요 없다!"

그는 학생들을 손짓으로 불러냈다. 학생들은 키팅 선생을 따라 '기념 전시관'에 나란히 걸린 졸업생들 사진 앞으로 다가섰다. 거기에는 과거라는 시간을 넘어, 바로 앞에 서 있는 자신들을 또렷이 바라보는, 약간 촌스러운 모습의 학생들이 있었다. 과거의 한순간에 정지된 채 머물고 있는 그들은 시간을 뛰어넘어 후배들과 만나고 있었다. 숨을 멈춘 채 전시실의 사진을 바라보고 있는 학생들은 타임머신을 타고 과거 속으로 여행하는 듯했다.

"이들이 현재 우리 모습과 다른 점이 어디 있나? 어디에? 그들의 희망 어린 눈빛은 바로 여러분의 눈빛과 똑같다. 이 선배들은 여기 있는 여러분들처럼 멋진 장래가 보장될 거라고 확실히 믿었던 사람들이었다. 자, 그런데 저 웃음이 지금은 어디에 남아 있을까? 그들이 꿈꾸었던 희망은 어디로 갔을까?"

학생들은 천천히 사진들을 눈여겨보았다. 학생들의 표정은 점차 진지해졌고 과거를 되새겨보는 눈빛은 점점 감동으로 젖어들었다. 키팅은 이 사진 저 사진들을 가리키면서 잰걸음으로 전시실을 돌아다녔다.

"이 사람들 가운데 한평생 소년 시절의 꿈을 마음껏 펼쳐본 사람은 과연 몇 명이나 될까? 대부분 지난 세월을 아쉬워하며 세상을 떠나 무덤 속으로 사라져 갔을 것이다. 능력이, 시간이 없어서 그랬을까? 천만에! 그들은 성공이라는 전지전능한 신을 뒤좇는 데 급급해서, 소년 시절 품었던 꿈을 헛되이 써버리고 말았던 것이다. 결국 지금은 땅 속에서 수선화의 비료 신세로 떨어지고 만 것이지. 하지만 좀 더 가까이 다가가면, 이들이 여러분에게 속삭이는 소리가 들릴 것이다. 자 들어 봐! 어서 와서 들어 봐!"

그는 다시 학생들을 재촉했다.

"사진에 귀를 대 봐! 어서! 들리지? 뭐가 들리지?"

학생들은 조용했고, 몇몇 학생들은 주저하면서도 사진에다 귀를 갖다 대어 보았다. 그 순간 어디선가 나지막이 속삭이는 소리가 들려왔다. 학생들은 일순간 알지 못할 전율을 느꼈다.

"카아르페에 디이엠……."

키팅이 쉰 목소리를 내며 나지막이 속삭이고 있었다. 그리고 계속해서 다그치듯 말했다.

"오늘을 즐겨라! 자신들의 인생을 헛되이 낭비하지 마라!"

학생들은 모두 깊은 생각에 잠긴 채 벽의 사진들을 뚫어지게 쳐다보았다. 토드와 닐, 낙스, 달튼, 그리고 캐머룬과 믹스, 피츠를 비롯한 다른 학생들도 모두 같은 상태였다. 그와 같은 모습은 종소리가 들릴 때까지 계속되었다. 학생들은 수업이 끝났는데도 사진 앞에서 빠져들었던 묘한 세계에서 벗어나지 못했다.

"어째 기분이 이상하다."

피츠가 책을 정리하며 말했다.

"뭔가 좀 색다르던데."

닐이 진지한 표정을 지으며 대꾸했다.

"난 등골이 오싹해지는 것 같더라."

낙스는 그렇게 말하면서 실제로 몸서리를 치기까지 했다. 가만히 있던 캐머룬은 불쑥 걱정스런 표정으로 물었다.

"근데 아까 그거 시험에 나올까?"

캐머룬은 정말 걱정된다는 듯이 진지하게 물었다.

"세상에 맙소사. 캐머룬 너……."

달튼은 씁쓸하게 웃으며 말했다.

"너는 오직 시험밖에 모르냐?"

4

점심 시간이 끝난 뒤 2학년 학생들은 필수 과목인 체육 수업을 받기 위해 체육관으로 모였다.

"반갑다, 제군들!"

체육 선생은 큰 소리로 학생들의 주의를 환기시켰다.

"자, 지금부터 체력을 점검해 보는 운동을 시작하겠다. 먼저 약간의 준비 운동을 실시한다. 모두들 체육관을 천천히 뛰도록 하자. 한 바퀴 돌 때마다 멈춰 서서 맥박을 재도록. 만약 맥박이 뛰지 않으면 곧바로 나한테 오는 거다!"

학생들은 저마다 투덜거리며 넓은 체육관을 달리기 시작했다. 체육 선생은 슬쩍 웃으며 가장자리로 걸어가 벽에 기댄 채 학생들이 달리는 모습을 지켜보고 있었다.

"헤스팅스, 좀 더 빨리 달리도록! 그런 마음가짐으로 뭐가 되겠나? 계속 그런 식이라면 거꾸로 매달아서라도 썩어빠진 너의 정신 상태를 고쳐 주겠다! 자, 맥박을 점검해 봐!"

체육 선생은 자꾸만 뒤로 처지는 학생 한 명을 무서운 기세로 몰아세웠다. 지적받은 헤스팅스는 전속력을 내어 달렸다. 반대로 일정한 속도로 맨 앞에서 뛰고 있던 낙스에게는 다른 학생들이 들으라는 듯 큰 소리로 칭찬했다.

"그래, 잘한다. 낙스, 계속 그 속도를 유지해봐!"

낙스는 으쓱해져 슬쩍 손을 흔들며 체육 선생 옆을 지나는 여유를 보였다. 학생들은 어느 누구도 지금 뛰고 있는 준비 운동이 수업 시간 내내 계속될 거라고는 꿈에도 생각하지 못했다. 서서히 몸이 무거워지고 등에서 땀이 흘러내렸지만 체육 선생은 그만 달리라는 신호를 보내지 않았다.

그런데 이상한 것은 수업이 끝날 때까지 그렇게 뛰었는데도 지쳐 쓰러지는 학생은 단 한 명도 없었다. 마침내 종소리가 울렸고 달리기는 그제야 멈췄다. 학생들은 자신들이 해낸 그 대단한 일에 스스로 대견한 듯 놀라워했다.

체육 시간이 끝난 뒤 모두들 샤워장으로 달려가 수도꼭지를 틀었다. 너나없이 가쁜 숨을 몰아쉬며 샤워기 앞에 달려들었다.

"휴, 진짜 죽는 줄 알았어!"

피츠가 숨을 헐떡거리며 말했다.

"저런 사람은 사관학교 교관이나 하면 딱 맞겠어. 학교가 뭐 군대라도 되는 줄 아는 모양이지!"

"야 피츠, 진정해. 어차피 네 건강에 좋은 일이잖아!"

캐머룬이 웃으며 위로했다.

"너나 실컷 뛰어라! 건강에 좋으니까!"

피츠가 빈정거리듯 맞받아쳤다.

"너는 창피를 안 당했으니 그렇겠지. 아까 그 망할 놈의 작자가 내 자존심을 얼마나 건드렸는지 너는 모를 거야. 아이쿠 다리야!"

피츠는 화가 난 표정을 지으며 갖은 욕설을 퍼부었다. 그때 갑자기 샤워장 문이 열리더니 체육 선생이 들어왔다. 체육 선생을 본 피츠는 잽싸게 벽을 향해 돌아섰다.

"휴-우."

믹스는 샤워장의 요란한 물소리 속에서 재빨리 큰 소리로 외쳤다.

"야, 저녁 식사 후 곧바로 스터디 그룹을 하는 게 어때?"

그 말은 체육 선생에 대해 늘어놓고 있던 험담을 다른 쪽으로 얼버무리기 위한 속임수였다.

"그래! 그러자!"

"저녁 밥 먹고 곧바로!"

"좋아, 나도 갈게!"

몇몇 학생이 큰 소리로 맞장구쳤다. 체육 선생은 그 소리에 머쓱해진 듯 샤워장 안으로 더 들어오지 않고 입구에서 소리쳤다.

"해리슨, 저기 비누 떨어진 것도 모르니! 얼른 주워! 빨리빨리 씻고 옷 갈아입어!"

"염병할 놈의 체육 선생 같으니!"

샤워를 하던 학생 중 누군가가 그렇게 말했다. 샤워실까지 쫓아와 잔소리를 해대는 체육 선생이 못마땅했던 것이다.

"미안해, 믹스 오늘 난 못 가."

체육 선생의 목소리가 사라지고 나자 낙스는 안타깝다는 듯이 말했다.

"오늘 저녁 덴버리 씨 집의 만찬에 가야 한다는 명령이 떨어졌거든."

"덴버리 씨가 누군데?"

옆에 있던 피츠가 물었다.

"와! 그 유명한 우리 학교 대선배 아니냐?"

캐머룬이 끼어들었다.

"근데, 낙스 네가 어떻게 그분을 아니?"

캐머룬이 무척 부러운 듯 물었다. 낙스는 어깨를 움찔해 보이더니 말했다.

"우리 아빠와 아주 가까운 친구야……."

옆에 있던 닐이 싱긋 웃으며 말했다.

"그래? 그집 저녁은 기숙사에서 먹는 이름 모를 고기 요리보다 훨씬 괜찮을 거야. 잘됐네!"

"두 말하면 잔소리지!"

달튼이 동감을 표시했다. 학생들 대부분은 학교 급식에 진저리가 나 있었다. 낙스는 낯선 덴버리 씨 집에서 저녁식사를 해야 한다는 것이 부담스러웠다. 하지만 그 마음을 알 턱이 없는 친구들은 부러운 눈길로 쳐다보았다.

샤워를 마친 학생들은 옷을 갈아입고 각자의 사물함에 체육복을 아무렇게나 쑤셔 박는 것으로 체육 수업을 마무리했다. 친구들이 모두 샤워실 밖으로 나간 뒤까지 토드는 말없이 의자에 앉아 천천히 양말을 신고 있었다.

"무슨 생각을 그렇게 골똘히 하고 있니?"

닐이 다가와 토드 옆에 앉았다.

"생각할 가치도 없는 일이야."

토드는 고개를 저으면서 말했다.

"오늘 스터디에 올 거지?"

닐이 물었다

"고맙긴 한데……, 난 안 될 것 같아."

"어째서?"

"역사 공부를 해야 돼."

토드가 웃으며 말했다.

"그럼, 그렇게 해. 하지만 생각이 바뀌면 언제든지 얘기해."

닐은 언제든 토드가 함께할 여지를 남겨 주고 싶었다. 낯선 학교에서 제대로 적응하지 못하는 새로운 친구를 향한 우정 어린 관심이었다.

"고마워."

토드는 소지품을 챙겨 밖으로 나가는 닐을 지켜보며 다시 멍한 얼굴이 되었다. 그리고 신발을 신은 다음 책을 들고 천천히 기숙사를 향해 걸어갔다. 멀리서 태양이 빨갛게 이글거리면서 쭉 뻗은 학교 캠퍼스와 맞닿은 풀빛 숲 뒤로 저물어가고 있었다. 그 모습을 보던 토드는 혼자 중얼거렸다.

"저렇게 큰 태양이 여기서는 왜 이리 작게 보일까."

기숙사 현관에는 동료 학생들이 모여 이야기꽃을 피우고 있었다. 몇몇 친구들이 아는 척을 했다. 하지만 토드는 싱긋 웃어 보이기만 할 뿐 그들의 이야기에 끼어들지 않고 곧바로 방으로 올라갔다. 책상 위에 책을 내려놓은 토드는 다시 한숨을 내쉬면서 힘없이 의자에 털썩 주저앉았다.

'아! 꼭 이렇게까지 공부를 해야 하는가! 끔찍해!'

토드는 겹겹이 쌓인 책더미를 뒤적이며 중얼거렸다. 그렇지만 깊은 숨을 들이쉰 다음 어떤 강렬한 힘에 이끌렸는지 역사책과 공책을 펼쳤다. 토드는 텅 빈 공책 첫 장을 가만히 들여다보았다. 그러자 어느 순간 자신도 모르게 커다란 글씨로 '오늘을 즐겨라'라고 쓰고 있었다.

'오늘을 즐기라고!'

그는 작은 소리로 되물었다.

'도대체 무엇을, 어떻게?'

그 뜻이 무엇인지 답을 찾지 못한 채 토드는 한숨만 내쉬었다. 그는 '오늘을 즐겨라'라고 쓴 첫 장을 찢어 휴지통에 던져 넣고 말았다. 이어 큰 소리로 역사책을 읽기 시작했다.

"준비됐나? 낙스 오버스트릿?"

헤이거 박사가 기념 전시관으로 들어서며 물었다. 낙스는 그곳에서 아까 낮에 본 웰튼 선배들의 사진을 바라보며 깊은 생각에 잠겨 있었다.

"예, 선생님. 준비됐습니다."

낙스는 또박또박한 발음으로 대답하면서 헤이거 박사를 따라 건물 정면에 있는 자동차로 갔다. 학교에서 업무용으로 쓰는 스테이션왜건이었다. 낙스의 사정을 알게 된 헤이거 박사가 그를 덴버리 씨 집까지 태워 주기로 했던 것이다. 낙스는 덴버리 씨 집에 가는 것이 사실 부담스러웠지만 한편으로는 이 지방 최고 명문가를 방문한다는 사실에 약간 들떠 있었다. 그것은 낙스의 얼굴에 잘 나타나 있었다.

"수고를 끼쳐 드려 죄송합니다 선생님. 돌아올 때에는 덴버리 씨가 자동차로 데려다 주신다고 하셨습니다."

헤이거 박사는 낙스의 말에 별다른 반응을 보이지 않고 앞만 쳐다보며 운전했다. 잠시 뒤 차는 얼핏 보기에도 웅장한 어느 저택 앞에 멈춰 섰다. 콜로니얼 양식으로 지은 저택이었는데 온통 흰색의 아름다운 집이었다.

"9시를 넘기면 안 된다는 거 알고 있겠지?"

"네, 선생님."

헤이거 박사는 기숙사 문 닫는 시간을 정확히 알려 주고는 학교로 돌아갔다. 낙스는 조심스럽게 초인종을 눌렀다. 잠시 뒤 현관문이 열렸다. 그런데 안쪽에 모습을 나타낸 것은 뜻밖에도 예쁜 여학생이었다. 짧은 테니스복을 입고 있었는데 머리는 아름다운 금발이었다. 나이는 낙스보다 한두 살 정도 많아 보였고 눈이 무척 아름다운 여학생이었다. 낙스는 숨이 멎는 듯했다.

"안녕."

여학생은 티없이 밝게 웃으며 인사를 건넸다. 빛나는 푸른 눈동자가 황홀하게 느껴졌다. 낙스는 당황해서 말을 더듬거렸다.

"아……안……녕!"

"혹시 체트를 만나러 왔니?"

하지만 낙스의 귀에는 아무런 소리도 들리지 않았다. 다만 탄력 있게 쭉 뻗은 그 여학생의 다리만 눈에 들어올 뿐이었다. 낙스는 대답도 하지 않고 여학생의 다리를 훑어보다가 민망스러워 얼른 눈길을 돌렸다. 그러나 여전히 건강미 넘치는 아리따운 여학생의 모습이 눈앞에 아른거렸다.

"체트 친구 맞지?"

여학생은 하얀 이를 드러내며 웃음 띤 얼굴로 다시 물었다.

"……."

"체트 친구 아니니?"

그때 여학생 뒤로 중년의 부인이 나타났다. 그제야 정신이 돌아온 낙스가 입을 열었다.

"덴버리 부인이신가요?"

"낙스구나!"

덴버리 부인이 웃으며 말을 건네자 여학생은 한 걸음 뒤로 물러섰다. 그리고 생긋 웃어 보이더니 뒤로 돌아 계단 위로 사라졌다.

"어서오너라. 안 그래도 기다리던 참이었단다."

낙스는 덴버리 부인의 뒤를 따라 안으로 들어갔다. 하지만 그의 머릿속에는 여전히 계단을 가볍게 뛰어올라가던 여학생의 잔영만이 남아있었다. 덴버리 부인은 원목으로 잘 꾸며진 서재로 낙스를 안내했다.

"조, 낙스가 왔어요."

덴버리 부인은 흠잡을 구석이라곤 전혀 없는 완벽한 모습의 남자에게 낙스를 인사시켰다. 그는 40대 중반으로 보였는데 집안에 있으면서도 정장 차림이었고, 빈틈이라곤 찾아볼 수가 없었다. 고리타분한 노인네일 거라고 짐작했던 낙스의 생각은 보기 좋게 빗나가 버렸다.

"낙스, 만나서 반갑다. 내가 조 덴버리란다."

"불러 주셔서 고맙습니다. 선생님."

낙스는 머리를 깊숙이 숙이며 공손히 인사했다.

"아버지를 쏙 빼닮았구나. 그래, 아버지는 안녕하시고?"

덴버리 씨는 낙스에게 음료수를 권하며 친구의 안부를 물었다.

"네 건강하십니다. 얼마 전에 제너럴 모터스 사와 관련한 큰 소송 문제를 해결하셨어요."

"오, 그래? 너 역시 법조계로 나갈 테지. 네 아버지처럼 말

이야."

그는 학창 시절을 떠올리기라도 한 듯 입가에 엷은 웃음을 지었다.

"참, 내 딸 버지니아를 만난 적이 있던가?"

"아, 선생님 따님이셨군요. 좀 전에 인사는 했습니다만……."

낙스의 얼굴이 갑자기 붉어졌다.

"버지니아, 이리 와서 인사하렴."

낙스는 덴버리 씨가 딸을 부르자 갑자기 가슴이 쿵쾅거렸다. 그런데 막상 밝은 곳에서 정면으로 보고 나자 실망을 금치 못했다. 그녀는 자기보다 약간 어린 15세 정도의 여학생이었다. 더구나 자세히 보니 귀엽기는 했지만 그저 그런 평범한 얼굴이었다.

"얘가 버지니아야, 줄여서 지니라고 부른단다."

지니는 낙스 앞으로 다가와 생긋 웃으며 인사했다.

"안녕, 지니라고 해!"

"안녕!"

두 사람은 간단히 인사를 나누었다. 낙스는 조금 전 현관에서 느꼈던 속마음을 지니에게 들켰기라도 한 것처럼 가슴이 쿵쾅거리면서 얼굴이 빨개졌다. 그리고 지니에 대한 실망감을 감추려고 애써 웃으며 어색한 표정을 짓고 있었다. 그런데 그때였다. 방금 현관문을 열어 주었던 테니스복 차림의 여학생이 서재에서 2층으로 통하는 계단을 내려오고 있는 게 아닌가!

낙스는 자기도 모르게 눈길이 그녀의 다리로 갔다. 틀림없이 조금 전에 봤던 날씬한 두 다리였다. 그런데 그 여학생 옆에 덩치 큰 남학생이 서 있었다. 여학생은 낙스를 보고 빙긋 웃었다. 낙스는 다시 심장이 두근거리기 시작했다.

"자, 다들 앉자."

덴버리 씨가 푹신한 가죽 소파를 가리키며 말했다.

"낙스, 혹시 알고 있는지 모르겠다. 네 아버지와 내가 공동으로 맡았던 소송 말이야?"

"네? 네에……."

다른 곳에 정신이 팔려 있던 낙스가 당황해하며 대답했다.

"아직 그 얘길 해 주지 않았나 보군?"

덴버리 씨는 무엇이 그리 좋은지 계속 싱글벙글 웃고 있었다.

"아, 네……."

낙스는 아직도 테니스복 차림의 여학생에게서 눈길을 떼지 못한 채 대답했다. 그녀와 덩치 큰 남학생이 서재로 들어왔다. 덴버리 씨는 그 두 사람이 서재로 들어온 줄도 모른 채, 옛 추억에 관한 이야기를 길게 늘어놓고 있었다.

"난생 처음 맡은 큰 소송 사건이었다. 정말 난 그 일에 푹 빠져 버렸지. 하지만 이길 거라고 생각하진 않았어. 난생 처음 맡은 큰 사건이라 당연히 질 것으로 생각했던 거지. 그렇다고 최선을 다하지 않았던 것은 절대 아니야. 난 정말 최선을 다

했어. 그런데 그때 네 아버지가 나타난 거야. 소송을 이기게 해 주겠다고 하더군. 그런데 그 조건이 뭐였는지 아니?"

"……."

"의뢰인이 지불하는 수수료 전부를 달라는 거였어. 정말 네 아버지 배짱은 두둑했어! 하하하!"

덴버리 씨는 무릎을 탁 치며 호탕하게 웃었다.

"내가 어떻게 대답했을 것 같니?"

"……?"

"네 아버지 요구대로 했지!"

덴버리 씨의 목소리는 한층 더 높아졌다.

"나야 지푸라기라도 잡아야 할 상황이었으니까. 그땐 수수료 따위는 안중에도 없었거든. 결국 우리는 소송에서 이겼단다. 그때 일만 생각하면 지금도 가슴이 두근거려!"

덴버리 씨는 마치 그때로 되돌아갔기라도 한 듯 흥분된 표정을 지으며 연신 싱글거렸다. 낙스 역시 자기 기분에 도취해 웃고 있는 덴버리 씨와 보조를 맞춰 가며 함께 웃었다. 하지만 그의 마음은 온통 서재 끝에 서 있는 테니스복의 여학생한테 가 있었다.

"아빠, 차 좀 빌려 주세요!"

덴버리 씨가 잠시 말을 멈춘 사이 테니스복 차림의 여학생과 같이 서 있던 덩치 큰 남학생이 불쑥 말했다. 덴버리 씨의 자동차는 최고급인 뷰익이었다.

'아빠라고?'

낙스는 깜짝 놀랐다.

"네 차는 어쩌고? 그리고 체트! 손님이 왔는데 인사는 했니?"

덴버리 씨는 못마땅한 표정을 지으며 체트라는 남학생을 쳐다보았다.

"낙스, 이쪽은 내 아들 체트란다. 그 옆은 여자 친구 크리스 노엘이고."

그는 낙스에게 두 사람을 소개했다.

"그리고 이쪽은 낙스 오버스트릿이다. 둘도 없는 내 친구의 아들이야. 웰튼에 다니고 있어. 공부를 썩 잘하는 모범생이지."

"안녕! 우린 이미 봤지?"

낙스가 크리스를 보면서 말했다.

"응, 그래."

크리스가 환히 웃으며 낙스의 말을 받았다.

"안녕, 낙스!"

체트는 퉁명스럽게 말했다. 처음 보는 녀석에게 여자 친구가 아는 척을 하는 것이 못마땅한 눈치였다. 덴버리 부인은 아이들 사이에 흐르고 있는 어색한 분위기를 눈치채기라도 한 듯 자리에서 일어나며 말했다.

"저녁 식사 준비가 다 됐는지 보고 올게요, 조."

덴버리 부인이 나가자 체트는 덴버리 씨를 졸랐다.

"아빠 어서요! 잘 쓰고 갖다 놓을게요! 오늘은 꼭 필요하단 말이에요. 한 번만 빌려 주세요."

체트는 나이와 덩치에 어울리지 않는 말과 행동으로 덴버리 씨를 졸라 대고 있었다. 낙스는 체트의 철따구니 없는 행동이 몹시 못마땅했다. 그리고 어째서 크리스같이 예쁜 여학생이 철없는 건달 같은 녀석과 사귀게 되었는지 도무지 이해할 수 없었다.

"그래서 내가 스포츠카를 사주지 않았니? 그 차는 어떡하고 늘 아빠 차를 빌려 달라고 하니?"

"그래야 크리스 엄마가 마음을 놓을 수 있대요. 안 그래 크리스?

체트는 뷰익을 빌려 타기 위해 치사하게 여자 친구의 어머니까지 끌어들였다. 게다가 그 말은 크리스까지 난처하게 만들었다. 난처해진 크리스는 얼굴까지 빨개지며 더듬거렸다.

"아 아니야……, 체트 괜찮아."

"그렇지 않아, 빨리요! 아빠! 마지막이에요!"

체트는 큰 덩치에 어울리지 않게 덴버리 씨에게 계속 응석을 부렸다. 덴버리 씨는 아들의 부탁을 쉽게 들어 줄 눈치가 아니었다. 그는 낙스 보기가 민망했는지 밖으로 나갔다. 하지만 체트는 밖으로 나가는 아버지를 따라가며 졸라댔다. 체트의 그런 철없는 행동에 낙스는 자신이 부끄러워 얼굴이 빨개질 것 같았다.

"부탁이에요, 아빠. 오늘밤엔 차를 안 쓰잖아요. 제 운전실력을 잘 아시면서 왜 그러세요."

서재 밖에서 아버지와 아들이 실랑이를 벌이는 동안 낙스와 지니 그리고 크리스는 어색하게 서 있었다. 낙스는 분위기를 바꿔 보려고 이리저리 머리를 굴렸다.

"참……."

낙스가 입을 열었다.

"크리스, 넌 어느 학교에 다니니?"

"리지웨이 고등학교."

크리스는 낙스가 또 다른 것을 물어 보기라도 할까 봐 얼른 버지니아 쪽으로 화제를 바꾸었다.

"참, 지니! 헨리홀 생활은 재밌니?"

"응."

지니는 별것 아니라는 듯 대답했다.

"헨리홀은 웰튼 아카데미하고 자매결연을 맺은 학교라며?"

크리스는 지니에게 묻고는 슬쩍 낙스 쪽을 쳐다봤다.

"아마 그럴 걸."

"지니, 너희 학교에서 공연하는 연극에 나가?"

크리스는 지니에게 묻고 나서 낙스를 향해 말했다.

"얘네 학교에서 '한여름 밤의 꿈'을 공연한다고 들었거든."

"그래……."

낙스는 알겠다는 듯이 고개를 끄덕였다.

"뭐, 그럴 수도."

지니가 어깨를 으쓱해 보였다. 하지만 낙스의 관심은 전혀 다른 데에 있었다. 그는 지니의 대답이 끝나기를 기다렸다가 재빨리 크리스에게 물었다.

"크리스, 체트하고는 어떻게 만났니?"

낙스는 체트를 처음 본 그때부터 까닭 모를 적개심을 느꼈다. 크리스처럼 예쁜 아이가 불량스럽고 철없는 그런 녀석과 사귀는 것을 도저히 용납할 수 없었던 것이다. 낙스의 질문에 지니와 크리스는 이상한 눈으로 그를 바라보았다. 두 사람의 눈치가 예사롭지 않다는 것을 눈치챈 낙스는 우물쭈물하며 이유를 들이댔다.

"저…… 내 말은 말이야."

그때 크리스는 이해한다는 듯한 표정을 지으며 체트와의 관계를 간략히 설명했다.

"체트는 리지웨이의 축구 선수야. 나는 치어리더고. 예전엔 체트도 웰튼에 다녔는데 성적 때문에 퇴학당했어."

체트가 웰튼에서 퇴학당했다는 말에 내심 통쾌해진 낙스는 무엇 때문에 그 따위 형편없는 녀석과 사귀느냐고 충고라도 해 주고 싶은 심정이었다. 하지만 크리스는 그러한 낙스의 마음에 전혀 아랑곳하지 않고 다시 지니에게 관심을 돌렸다.

"지니, 연극에 꼭 참가해. 넌 잘 할 수 있을 거야."

지니는 수줍어하며 눈을 아래로 내리깔았다. 그때 체트가 돌아왔다. 결국 차를 빌리는 데 성공한 모양인지 얼굴 표정이 무척 밝았다.

"됐어 크리스. 어서 가자!"

체트는 들뜬 기분을 억누르지 못한 채 크리스의 손을 잡고 밖으로 나갔다. 크리스는 서재를 나가기 전에 고개를 돌려 낙스와 지니에게 인사했다.

"낙스! 만나서 반가웠어. 그리고 지니, 안녕!"

'안녕 크리스, 나도 즐거웠어, 다음에 또 만나자.'

낙스는 그렇게 인사하고 싶었지만 입 안에서 맴돌 뿐이었다. 낙스는 한참 동안이나 크리스가 나간 쪽을 멍하니 바라보며 넋이 나간 듯 서 있었다.

"계속 그렇게 있을 거야?"

지니는 낙스를 쳐다보며 이상하다는 듯이 말했다. 그러나 낙스는 여전히 멍한 채 아무런 말도 할 수 없었다. 잠시 두 사람 사이에는 어색한 침묵이 흘렀다. 지니는 혼잣소리로 말했다.

"사실 오빠가 굳이 아빠 차를 고집하는 데는 까닭이 있어."

"?"

"뷰익은 아무데나 세워 놓아도 괜찮거든."

지니는 그렇게 말해 놓고 갑자기 손을 얼굴로 가져갔다. 낙스는 지니의 얼굴이 빨개진 것을 보았다. 지니는 자신이 한 말의 뜻을 새겨보다가 스스로 얼굴이 빨개진 것이다. 지니의 말이 채 끝나기도 전에 낙스는 창문으로 크리스와 체트가 뷰익 안에서 길고 진한 키스를 나누는 모습을 보고 말았다.

덴버리 씨의 자동차는 실내 공간이 넓고 커서 사람들 눈에 잘 띄지 않기 때문에 사랑을 나누기에 알맞았던 것이다. 두 사람은 누가 먼저랄 것도 없이 서로 끌어안더니 또다시 길고 진한 입맞춤을 했다. 그 모습을 바라보던 낙스는 질투심과 부

러움으로 가슴이 터질 것만 같았다.

두 시간쯤 지난 후 낙스는 기운이 다 빠진 모습으로 기숙사 현관으로 들어섰다. 방에는 닐과 캐머룬, 믹스, 달튼 그리고 피츠가 한창 수학 문제를 풀고 있었다. 잠시 쉬는 시간이 되자 피츠와 믹스는 조그마한 광석라디오를 조립하는 데 몰두하기 시작했다. 낙스는 힘없이 소파에 몸을 던졌다.

"저녁 어땠어?"

"……."

달튼이 궁금해 죽겠다는 표정을 지으며 물었다.

"너, 뭐 잘못 먹은 사람 같아. 설마 여기서 먹는 이름 모를 웰튼표 고기 요리는 아니었겠지?"

낙스의 이상한 태도에 모두들 어리둥절해했다. 달튼이 호기심어린 눈으로 다그쳤다.

"정말 최고였어!"

갑자기 낙스가 정신 나간 표정으로 외쳤다.

"……세상에! 그렇게 예쁜 여자 애는 처음 봤어! 상상할 수도 없을 정도였어. 진짜야!"

닐이 눈을 둥그렇게 뜨고 낙스를 쳐다보았다.

"대체 무슨 뚱딴지 같은 소리야?"

"아! 그런데, 그 애는 이미 체트 덴버리와 그렇고 그런 사이야. 그 시커먼 침팬지 같은 멍청이 녀석하고 말이야!"

낙스는 실연당한 사람처럼 길게 한숨을 내쉬었다.

"그거 안됐다."

피츠가 안타깝다는 표정으로 말했다.

"안됐다고? 안된 정도가 아니야! 이건 비극이야 비극!"

낙스는 흥분한 목소리로 소릴 질렀다.

"왜 그렇게 예쁘고 귀엽게 생긴 애가 그런 얼간이 같은 녀석과 좋아 지내냔 말이야!"

"야 낙스, 그만해라. 원래 예쁘고 똑똑한 여자들은 언제나 실력 없는 얼뜨기한테 붙는 법이야. 도대체 그 까닭을 알 수가 없단 말이야!"

피츠가 세상을 돌아가는 법을 다 꿰뚫고 있다는 듯이 말했다. 옆에 있던 믹스가 싱긋 웃으며 말을 이었다.

"이제 그만 잊어버려 낙스! 수학책 가지고 이리 와. 12번 삼각함수 문제나 풀어 봐!"

"지금 삼각함수가 머리에 들어오겠어. 어떻게 그냥 잊어버리란 말이야?"

"물론 할 수 있지! 넌 이미 사랑의 삼각관계에 빠져 있잖아! 그러니 벌써 반쯤은 문제를 푼 거나 다름없어, 안 그래?"

라틴어 박사 믹스가 그럴듯한 궤변을 늘어놓으며 큰 소리로 낄낄댔다.

"야, 믹스! 분위기 파악 좀 해라. 너 지금 그걸 말이라고 하는 거니?"

캐머룬이 어이없어 하자 믹스도 멋쩍은 듯 씩 웃었다. 낙스는 말장난 하는 친구들 사이를 서성대며 안절부절못했다. 그러다가 중대한 결심이라도 한 듯 비장한 목소리로 말했다.

"정말 크리스를 잊어야 한단 말이지?"

"어쩔 도리가 없잖아"

피츠가 달리 좋은 방법이 없지 않느냐는 듯이 말했다. 낙스는 마치 여자에게 프러포즈를 하는 사람처럼 피츠 앞에 무릎을 꿇고 앉았다.

"오…… 피츠, 너만 믿는다. 나한텐 오직 너밖에 없어!"

낙스는 과장된 몸짓을 섞어 가며 피츠에게 애원했다.

"야, 이제 그만하자, 낙스!"

피츠가 징그럽다는 듯이 밀어붙이자 낙스는 소파에 엉덩방아를 찧으며 털썩 주저앉고 말았다. 다른 친구들은 주변을 정리한 뒤 다시 수학 문제를 푸는 데 골몰하기 시작했다. 시간이 얼마나 흘렀을까.

"오늘 공부는 여기서 끝내자."

믹스가 책장을 덮으며 선언하듯 말했다. 그리고는 한마디 덧붙였다.

"틀림없이 내일은 숙제가 더 많을 거야. 그렇다고 걱정할 우리는 아니지만 말이야."

그들은 소지품을 정리한 뒤 각자의 방으로 돌아갈 준비를 했다.

"근데, 토드가 안 보이네?"

갑자기 생각이 나기라도 한 듯 캐머룬이 닐에게 물었다.

"혼자 역사 공부를 하겠다고 했어."

"그래?"

캐머룬은 고개를 갸웃거렸다. 그러다가 다시 낙스를 쳐다보며 말했다.

"야, 낙스 기운 내."

낙스는 캐머룬의 말이 귀에 들리지 않는다는 듯 아무런 반응을 보이지 않았다. 캐머룬은 계속 말했다.

"오늘로 세상이 끝난 것이 아니잖아. 갑자기 그녀를 빼앗아 올 좋은 생각이 떠오를지도 모르는 거고. 그 시를 생각해 봐. '오늘을 즐겨라' 말이야, 희망을 가져!"

낙스는 아무 대꾸도 하지 않고 소파에서 벌떡 일어나 친구들을 향해 슬쩍 웃었다. 체념을 했다는 뜻인지, 안정을 되찾았다는 뜻인지 갈피를 잡을 수 없는 묘한 웃음이었다.

다음 날 국어 시간. 키팅 선생은 교탁 옆에 놓인 의자에 앉아 있었다. 어제와는 달리 분위기가 사뭇 진지하고 차분했다. 잠시 뒤 수업 시작을 알리는 종소리가 들렸다. 그는 두꺼운 책 한 권을 들어 보이며 학생들을 향해 입을 열었다.

"자, 지금 프리차드가 쓴 교과서 21쪽의 머리말 부분을 펼쳐라, 닐 페리!"

키팅은 닐을 가리켰다.

"'시의 이해'라는 머리말 가운데 첫 문단을 큰 소리로 한번 읽어 보도록!"

학생들은 21쪽을 찾느라 부지런히 책장을 넘겼다.

"시의 이해, 문학 박사 J. 에반스 프리차드 지음……."

닐은 앉은 채로 교과서를 또박또박 읽기 시작했다.

"시를 잘 이해하려면 먼저 시의 운율과 음률 그리고 시어가 함축하고 있는 비유에 대해 미리 충분히 이해해 둘 필요가 있다. 그러고 나서 다음의 두 가지 물음에 대해 생각해야 한다. 첫째, '시의 소재가 얼마나 예술적으로 나타나고 있는가?' 둘째, '그 소재가 얼마나 중요하게 다뤄지고 있는가?' 첫 번째 문제는 시의 완성도를 판가름하기 위한 것이고, 두 번째는 시의 중요도를 판단하기 위한 것이다. 일단 이 두 가지 문제를 풀고 나면 어떤 시가 훌륭하고 좋은 시인지 결정짓는 문제는 그리 어렵지 않다……."

키팅 선생은 칠판에 백묵으로 2개의 직각선을 그렸다. 닐을 따라 교과서를 함께 읽던 학생들도 공책에 똑같은 2개의 선을 그렸다. 닐은 계속 교과서를 읽고 있었다.

"만약 시에 대한 평가를 그래프로 나타낸다고 가정할 때, 시의 완성도를 X축 위에 놓은 다음 그 시의 중요도는 Y축에 나타낸다. 그리하여 이 두 점을 서로 이어 생긴 사각형의 영역이 클수록 그 시는 훌륭하다고 볼 수 있다. 예를 들면 바이런의 소네트는 Y축에서 높은 점수를 받지만 완성도를 재는 X축에서는 겨우 평균치에 도달한다. 반대로 셰익스피어의 소네트는 X축이나 Y축 모두에서 높은 점수가 나온다. 따라서 전체적으로 무척 넓은 영역을 차지하고 있다. 바로 이 같은 점에서 셰익스피어의 시를 아주 위대한 작품으로 평가하는 것이다."

키팅 선생은 닐이 읽는 교과서의 내용에 따라 칠판에 색을 칠해 가면서 셰익스피어의 소네트가 바이런의 소네트보다 어느 정도 위대한가를 보여주는 그래프를 그리기 시작했다. 그리고 닐에게 읽기를 잠시 중단시키고 학생들에게 짧고 간결한 투로 말했다.

"이 책에 실린 시를 읽으면서 이 척도법을 되풀이해서 연습하도록! 이런 방법을 통해 시를 평가하는 능력이 커질수록 여러분들은 시를 더 잘 이해할 수 있을 것이고 시를 읽는 즐거움도 그만큼 좋아질 것이다!"

닐의 읽기가 끝나자 키팅은 학생들이 필기할 수 있도록 기다렸다. 그러더니 갑자기 자기 목을 움켜잡고 괴상한 비명을 지르기 시작했다.

"우헤헤헤! 끄아-악!"

학생들은 깜짝 놀라 키팅을 쳐다보았다. 그는 계속해서 고함을 쳤다.

"이건 엉터리야! 완전히 거짓말투성이라고! 당장 책에서 그 대목을 찢어 내라! 부욱 찢어 버려, 어서! 지금 당장 쓰레기통에 던져 버리라고!"

학생들은 깜짝 놀랐다. 서로의 얼굴을 쳐다보며 어떻게 해야 할지 무척 당황했다. 키팅의 괴상한 행동은 계속되었다.

"상관없어! 어서 빨리 찢어 버려! 어서!"

그는 휴지통을 번쩍 치켜들더니 힘찬 걸음으로 학생들 사이를 돌아다녔다. 그리고 학생들이 찢어낸 책장을 버릴 수 있도록 일일이 옆에 멈춰 섰다. 닐이 제일 먼저 키팅 선생의 광적인 지시에 따랐다. 종이 찢어지는 소리가 들렸다. 이어 한두 명이 더 찢었다. 그러자 나머지 학생들도 재미있다는 듯 킥킥대며 찢어 버렸다. 조금 전까지 열심히 강의를 들으며 선생님의 말 한마디 한마디를 빠짐없이 적어 놓았던 그 부분을 모두 찢어버린 것이었다. 키팅의 괴상한 행동을 이해하지 못하고 난감한 표정으로 앉아 있던 캐머룬도 분위기에 휩쓸렸다. 하지만 그는 다른 학생들과 달리 자를 대고 칼로 오려 깨끗하게 찢어냈다.

"미련 없이 찢어 버려! 완전히! 조금도 남기지 말고! 에반스 프리차드 박사! 당신은 저질이야! 저질!"

학생들의 웃음소리가 더 커졌다. 그때 맞은편 교실에서 수업을 하던 라틴어 선생 맥카리스터가 창문 밖에 얼굴을 드러냈다. 갑자기 소란스러운 소리가 들려오자 깜짝 놀라 달려온 것이다. 유리창을 통해 뜻밖의 모습을 본 그는 당황한 표정을 지으며 교실로 뛰어 들어왔다.

"아니, 대체 무슨 해괴망측한 짓들이냐! 너희들!"

맥카리스터는 학생들을 꾸짖으려다가 키팅 선생이 휴지통을 들고 있는 것을 보자 그만 말을 멈추었다. 그는 입가에 웃음을 머금은 채 눈인사를 했다.

"아, 내가 실례했군요. 키팅 선생! 계신 줄 몰랐소."

정중한 말투였지만 곤혹스런 표정을 감추지 못한 채 슬며시 교실 밖으로 나갔다. 큰 걸음으로 교탁으로 돌아간 키팅은 전혀 당황한 기색 없이 휴지통을 바닥에 내려놓고는 그 속으로 껑충 뛰어 들어갔다. 그의 두 눈은 강렬하게 빛나고 있었다.

키팅 선생은 휴지통 안에서 몇 차례 껑충껑충 뛰면서 종이들을 꾹꾹 밟아 누르고는 밖으로 나왔다. 그리고 마치 축구공을 다루듯 저 멀리 밀어 버리며 냅다 소리쳤다.

"제군들! 전쟁은 시작됐다!"

그 목소리가 어찌나 우렁찼던지 마치 웅변가처럼 보였다.

"그래, 전쟁 말이야! 지금 여러분 각자의 영혼은 위기에 처해 있다. 이 따위 '호이 폴로이'들이 해대는 고리타분한 말을 외우기나 하고 앉아 있으면 열매도 못 맺고 그대로 썩어 죽어가는 과일나무가 되고 말 것이다. 물론 그렇게 되어서는 안 된다. 주체적인 인간으로 당당히 승리해야 한다! 선택은 여러분이 해야 한다! 여러분이!"

학생들은 완전히 키팅 선생에게 푹 빠져들고 말았다.

"하지만 걱정하지 마라! 여러분이 원한다면 이 학교가 여러분에게 가르쳐 주라고 내게 맡긴 것들을 몽땅 가르쳐 줄 수 있다. 아이비리그로 진학할 수 있는 온갖 학습 비법들을 말이다. 그렇지만 나는 아이비리그 진학보다 참된 교육의 중요성을 진지하게 고민하는 사람이다. 나는 여러분에게 아이비리그 진학 이상의 것을 가르쳐 주고 싶다! 내가 바라는 것은 여러분이 스스로 생각하고, 주체적으로 판단하고, 그에 따라 자신 있게 행동하고 말하는 것이 얼마나 아름답고 소중한 것인지를 깨닫게 되는 것이다. 자기 자신의 말과 행동, 스스로 내린 판단과 결정을 진정 사랑하는 사람이 되길 바란다. 누가 어떻게 지껄이든 말과 생각에는 이 세계를 바꿀 만한 힘이 들어 있기 때문이다. 내가 좀 전에 '호이 폴로이'라는 낱말을 썼다. 누구 이 뜻을 아는 사람 없나? 자 말해봐, 닉스! 이 개똥아!"

학생들은 낄낄대고 웃었다.

"토드, 자네는 사람인가? 아니면 기생충인가?"

이번에도 학생들은 소리내어 웃으며 한꺼번에 토드를 쳐다보았다. 토드는 너무 당황한 나머지 얼굴이 새빨개지며 고개를 흔들었다.

"아뇨……."

이때 믹스가 손을 들었다.

"호이 폴로이란 '어리석은 군중'이란 뜻 아닌가요?"

"바로 그거야 믹스! 그리스 말로 어리석은 군중이라는 뜻이 맞아. '호이 폴로이'라는 낱말을 쓸 때는 한 가지 명심해야 할 것이 있어. '어리석은 군중'이라고 말한다면 여러분 역시 '호이 폴로이'라는 뜻이 된다. '군중'이란 낱말은 복수형이거든. 그러니까 너희들도 '어리석은 군중' 가운데 하나가 되는 거지!"

키팅 선생은 장난치듯 웃었다. 믹스도 따라 웃었다.

"그런데 피츠!"

키팅은 교실 뒤쪽으로 자리를 옮기며 말했다.

"자네는 19세기 문학 따위는 경영대학이나 의과대학과는 아무런 관계가 없다고 생각하겠지? 아니면 지금은 에반스 프리차드의 이론대로 운율이나 음률을 외워 시험이나 잘 치르고, 그 덕에 좋은 점수를 따서 명문대학에 진학하는 게 의미 있는 시대라고 생각하겠지? 가슴으로 시를 읽고, 마음으로 시를 느끼는 따위의 문학이란 아직 중요한 게 아니라고, 좋은 대학에 들어가고 사회적으로 성공한 뒤에 해도 늦지 않다고 그렇게 생각하고 있겠지?"

키팅 선생은 마치 피츠가 자기에게 그렇게 말하기라도 한 것처럼 코앞에서 그의 눈을 뚫어지게 쳐다보며 말했다.

"누가요? 제가요?"

피츠는 눈을 동그랗게 뜨고 잔뜩 겁먹은 얼굴로 '나는 그런 말 한 적 없어요' 하는 투로 키팅에게 되물었다.

키팅은 교실 뒤쪽으로 가서 갑자기 두 손바닥으로 벽을 탁탁탁 내리쳤다. 그 소리는 마치 드럼 소리처럼 교실 안에 울려 퍼졌다. 학생들은 모두 깜짝 놀라 뒤를 돌아보았다. 키팅은 아무것도 아니라는 듯 고개를 흔들었다. 그리고 굳은 표정으로 나지막이 말하기 시작했다.

"좋아. 이제 결론을 내리자! 시를 읽는다는 건, 다른 이유가 없다. 그 사람이 인류의 한 사람이기 때문이다. 게다가 그 인류야말로 열정의 집합체라는 것을 잊지 마라. 의학, 법률, 금융, 이런 것들은 모두 삶을 유지하기 위해 필요한 것들이다. 그렇다면 시, 낭만, 사랑, 아름다움이 세상에 있는 까닭은 무엇일까? 그건 바로 사람들의 삶의 양식이기 때문이다. 삶의 양식…… 말이다. 자. 월트 휘트먼의 시 한 편을 읽어 주겠다. 잘 음미해 보도록!"

오!
오, 삶이여!
한없이 되풀이되는 이 의문들
믿음 없는 자들의 끝없는 행렬
어리석은 군중이 들끓는 이 도시……
착한 것은 무엇이랴!
오!
오, 인생이여!
대답은 하나
그대가 여기 있다는 사실
비로소 내 삶이 있고 그 뜻이 분명해지네.
감동스런 연극은 계속되고,
그대는 한 편의 시를 읊어 주리니

갑자기 교실 전체가 숙연해지고 학생들은 시가 전해 주는 감동에 흠뻑 젖어들었다. 키팅은 교실을 둘러보더니 잔뜩 가라앉은 목소리로 마지막 구절을 다시 한 번 읽었다.

"감동스런 연극은 계속되고 그대는 한 편의 시를 읊어 주리니……."

마지막 구절을 읽은 후 그는 한동안 교실 뒤에 말없이 서 있었다. 무거운 침묵이 흘렀다. 잠시 후 키팅은 천천히 앞으로 걸어 나갔다. 학생들의 눈동자는 그의 움직임을 따라 소리 없이 구르고 있었다. 그는 아주 작은 목소리로 속삭이듯 한 가지 질문을 던졌다.

"여러분에게 한 편의 시는 과연 무엇일까?"

학생들에게서 아무런 대답이 없었다. 다시 긴 침묵의 시간이 흘렀다. 얼마나 시간이 흘렀을까. 그는 다시 특유의 활기찬 목소리로 말문을 열었다.

"자! 교과서 60쪽을 펼치고, 워스워드의 낭만주의에 대해 공부해 보기로 하자!"

5

맥카리스터는 한쪽 가에 있는 교사용 식탁에서 점심을 먹고 있는 키팅 선생을 보고 옆으로 다가갔다.

"앉아도 되겠소?"

맥카리스터는 이미 의자를 빼낸 상태였다. 그는 상대방의 대답 따위는 중요하지 않다는 듯 커다란 몸집을 의자 깊숙이 밀어 넣었다. 그리고 손짓으로 밥을 달라는 표시를 급사에게 보냈다.

"그럼요, 선생님."

키팅은 웃으며 말했다. 식당 안은 점심을 먹는 학생들로 꽉 차 있었지만 분주하지도 소란스럽지도 않았다. 학생들은 한결같이 불편해 보이는 교복을 입은 채 밥을 먹고 있었다. 겉으로 드러나 보이는 그 불편함이 학생들의 심리 상태에도 그대로 영향을 미쳐 그들의 생각마저 경직되게 만들어 버린 듯했다. 그런데도 학생들은 전혀 불편하지 않은 것 같았다. 그것은 마치 오랜 세월 수동적으로 살아온 사람이 갖는 삶의 편안함 같은 것이었다.

존 키팅은 지난 며칠 동안 자신이 했던 수업을 생각해 보았다. 웰튼같이 전통을 중요하게 생각하는 완고한 명문고교에서 자신의 방식대로 수업을 이끌어 간 것은 실로 가슴 벅찬 일이었다. 모교인 웰튼 아카데미로 부임해 올 당시 그는 몹시 망설였다. 자신의 독특한 교육 방법이 과연 웰튼에서 통할 수 있을까 하고. 하지만 그는 평소 갖고 있던 믿음대로 밀고 나갔고 학생들은 적게나마 활기를 찾는 듯했다. 그 모습에 키팅은 자신감을 얻었던 것이다. 그렇다고 문제가 완전히 해결된 것은 아니었다. 학생들이 자신의 교육 방법에 대한 거부감을 표시한다면 그로서는 어쩔 도리가 없기 때문이다. 더구나 교사들 사이에서도 자신의 수업 방식에 대해 심상치 않은 소문이 나돌고 있었다. 물론 아직까지는 대놓고 반대하거나 찬성하는 것은 아니었다. 그렇지만 이러쿵저러쿵 말이 많다는 것 자체가 다분히 문제의 소지가 될 수 있다는 것을 뜻하기 때문에 키팅으로서는 부담감을 느끼지 않을 수 없었다. 키팅은 맥카리스터가 옆자리에 앉은 것도 자신의 수업 방식에 대해 떠돌고 있는 교사들의 심상치 않는 소문과 무관하지 않다고 생각했다.

"아까는 꽤 흥미롭게 수업을 하시더군요, 키팅 선생."

맥카리스터의 말은 단순히 인사치레로 하는 듯했지만 그 말 속에는 키팅의 행동을 비꼬는 듯한 뉘앙스가 강하게 풍기고 있었다.

"아, 네."

키팅은 맥카리스터의 비꼬는 듯한 말투가 못마땅했지만 아무런 선입관도 갖지 않고 그를 대하려고 애썼다.

"아까 그 수업 말이오."

"네에. 놀라게 해 드려서 죄송합니다."

"아뇨, 사과까지 할 필요는 없고."

맥카리스터는 웰튼 학생들이 '정체불명의 고기'로 만든다는 음식을 입에 꽉꽉 채우고는 고개를 흔들며 말했다.

"아주 흥미롭더군요. 방법상에 문제가 있긴 하지만."

"그렇게 생각하세요?"

키팅은 웃음 띤 얼굴로 물었다.

"그렇소."

맥카리스터는 고개를 끄덕이며 말했다.

"키팅 선생, 선생은 위험천만하게 아이들을 예술가로 만드는 일을 하고 있더군요. 그 아이들은 렘브란트나 셰익스피어, 모차르트가 아니에요. 나중에 학생들이 그걸 깨닫게 되면 선생을 얼마나 원망하겠소?"

"아뇨, 전 학생들을 예술가로 키우려는 게 아닙니다. 뭔가 중요한 점을 놓치신 것 같군요. 저는 그들이 자유롭게 생각하는 사람이 되기를 바랍니다."

키팅은 차분하게 말했다. 그러나 그 말은 맥카리스터에게는 너무나 엉뚱한 대답이었다.

"허, 그래요? 16세에 자유로운 사색가라!"

맥카리스터는 어처구니없다는 듯이 껄껄 웃었다.

"그게 과연 가능하다고 생각하시오?"

맥카리스터는 마치 '너 바보 아니니'하는 듯한 얼굴로 키팅 선생에게 물었다.

"선생님께서 이처럼 보수적인 줄 미처 몰랐습니다."

키팅은 홍차를 한 모금 마시면서 말했다.

"이걸 보수적이라 생각하면 안 되오, 키팅 선생. 현실적인 문제 아니겠소? 아이들에 대한 현실적인 책임 말이오!

맥카리스터는 답답하다는 듯이 키팅을 쳐다보면서 노골적으로 비꼬았다.

"좋소! 만일 어리석은 몽상을 품고 자유로워진 영혼이 있다면 나한테 꼭 보여 주시오. 난 그 대가로 행복한 사람을 만들어 선생에게 보여 줄 테니까! 하하하!"

맥카리스터는 고기를 다시 한입 베어 물고는 한마디 덧붙였다.

"어쨌든 앞으로 선생의 수업을 기대하며 보겠소. 솔직히 흥미가 당기긴 하니까, 하하!"

키팅도 짐짓 즐거운 표정으로 빙그레 웃으며 대답했다.

"고맙습니다, 선생님. 그 뜻에 어긋나지 않도록 하겠습니다.

정말 그렇게 생각해 주시는 분이 선생님 말고 또 계셨으면 좋겠군요."

키팅은 그렇게 말하고 건너편에서 밥을 먹고 있는 2학년 학생들을 바라보았다. 그때 닐 페리가 급하게 식당 안으로 들어왔다. 닐은 잔뜩 상기된 표정으로 달튼 옆으로 가서 앉았다. 그 식탁에는 달튼을 비롯해 낙스와 믹스가 함께 앉아 있었다.

"놀라운 소식이 있어!"

닐은 숨을 헐떡거리며 이야기를 시작했다. 친구들은 호기심 가득한 표정으로 그의 말에 귀를 기울였다.

"도서관에서 공부하다가 이걸 찾아냈어. 키팅 선생님의 졸업 앨범 말이야."

닐은 식당 한쪽에서 밥을 먹고 있는 키팅 선생을 힐끗 쳐다보며 말했다. 키팅은 계속 맥카리스터와 열띤 대화를 나누고 있었다. 닐은 키팅의 졸업 앨범을 펼치더니 읽기 시작했다.

"축구부 주장, 연감 편집위원, 케임브리지행 확실……. 무엇이든지 잘 해낼 수 있는 학생 그리고 '허벅지를 사랑하는 남자'와 '죽은 시인의 사회'라는 말도 적혀 있는데!"

친구들도 궁금한지 서로 보려고 고개를 내밀었다.

"이게 무슨 뜻이지? 허벅지를 사랑하는 남자?"

닐은 고개를 갸우뚱거리며 친구들에게 물었다.

"선생님은 옛날부터 끼가 있었나 본데? 지금 모습이랑 똑같다 똑같아. 그런데 정말 '죽은 시인의 사회'는 뭐지?"

달튼은 개성파 키팅 선생의 학창 시절의 비밀을 알아낸 것이 재미있는지 킥킥거리며 말했다.

믹스 역시 궁금한 듯 고개를 갸우뚱거리며 한마디 했다.

"서클 이름 아니냐?"

"서클 회원들의 사진은 여기 안 실렸나 봐!"

낙스도 궁금해서 죽겠다는 듯이 한마디 거들었다.

"전혀 없어. 여기 적힌 게 전부인 것 같아."

닐은 키팅 선생의 사진 밑에 적혀 있는 활동 사항을 살펴보며 말했다. 그는 계속해서 또 다른 것을 찾아내기 위해 이리저리 책장을 넘겼다. 그때 달튼이 식탁 밑으로 닐에게 발 신호를 보내며 속삭였다.

"쉿, 교장이야!"

놀런 교장이 가까이 오자 닐은 재빨리 앨범을 식탁 밑으로 해서 캐머룬에게 전달했다. 캐머룬은 그걸 다시 토드에게 재빨리 넘겼다. 토드는 겁먹은 얼굴로 캐머룬을 쳐다보았지만 결국 그것을 받고 말았다.

"학교생활은 즐거운가? 닐 페리 군!"

놀런 교장은 잔뜩 권위적인 모습으로 배를 내밀고 서서 그렇게 말했다.

"예, 교장 선생님. 아주 재미있습니다."

닐이 시원스럽게 대답했다.

"그래, 키팅 선생님은 어떤가? 아주 재밌지? 안 그런가, 제군들?"

"네, 교장 선생님. 저희도 방금까지 키팅 선생님에 대해 얘기하고 있었습니다."

달튼이 대답했다.

"그래?"

교장은 흡족하다는 표정을 지었다.

"우리도 키팅 선생이 모교에 온 것을 기쁘게 생각하고 있지. 모두들 알고 있겠지만 선생님은 로즈 장학금을 받은 수재야."

학생들은 모두 웃는 얼굴을 한 채 고개를 끄덕였다. 사실 놀런 교장은 키팅에게 큰 기대를 걸고 있었다. 왜냐하면 그는 옥스퍼드 대학에 진학했고 거기서도 성적이 아주 뛰어난 학생에게만 주는 로즈 장학금을 받아 웰튼 아카데미의 이름을 한껏 높였기 때문이다.

놀런 교장은 다른 식탁으로 발걸음을 옮겼다. 토드는 안도의 한숨을 내쉬며 얼른 식탁 밑에서 앨범을 꺼냈다. 그는 앨범을 무릎 위에 놓고 이리저리 책장을 넘기기 시작했다.

"이 앨범은 내가 갖고 있을게."

점심을 먹고 식당 밖으로 나오자마자 닐은 토드가 들고 있던 앨범을 빼앗다시피 하면서 말했다.

"뭘 하려고?"

토드는 돌려주기 아쉬운 듯 물었다.

"으응, 그냥 뭐 좀 알아보려고."

닐은 속을 알 수 없는 웃음을 지어 보였다. 그날 일과가 끝난 뒤 닐과 달튼, 믹스, 피츠, 캐머룬 그리고 토드까지 모두 함께 기숙사로 돌아가는 중이었다. 그때 잔디밭을 가로질러 걸어가는 키팅 선생의 모습이 눈에 들어왔다. 그는 헐렁한 외투에 스카프를 감고 손에는 책을 한 아름 들고 있었다.

"키팅 선생님!"

닐이 키팅 선생의 뒤를 좇아갔다. 그런데 키팅은 못 들었는지 계속 앞으로 걷기만 했다.

"선생님!"

닐이 다시 한 번 크게 불렀으나 키팅은 아무런 반응도 보이지 않았다. 분명히 제자의 말을 듣고도 대답을 안 했던 것이다. 닐은 수업 첫날 키팅 선생이 가르쳐 준 호칭을 생각해 내고 다시 불렀다.

"오 선장님! 나의 선장님!"

그제야 키팅은 기다렸다는 듯이 발걸음을 멈추고 고개를 돌려 빙긋 웃었다. 그들은 키팅 선생에게 우르르 몰려갔다.

"선생님 '죽은 시인의 사회'가 뭐죠?"

닐의 느닷없는 질문에 키팅 선생은 약간 당황한 모습이었다. 그리고 경계하는 눈초리로 주위를 둘러보았다. 닐이 계속 말했다.

"우연히 도서관에서 옛날 앨범을 보았어요. 그래서……."

"뭔가 조사를 한다는 건 잘못된 일이 아니지."

키팅 선생은 금방 편안한 얼굴이 되어 학생들을 안심시킨 뒤 잠시 생각에 잠겼다. 닐과 친구들은 키팅 선생의 입에서 무슨 말이 나올지 무척 궁금했다. 무언가 재미있는 사연이 있을 것 같았기 때문이다.

"도대체 그게 뭔가요?"

닐이 참지 못하고 다시 물었다.

키팅은 조금 전처럼 다시 주위를 둘러보았다.

"음……, 그건 비밀 조직이었어."

그는 제일 가까이 서 있는 사람만 겨우 알아들을 수 있을 만큼 작게 말했다.

"지금은 학교 당국이 어떻게 생각할지 모르겠지만……. 아마 환영하진 않을 게다."

그는 학생들이 숨죽이며 듣고 있는 동안에도 마치 누군가 엿보고 있지나 않는지 걱정되는 듯이 이리저리 주위를 살폈다.

"너희들 비밀을 지킬 수 있겠니?"

그들은 모두 고개를 끄덕였다.

"좋아, 그럼 '죽은 시인의 사회'에 대해 말해 주지."

모두들 키팅 선생의 다음 말을 기다렸다.

"그 모임은 삶의 참맛을 보기 위한 조직이었지. '죽은 시인의 사회'는 소로의 시에서 따온 거야. 우린 모일 때마다 그의 시를 읽곤 했어."

그는 아주 비밀스러운 이야기를 하듯 계속 말했다.

"적은 사람으로 조직된 우리 서클은 동굴에서 모임을 가졌단다. 차례대로 돌아가면서 셸리, 소로, 휘트먼 같은 시인의 작품을 읽고, 때로는 우리가 손수 지은 시를 읊곤 했어……. 그 순간이면 우리는 마치 마법에 걸린 것처럼 기쁨과 환희의

맛을 보곤 했지."

학창 시절을 떠올리는 것이 즐겁기라도 한 듯 그의 두 눈이 반짝거렸다. 낙스는 믿기지 않는다는 듯 머리를 갸우뚱거리며 물었다.

"그럼 남학생 몇 명이 동굴 속에 모여 돌아가면서 시를 읊었다는 건가요?"

키팅 선생은 빙그레 웃으며 말했다.

"남학생들만이 아니었지. 하지만 낙스 오버스트릿! 쓸데없는 상상은 하지 말도록. 우린 그냥 함께 모여 시를 읊었을 뿐이니까……. 아니 그건 단순한 시 낭송이 아니었어. 마치 혀끝에 벌꿀을 발라 놓은 것처럼 시가 흘러나와 뚝뚝 떨어진 거라 할 수 있지."

키팅 선생은 그렇게 말하고 마치 벌꿀이 묻어 있기라도 한 것처럼 손가락으로 자기 혀끝을 가리켰다. 그리고 마치 동굴에 모여 시를 읊던 그 시절로 돌아간 듯한 표정으로 계속 이야기했다.

"여학생들은 꿈을 꾸듯 황홀한 표정을 지었고, 우리의 영혼은 하늘 높이 솟구쳤지. 그러면 어느 새 우리들 앞에 신들까지 모습을 나타내곤 했어."

모두들 말을 잃고 멍하니 듣고만 있었다. 그때 닐이 무거운 침묵을 깨고 물었다.

"그럼, 그 이름이 뜻하는 것은 뭐죠? 죽은 시인들의 시만 읽었다는 건가요?"

"천만에, 시의 장르는 따지지 않았어. 그 이름이 뜻하는 것은, 누구나 이 조직에 가입하는 사람은 반드시 죽어야 한다는 뜻이었어."

키팅 선생은 눈에 잔뜩 힘을 주고 그렇게 말했다. 그 목소리는 작았지만 거역하기 힘든 신비스런 무언가가 담겨 있었다.

"네에?"

그들은 마치 키팅 선생이 갑자기 밀치기라도 한 것처럼 뒷걸음질치며 비명을 질렀다.

"쉿! 놀랄 것 없어. 특별한 뜻은 아니니까. 정회원이 되려면 일생 동안 준회원 노릇을 해야 한다는 뜻이야. 그러니까 우리 모두는 준회원이었던 셈이지. 죽은 다음에는 정회원이 된다고 생각했어."

키팅 선생은 손가락을 입술에 대고 더욱 작은 소리로 말했다. 그들은 선생님의 말이 무엇을 뜻하는지 모른 채 점점 더 미궁 속으로 빠지고 있었다.

"그러고 보니 나도 병아리 신참자인 셈이네……, 아직 준회원에 지나지 않으니까. 우리가 마지막으로 모인 것이 15년쯤 된 것 같구나……."

그는 옛 추억을 더듬는지 눈을 감고 생각에 잠겼다. 그리고 눈을 뜨고 다시 한 번 주위를 둘러보았다. 아무도 없는 것을 확인한 그는 홀연히 자리를 떠났다.

"좋아! 오늘밤에 한 번 가 봐야겠어!"

키팅 선생이 가고 나자 닐이 흥분한 얼굴로 말했다.

"다들 함께 갈 거지?"

닐은 친구들에게 동조를 구했다.

"그 동굴을 아니?"

피츠가 물었다.

"응, 강 건너 끝 쪽에 있어. 내가 알아."

닐이 대답했다.

"거리가 꽤 멀 텐데!"

피츠는 별 관심 없다는 듯이 말했다. 다른 친구들은 특별한 반응이 없었다. 하지만 닐은 당장이라도 동굴을 찾아가고 싶을 만큼 강한 욕구를 느꼈다. 그때 캐머룬이 시큰둥하게 말했다.

"난 별로 흥미가 없는데"

"그럼 넌 오지 마!"

갑자기 달튼이 톡 쏘아붙였다. 직설적이고 호기심 많은 달튼과 꼼꼼하고 이해관계를 따지기 좋아하는 캐머룬은 자주 부딪쳤다.

"지금 여기서 우리가 한 얘기를 실제 행동으로 옮긴다면 벌점이 얼만지 알아?"

달튼의 말에 기분이 상한 캐머룬은 마치 기숙사 사감 선생이라도 되는 듯 그렇게 말했다.

"그러니까 너는 오지 말라고! 제발 부탁이야!"

달튼의 목소리는 싸우기라도 할 것처럼 거칠었다. 그러자 캐머룬이 기어들어가는 목소리로 말했다.

"아니, 내 말은 신중해야 한다는 뜻이지. 들키지 않게 말이야."

캐머룬은 키팅 선생이 '학교에서 알면 가만있지 않을 것'이라고 했던 말이 마음에 걸려 그렇게 이야기했던 것이다. 그리고 밤에 기숙사를 몰래 빠져 나간다는 것은 그에게는 감히 상상할 수 없는 일이었다. 반대로 달튼은 캐머룬이 모든 것을 시험 점수 아니면 규칙, 벌점 따위와 연관시켜 생각하는 것이 평소에도 못마땅했는데 키팅 선생이 '비밀을 지켜 달라고'하면서 이야기해 준 '죽은 시인의 사회'에 대한 호기심을 이야기하는 자리에서까지 벌점 운운하는 것이 너무나 화가 났던 것이다.

"아무튼, 갈 사람?"

닐은 가고 싶은 사람만 가면 아무런 문제가 없다는 듯 그렇게 물었다.

"나……."

달튼이 가장 먼저 손을 들었다.

"그래, 나도 갈게."

뜻밖에 캐머룬도 가겠다고 동의했다.

닐은 결정을 내리지 못하고 있는 낙스와 피츠 그리고 토드를 쳐다보았다.

"글세, 난……."

피츠는 망설이는 눈치였다.

"왜? 너도 같이 가자, 피츠."

달튼이 부추겼다. 그때 믹스가 피츠를 감싸고 나섰다.

"요즘 피츠는 평점이 별로라서 감점당하면 안 돼."

"그럼 네가 피츠를 도와주면 되잖아!"

닐이 믹스를 쳐다보며 말했다.

"근데 가서 어쩔 건데?"

피츠는 풀죽은 목소리로 물었다. 그 역시 가고 싶기는 하다는 말투였다. 닐이 피츠를 안심시키며 말했다.

"괜찮아 피츠, 한번 가 보자! 재미날 것 같아. 믹스 너는 갈 거지? 설마 너도 평점이 나쁜 건 아니겠지?"

닐의 쾌활한 목소리에 믹스가 싱긋 웃고 말았다.

"좋아, 나도 가 보겠어."

"브라보!"

믹스의 말에 달튼이 환호했다.

"낙스, 너는?"

달튼은 낙스를 쳐다보며 물었다.

"글쎄, 잘 모르겠어. 마음이 영 내키질 않아."

"잘 생각해 봐 낙스. 크리스의 마음을 끄는 데도 도움이 될 거야."

달튼이 낙스를 꼬드겼다.

"그럴까?"

크리스란 말에 낙스는 눈을 번쩍 뜨며 말했다.

"근데 네가 그걸 어떻게 아니?"

낙스는 달튼이 무슨 근거로 그렇게 말하는지 궁금하다는 표정으로 물었다.

"아까 키팅 선생님이 그랬잖아. 여자 애들이 시를 듣고 황홀해했다고. 너도 한번 시도해 봐. 손해 볼 건 없잖아."

"시를 듣고 왜 황홀해지는데?"

낙스는 좀처럼 결정을 내리지 못하고 망설였다. 그때 저녁 식사 시간을 알리는 종소리가 울렸다. 모두들 기숙사 쪽으로 발걸음을 옮겼다. 낙스는 달튼을 따라가며 계속 물었다.

"달튼, 왜 여자들은 시를 들으면 황홀해지는 걸까? 어서 대답해 봐. 그 까닭이 뭐냐고?"

낙스는 달튼을 따라가며 대답해 달라고 졸랐다. 하지만 모두들 저녁식사 시간에 늦어 벌점을 받지 않기 위해 서둘러 가는 바람에 결국 이야기를 듣지 못했다.

저녁 식사를 하고 나서 닐과 토드는 자습실로 가서 책상을 마주 보고 앉았다. 닐은 토드를 설득하려고 불러냈던 것이다.

"토드……."

닐의 목소리는 부드럽고 다정했다. 토드에 대한 관심과 애정이 묻어나는 말투였다.

"난 지금 '죽은 시인의 사회'에 너를 초대하는 거야."

닐은 그때까지 토드에게 그날 밤에 있을 모임에 같이 가자고 한 사람이 아무도 없다는 것을 알고 있었다. 닐은 토드가 서운하게 생각하지 않도록 조심하면서 친구들이 늘 마음으로는 그를 생각하고 있다는 것을 느끼게 해 주고 싶었다. 그러면서도 닐은 토드가 친구들에게 의지하지 않고 홀로 꿋꿋하게 학교생활에 적응하기를 바랐다.

"토드, 늘 친구들이 너에게 신경을 써 줄 것이라고 생각하면 안 돼. 넌 전학생이기 때문에 사실 다른 애들은 아직 너를 잘 몰라. 너 또한 다른 친구들과 별로 말을 많이 안 하잖아. 그러니까 친구들이 너에게 관심을 많이 안 가진다고 해서 너무 섭섭하게 생각지는 마."

"닐, 그렇게 말해 줘서 고마워. 하지만……."

"뭐가 문제지?"

"난, 난 말이야, 그냥 가고 싶지 않아."

토드는 말을 더듬거렸다.

"아니, 왜? 까닭이 있을 거잖아. 넌 키팅 선생님의 말을 이해하지 못했니? 넌 뭔가 새로운 경험을 해 보고 싶지 않니?"

그때 자습실 감독관 헤이거 박사가 학생들을 이리저리 살피면서 걸어왔다. 닐과 토드는 재빨리 앞에 있던 책을 펼쳐들었다.

"키팅 선생님의 이야기는 다 알아들었어. 그런데……."

헤이거 박사가 다른 곳으로 사라지자 토드는 닐에게 속삭이듯 말했다.

"그런데 뭐가 문제라는 거지?"

"난……."

내성적인 성격의 토드는 여전히 안쓰러울 정도로 망설였다.

"난, 큰 소리로 시를 읽는 게 싫어."

토드가 책상 위로 고개를 떨구며 말했다.

"뭐?"

"키팅 선생님이 아까 그랬잖아. 모든 사람이 돌아가면서 시를 읊었다고 말이야. 난 그럴 자신도 없고 별로 하고 싶지도 않아."

토드는 솔직하게 털어놓았다.

"세상에……. 너 정말!"

닐은 눈을 동그랗게 뜨고 고개를 쳐들었다.

"큰 소리로 시를 읽는다고 해서 네게 조금도 나쁠 건 없어. 그것이 우리 모임의 목적인데 자신이 없단 말이야? 너 자신을 나타내는 것인데도?"

"닐, 딱히 뭐라고 설명을 못하겠어. 그냥 마음이 내키지 않아."

닐이 도저히 이해할 수 없다는 표정으로 계속 토드를 다그치자 그는 부끄러운 듯 얼굴을 붉히고 말았다. 그런 토드의 모습을 보며 닐은 마음이 답답해져 애꿎은 책장만 소리 내어 넘기고 있었다. 그러다가 닐은 갑자기 좋은 생각이라도 떠올랐다는 듯 고개를 번쩍 들고 말했다.

"그럼 넌 시를 읽지 않아도 돼! 그냥 참석만 해서 다른 친구들이 읽는 것을 듣기만 하는 거야. 어때?"

닐은 환한 표정을 지으며 토드를 쳐다보았다. 그러나 토드는 여전히 걱정스러운 얼굴이었다.

"그건 원래 뜻한 목적과 다르잖아. 그리고 내가 참석하면 다른 애들은 나도 시를 읽어야 한다고 할 텐데."

"그건 걱정하지 마. 내가 친구들에게 부탁할게."

"네가 일일이 애들한테 부탁을 하겠다고? 닐, 그럼 내가 창피해지잖아!"

토드의 모습은 더욱 난처해졌다.

"아니야, 그렇지 않아"

닐은 의자에서 일어났다.

"잠시만 기다려 봐."

그렇게 말하고 닐은 자습실 밖으로 나갔다.

"닐!"

토드가 큰 소리로 불렀다. 그러자 자습실 감독을 하고 있던 헤이거 박사가 고개를 돌려 토드를 쏘아보았다. 닐은 이미 자습실 밖으로 사라지고 없었다. 토드는 상기된 표정으로 역사 교과서를 펼치고 공책에 무언가를 쓰기 시작했다.

6

기숙사 복도는 취침 준비를 하는 학생들의 종종걸음으로 분주했다. 잠옷으로 갈아입고 세면장으로 가는 학생이 있는가 하면 벌써 세면을 끝내고 방으로 들어간 학생도 있었다. 그제야 공동 자습실에서 나온 학생들은 취침 종소리에 맞춰 준비를 끝내려고 서둘러 방으로 가다가 잠옷을 입은 다른 학생들과 부딪치기도 했다. 막 세수를 끝낸 닐과 달튼, 낙스는 약속이나 한 듯 어깨에 수건을 걸친 채 세면장에서 나왔다. 닐은 작은 목소리로 달튼과 낙스에게 잘 자라는 인사를 하고 방으로 들어갔다.

방에 들어간 닐은 책상 위에 수건을 던져 놓다가 낯선 책 한 권을 보았다. 처음 보는 책이었다. 토드가 보고 올려놓은 책인 것 같았다. 닐은 고개를 갸우뚱거리며 책을 집어 들었다. 낡고 오래된 시집이었다. 표지를 넘기자 안쪽에 펜으로 쓴 글이 적혀 있었다. 평범한 글씨체였다. 그런데 글의 시작을 이끄는 것은 놀랍게도 '존 키팅'이란 서명이었다.

'키팅 선생님?'

갑자기 닐의 가슴이 두근거리기 시작했다. 닐은 서명 밑에 쓰인 글을 읽기 시작했다. 그것은 '죽은 시인의 사회……'라는 말로 시작하고 있었다.

닐은 책을 들고 침대로 가서 엎드렸다. 그리고 누렇게 색이 바랜 책을 한 쪽씩 넘겨 가며 천천히 읽었다. 한 시간쯤 흘렀을까? 책을 다 읽고 정신을 차렸을 무렵 문 밖에서 들리던 학생들의 왁자지껄한 소리가 순식간에 사라졌다. 헤이거 박사가 왔나 싶었다. 여기저기서 방문 닫히는 소리가 나더니 기숙사 안은 한순간 고요함 속으로 잠겨 들어갔다.

헤이거 박사의 것으로 생각되는 발자국 소리가 복도를 따라 조그맣게 오르내리고 있었다. 그러다가 어느 순간 그 발자국은 닐의 방문 앞에 멈춰 선 듯했다.

"조용하군."

아주 작은 소리로 중얼거리는 그의 목소리가 닐의 귀에 들렸다.

"너무 조용한데……."

그는 한 번 더 중얼거리더니 멀리 사라져 갔다.

얼마나 시간이 지났을까? 헤이거 박사도 사라지고 기숙사의 모든 학생도 깊은 잠에 곯아떨어지고 말았다. 그러자 한 명, 두 명 살금살금 기숙사를 빠져 나가는 학생들이 있었다. 밖은 칠흑같이 어두웠다. 기숙사를 빠져 나온 학생들이 모인 곳은 오래된 단풍나무 밑이었다. 그들은 달튼과 닐, 캐머룬, 피츠, 낙스, 토드, 믹스였다. 모두들 두꺼운 외투에 머리에는 모자를 쓰고 손에는 장갑을 끼고 있었다. 몇몇은 길을 비출 손전등도 들고 있었다.

"크르릉!"

그들이 막 떠나려는데 갑자기 으르렁거리는 소리가 들렸다. 모두들 놀라 기겁을 한 채 얼어붙은 듯 그 자리에 멈춰 서고 말았다. 학교에서 기르는 사냥개였다. 줄을 끊고 뛰쳐나왔는지 목줄이 땅에 늘어져 있었다. 개가 짖기라도 하는 날에는 상상하기조차 싫은 일이 벌어질 상황이었다. 모든 것이 끝장이었다. 그런데 사냥개는 다행히 짖지 않고 사나운 이빨을 드러낸 채 으르렁대기만 했다. 누군가 조금이라도 움직이면 당장 달려들어 물 태세였다.

그때였다. 달튼이 대담하게 사냥개 앞으로 한 발 다가갔다. 사냥개는 더욱 으르렁거렸다. 여차하면 사납게 짖으면서 달려들 자세였다. 하지만 달튼도 만만치 않았다. 사냥개와 눈싸움을 하면서 한 발 한 발 다가갔다. 그리고 호주머니에서 과자를 꺼내 사냥개에게 던져 주었다. 사냥개는 과자 냄새를 맡더니 꼬리를 내리고 더 이상 으르렁거리지 않았다.

"자, 착하지, 그래……."

달튼은 어느새 사냥개의 머리를 쓰다듬고 있었다. 그러자 사냥개는 배를 바닥에 깔고 순한 양처럼 과자를 먹어 대는 것이 아닌가. 달튼은 주머니에서 봉투째 과자를 꺼냈다. 그리고 사냥개의 코에 한 번 갖다 대고는 멀리 던졌다. 사냥개는 '낑' 하는 소리를 내더니 과자 봉지가 떨어진 곳으로 쏜살같이 달려갔다.

"자, 빨리 가자!"

달튼은 멍하니 서 있는 친구들에게 그렇게 말하고 앞장서서 걷기 시작했다.

"야, 달튼! 대단한데!"

닐이 나지막이 속삭였다.

"그런 소리 하지 마, 나도 겁이 나서 죽는 줄 알았어."

달튼은 그때까지도 긴장이 풀리지 않았는지 약간 떨리는 목소리로 말했다. 그들은 발소리를 죽여 가며 잔디밭을 가로질러 갔다. 하늘에는 보석을 뿌려 놓은 듯 수많은 별들이 반짝이며 그들의 움직임을 비추고 있었다. 그들은 모두 별빛이 그렇게 밝은 줄 처음 알았다는 듯이 자꾸 하늘을 쳐다보았다. 밤공기는 생각보다 훨씬 차가웠다.

"아이, 추워."

누군가 떨리는 목소리로 그렇게 말했다. 그들은 탁 트인 교정을 빠져 나가 으스스해 보이는 소나무 숲을 지났다. 동굴을 찾는 것은 생각처럼 쉽지 않았다. 닐이 앞장서서 갔고 그 뒤를 나머지 친구들이 따랐다.

“거의 다 온 것 같아!”

동굴이 어디 있는지 알고 있다고 했던 닐이 말했다. 그는 강둑 근처 수풀과 잡목 덤불 틈 속에 있는 동굴을 찾기 위해 어둠 속을 이리저리 돌아다녔다. 그때였다. 갑자기 수풀 속에서 시커먼 형체가 불쑥 튀어나오더니 소리를 질렀다.

“내가 죽은 시인이다!”

“으악!”

바로 뒤를 따라가던 믹스가 기겁을 하며 비명을 질렀다. 그 비명 소리에 다른 친구들도 덩달아 놀라고 말았다. 달튼이 친구들을 놀래 주려고 숨어 있다가 장난을 쳤던 것이다.

“간 떨어지는 줄 알았잖아, 달튼!”

“얘들아, 여기야 여기! 드디어 우리의 성을 찾았어!”

앞장서서 걷던 닐이 마침내 동굴을 찾은 모양이었다. 그는 흥분된 목소리로 친구들에게 동굴 입구를 가리켰다. 닐이 가리킨 동굴은 꽤 컸다. 그렇지만 주위에 온통 키 큰 나무들이 서 있어 바로 동굴 앞에 오기 전에는 찾기가 쉽지 않을 것 같았다. 별빛이 닿지 않는 동굴 안은 마치 까만 점처럼 보였다. 그 안에 들어가면 영원히 나오지 못할 것 같은 두려움이 그들을 덮쳐누르고 있었다. 하지만 여러 명이었기 때문에 두려움을 떨치고 그들은 조심스럽게 안으로 들어갔다. 겨우 몇 걸음밖에 안 들어갔을 뿐인데 자신의 손이 안 보일 정도로 동굴 안은 캄캄했다. 순간적으로 눈을 감고 있는지 뜨고 있는지 혼란스러울 정도로 어두웠다.

그들은 난생 처음 겪어 보는 지독한 어둠을 즐기기라도 하듯 한동안 말없이 서 있었다. 잠시 후 누군가 손전등을 켰다. 그리고 마치 미리 그렇게 하기로 정해 놓은 듯 모닥불을 피우기 위해 나뭇가지들을 주워 모으기 시작했다. 마침내 모닥불이 활활 타올랐다. 동굴 속이 점차 따뜻해지면서 얼었던 그들의 몸도 녹기 시작했다.

그들은 한참 동안이나 말없이 모닥불만 쳐다보고 있었다. 그들의 얼굴은 마치 엄숙하고 경건한 성전에 들어온 것처럼 진지했다. 잠시 후 닐이 자리에서 일어섰다. 그리고 미리 준비한 원고를 읽듯 또박또박 말했다.

"지금부터 '죽은 시인의 사회' 웰튼 지부의 재결성을 엄숙하게 선언한다!"

닐의 목소리는 가늘게 떨리고 있었다.

"죽은 시인의 사회 회원은 나와 여기 참석한 신입 회원 모두로 한다."

닐은 토드 앤더슨에 대해 시를 낭송하지 않고 모임의 서기로 활동할 것이라는 말을 빼 놓지 않았다. 그리고 책상 위에 놓여 있던 키팅의 시집을 꺼내 들며 말했다.

"지금부터 '죽은 시인의 사회' 정회원이었던 헨리 데이비드 소로가 지은 전통적인 개회시를 읊겠다."

나는 숲으로 갔다. 인생을 자유롭게 살고 싶어서였다.

널은 몇 구절 건너뛴 후 다른 구절을 소리 내어 읽었다.

나는 인생의 참맛을 마음속 깊이, 그리고 끝까지 맛보며 살고 싶다.

"동의합니다!"
달튼의 장난기 섞인 말이었다.

삶이 아닌 모든 것들을 털어 버리기 위해

널은 또다시 몇 구절을 건너뛰었다.

목숨이 다하는 그 순간까지, 삶이 끝났다고 포기하지 말자!

널의 개회시 낭독이 끝난 후 한동안 침묵만이 동굴 안을 흘렀다.
"이번엔 네가 선포의 시를 소리 내어 읽을 차례야, 낙스."
낙스가 일어서자 널은 그에게 시집을 넘겨주었다. 낙스는 다른 구절을 찾아 읽기 시작했다.

자신의 꿈에 대해 굳은 믿음을 갖고 달려간다면
그 사람은 뜻하지 않은 곳에서 놀랄 만한 성공을 거두게 될 것이다…….

시를 읽는 낙스의 두 눈이 반짝거렸다. 그는 시집을 덮더니 갑자기 소리쳤다.

"그래, 바로 이거야! 난 크리스와 함께 성공을 맛볼 거야!"

그때 달튼이 낙스의 손에서 책을 뺏으며 얼굴을 찌푸렸다.

"야, 정신 차려! 이건 장난이 아니야. 좀 진지해져 봐!"

그는 목청을 가다듬고 사랑의 시를 읊었다.

아름다운 아가씨의 황홀한 사랑이 있는가 하면
진실하고 성실한 남자의 사랑도 있고
두려움이 뭔지 모르는 아기의 사랑도 있다.
그 어떤 사랑도 태어날 때부터 이어져 전해져 온 것
그러나 가장 아름다운 사랑
모든 사랑 중의 사랑
성모 마리아의 사랑보다 더 위대한 사랑은
죽도록 취해
힘없는 취객이 보여 주는
타인에 대한 한없이 온유하고 열정적인 사랑이네!

"작자 미상이야."

달튼이 웃으며 말하고는 피츠에게 책을 건네주었다.

여기 내 아내가 잠들다.
여기 내 아내를 묻노라.

그에게 영원한 안식을…….

그리고 이 몸도 역시!

피츠는 한 구절을 읽고 나서 쿡쿡 소리 내며 웃었다. 그리고 계속해서 읽었다.

"존 드라이든. 1631년에 태어나 1700년 죽음……. 정말 이 사람들 유머하곤 담쌓았던 모양이지. 다들 너무 딱딱해"

모두 피츠의 농담에 웃음을 터뜨렸다. 그 사이 피츠는 토드에게 책을 건넸다. 토드는 시집을 받아들고 어쩔 줄 몰라 했다. 그러자 다른 친구들이 눈치채지 못하게 닐이 얼른 그 책을 가로챘다. 달튼이 닐에게 책을 넘겨받고 읽기 시작했다.

내게 사랑을 가르쳐 주기 전에 차라리 지혜를 구하시오.

나는 사랑의 도사라네, 사랑의 신

만약 그런 자가 있다면 그도 내게 와서

사랑을 배워야 할 거요.

"와……."

달튼이 잔뜩 감정을 넣어 읽어 내려가자 모두들 감탄사를 연발했다. 그는 마치 자기가 지은 시를 낭독하듯 진지하게 읽었다. 이번에는 캐머룬의 차례였다.

"내가 정말 진지한 시를 읊어 주지, 그럼 들어 봐."

우리는 음악의 창조자

꿈을 꾸는 몽상가

부서지는 파도 따라 홀로 헤매다

쓸쓸한 강가에 앉으면

세상을 떠도는 자들

세상을 등진 자들

그들 머리 위로 희미한 달빛 부서진다.

그러나 우리는 이 세상을 움직이는 자요 선동자라

영원히 그러하리라.

영원무궁할 아름다운 노래로

우리는 세상의 위대한 도시들을 만든다.

그리고 동화 속의 이야기들을 통해

우리는 제국의 영광을 갈망하노라.

꿈이 있는 사람은 기꺼이

앞으로 나가 면류관을 얻어 쓰리라.

새로운 노래의 선율을 아는 자, 세 명만 있어도

제국을 무너뜨릴 수 있다.

세월 속에 누운 채로

이 땅의 묻혀진 과거 속에 있는 우리는

우리의 한숨으로 니네베를 지었고,

우리의 환락으로 바벨탑을 세웠도다.

"아멘."

시 낭독이 멈추자 몇 명이 장난스레 응답하듯이 대꾸했다. 캐머룬은 계속 읽어 나갔다.

신세계의 가치를 아는 나이 든 자들에게
예언과 더불어 이것들을 던져 버렸나니
각 세대는 소멸하는 몽상이요
한 사람은 새로운 탄생이기 때문이니라.

캐머룬은 연극 대사를 읊듯 읽기를 끝냈다.

"이건 아서 오셔네시의 시야. 1844년에 태어나 1881년에 죽었대."

모두는 말없이 입을 다물고 앉아 있었다. 이번에는 믹스가 시집을 들고 맘에 드는 시를 찾기 위해 이리저리 책장을 뒤적였다.

"야, 이 시 좋은데."

믹스는 자기가 찾은 시의 극적 효과를 높이기 위해 자못 심각한 얼굴을 한 채 읽기 시작했다.

나를 덮고 있는 이 밤을 뛰쳐나가리
온 세계를 뒤덮은 지옥처럼 칠흑 같은 이 밤
나는 어떤 신들에게라도 고마워한다.
이 불굴의 영혼을 준 그들이기에!

"이 시는 W. E. 헨리의 작품이야. 1849년에 태어나 1903년에 죽었어."

"너랑 안 어울린다, 믹스. 안 그래?"

피츠가 눈치를 주었다.

"그래?"

믹스는 피츠의 말에 눈을 동그랗게 뜨고는 고개를 가로저었다. 다음에는 낙스의 차례였다. 그는 책장을 뒤적이더니 놀라운 걸 찾아낸 듯 '흑' 하고 신음을 냈다. 그리고 마치 동굴 안에 크리스의 환영이 나타나기나 한 것처럼 애절하게 시를 읊었다.

당신을 어떻게 사랑해야 합니까?
그 방법을 가르쳐 주오.
당신을 향한 내 사랑은 심연처럼 깊고…….

달튼이 더 이상 못 봐 주겠다는 듯 낙스의 손에서 책을 낚아채며 면박을 주었다.

"낙스, 제발 좀 그만해라!"

두 사람의 실랑이에 모두들 한바탕 웃음을 터뜨렸다. 그렇지만 닐은 허리를 꼿꼿이 한 채 말없이 앉아서 다음에 읽을 시를 찾고 있었다.

"쉿!"

닐이 손을 입에 대고 작게 말한 다음 낭랑한 목소리로 시를 읽어 나가자 분위기는 금방 가라앉았다.

벗들이여 떠나세.
새 세상을 찾아가는 것은 지금도 늦지 않았으니
내 목표는 저기 해지는 곳 너머까지 바닷길을 떠나는 것일세.
그 옛날 하늘과 땅을 호령하던 힘은 사라지고 없지만
지금 이렇게
마음만은 용맹스럽게
영웅의 용기와 한결 같았던 기개가
시간과 운명 때문에 약해지긴 했어도
분투하고 추구하고 탐험하자.
결코 굴복하지 않을 강한 의지로.

"'율리시즈' 중에서 테니슨 지음."

닐은 시인의 이름을 밝히고 읽기를 마쳤다. 그들은 감동적인 닐의 낭송과 테니슨의 결연한 시풍에 취해 아무 말도 못했다. 피츠가 책을 집었다. 그는 시의 분위기를 파악했다는 듯이 아프리카식 박자를 쳐 가며 읽기 시작했다.

술 창고에 살찐 풋내기 흑인들
술 도가니의 왕초들
휘청대는 걸음걸이

이리 비틀 저리 비틀
결국은 탁자에 부딪혔네.
빗자루로 텅 빈 술통을 두들기네.
둥 둥 둥 둥
젖 먹던 힘을 다해
비단 우산까지 들고서
둥둥 둥기둥 둥둥 둥기둥
그때 내게 믿음이 생겼네.
그때 목표가 생겼지.
사람들이 나를 조롱해도
나는 외면할 수 없어
그때 나는 보았네.
어둠 속을 빠져 나온 콩고 강
수풀을 가르며 나타난
그 황금빛으로
빛나는 물줄기.

피츠가 흥겹게 시를 읽는 동안 다른 사람들은 시의 압도적인 리듬에 완전히 넋을 잃고 말았다. 동굴 안의 분위기는 좀 전과 완전히 바뀌어 있었다. 그들은 리듬에 맞춰 함께 동그라미를 그리며 모닥불 주위를 돌았다. 그리고 '우-' 소리를 내며 춤을 추기 시작했다. 그들의 춤은 점점 더 대범해지고 우스꽝스럽게 바뀌어 갔다. 마침내 아프리카 원주민들처럼 입에 손을 대고 괴성을 지르며 다리와 머리를 철썩철썩 두들기며 정신없이 몸을 흔들었다.

피츠의 시 낭송이 계속되는 가운데 달튼이 춤을 추며 소리 지르는 친구들을 자연스럽게 동굴 밖으로 이끌었다. 그들의 모습은 정열적인 전사들 같았다. 온 대지를 뒤덮고 있는 칠흑 같은 어둠 속에서 그들이 지르는 고함과 격렬한 춤사위는 젊음의 아름다움을 표현하는 데 결코 부족하지 않았다.

밤이 깊어 갈수록 휘몰아치는 겨울 밤 바람은 세차졌다. 동굴 속의 불꽃은 어느새 사그라지고 재만 남았다. 하지만 그들이 그들 안에서 스스로 찾아낸 뜨거운 열정은 더욱 뜨겁게 달아오르며 가슴 속에서 불타고 있었다.

세상은 아직 캄캄한 밤이었지만 머지않아 여명의 빛이 대지를 비추게 될 것이다. 그들은 뜨거운 가슴을 간직한 채 동굴을 떠나 기숙사 쪽으로 향했다. 어느덧 그들은 숲 속을 빠져 나갔다. 멀리 기숙사의 뾰족한 지붕이 눈에 들어왔다.

새벽 공기가 온몸을 바늘로 찌르는 듯 차가웠지만 가슴에 품은 뜨거운 열정은 그들로 하여금 추위를 느끼지 못하게 했다. 그리고 아무도 말은 하지 않았지만 모두들 태어나 처음으로 느껴 본 자유와 해방감을 오래오래 기억하고 싶어 했다.

"금방 날이 새겠는걸?"

달튼이 걱정스런 얼굴빛으로 말했다. 그들은 웰튼 쪽으로 가는 길로 들어서기 위해 나뭇가지들을 헤치며 숲을 빠져 나갔다.

"아, 현실로 돌아왔구나!"

웰튼 아카데미의 모습을 바라보며 피츠가 한숨을 내쉬었다.

"그러게 말이야."

닐도 한숨을 쉬었다. 그들은 기숙사 뒷문 틈에 걸어 두었던 나뭇가지를 살며시 빼냈다. 기숙사를 빠져 나올 때 문이 안쪽에서 저절로 잠기지 않도록 끼워 둔 것이었다. 기숙사 안으로 들어온 그들은 도둑고양이처럼 발뒤꿈치를 들고 살금살금 각자의 방으로 들어갔다.

기숙사는 아무 일도 없었다는 듯이 고요했다. '죽은 시인의 사회' 회원들은 잠시라도 눈을 붙이기 위해 침대 속으로 들어갔다. 그리고 순식간에 잠에 곯아떨어지고 말았다.

하지만 닐은 쉽게 잠들지 못했다. 가슴은 여전히 뛰고 있었고 태어나 처음으로 몸과 마음을 풀어헤치고 잠시라도 자유인이 되었다는 사실에 가슴 벅찰 뿐이었다.

존 키팅 선생의 수업 시간이었다. 어젯밤 모임에 참석했던 회원 가운데 몇 명이 고개를 숙이고 하품을 해댔다. 그러나 키팅은 그런 모습에 개의치 않고 활기차게 수업을 진행했다.

"어떤 사람이 '아주 피곤하다'라고 하는 것은 옳지 않은 표현이다. '지쳤다'고 말하는 것이 옳다. 그리고 '몹시 슬프다'라는 말도 쓰지 말자. 그 대신……."

키팅 선생은 갑자기 말을 멈추고 엄지와 검지로 딱 소리를 내더니 한 학생을 가리켰다.

"침울하다?"

그 학생은 자신 있다는 투로 대답했다.

"그래, 좋아!"

키팅은 만족한 표정으로 말했다.

"우리 사람에겐 언어가 있다. 모두들 알고 있지?"

"네."

닐이 반 학생들을 대표라도 하듯 큰 목소리로 대답했다.

"그것도 하나의 위대한 발명이라고 할 수 있다. 맞다고 생각하나?"

"네!"

역시 닐의 대답이었다.

"좋아. 그렇다면 언어를 만든 것은 틀림없이 이유가 있을 것이다. 그 이유란……."

키팅은 다시 한 번 딱 소리를 내더니 손가락으로 닐을 가리켰다.

"의사소통을 위해선가요?"

닐의 대답은 너무나 일반적인 것이었다.

"땡! 틀렸다!"

이 개성파 선생은 웃으며 머리를 흔들었다. 닐은 물론 다른 학생들도 고개를 갸웃거렸다. 그의 입에서는 뜻밖의 말이 나왔다.

"언어를 만든 것은…… 그것은 여자들을 유혹하기 위해서다. 그리고 여자를 꼬실 때 중요한 것은 게을러서는 안 된다는 것이다. 물론 과제물을 제출할 때도 게을러서는 안 되겠지!"

학생들은 '와-'하고 탄성을 질렀다. 뜻밖의 말이 선생님의 입에서 나왔기 때문이다. 졸고 있던 '죽은 시인의 사회' 회원들은 어느 틈에 반짝반짝 빛나는 눈으로 바뀌어 있었다. 그 가운데 낙스의 눈이 더욱 빛났다.

학생들의 반응을 이해한다는 듯 키팅 선생의 얼굴엔 웃음이 가득 배어 있었다. 학생들은 선생님의 말이 농담이 아니라는 생각과 함께 진지한 표정으로 다음 말을 기다렸다. 키팅 선생은 책을 덮고 교단 위로 올라갔다. 그리고 칠판 앞에 내려 두었던 지도를 감아올렸다. 칠판에는 다음과 같은 글귀가 쓰여 있었다. 그는 큰 소리로 글을 읽었다.

종교적 신념과 교육은 잠시 접어 두고
그 어떤 어려움도 물리치고 나는 말하겠다.
있는 그대로의 자연 속에
인간의 독창적인 에너지가 있다.

"이것도 월터 휘트먼의 말이다!"

키팅 선생은 계속 설명했다.

"지극히 당연한 말이지. 하지만 우리 조상과 전통, 시대가 정해 놓은 종교적 믿음과 사상을 뛰어넘는 것은 그리 쉬운 일이 아니야. 과연 어떻게 해야 우리가 휘트먼의 시에서처럼 있는 그대로의 자연이 소리를 내게 할 수 있을까? 다시 말해 편견이나 습관, 외부의 압력 따위로부터 어떻게 우리 각자를 해방시킬 수 있겠느냔 말이다. 자, 사랑하는 제자들아. 내 대답은 이렇다. 그건 끊임없이 사물을 새롭게 바라보는 시각을 갖도록 애써야 한다는 것이다."

학생들은 선생님의 말에 완전히 빠져 들어가 있었다.

갑자기 키팅 선생은 교탁 위로 훌쩍 뛰어올라갔다. 그리고는 우뚝 선 채 학생들을 내려다보며 물었다.

"내가 무엇 때문에, 왜 여기 올라와 있다고 생각하지?"

"혹시 선생님은 높은 곳을 좋아하시나요?"

달튼이 물었다.

"땡! 미안하지만 이번에도 틀렸다."

키팅은 또다시 장난스런 말투와 표정으로 학생들을 둘러보았다. 학생들은 선생님의 말보다 코미디언 못지않은 그의 연기에 환호하고 있었다. 키팅은 어느 틈에 위엄을 갖추고 정색을 하고 있었다.

"내가 교탁 위로 뛰어올라왔을 때는 뭔가 중요한 까닭이 있을 거라고 생각하지 않나? 조금 전에 말한 대로 나는 여러분이 다른 각도에서 끊임없이 사물을 바라봐야 한다는 점을 증명해 보이려는 것이다. 좀 더 높은 곳에서 보면 세상은 달라 보이거든."

몇몇 학생이 고개를 끄덕였다. 그러나 대부분의 학생들은 선생님의 행동에 놀라 멍청히 앞만 바라보고 있을 뿐이었다. 하지만 이내 선생님의 말을 이해하겠다는 표정으로 바뀌었다.

"좋다! 모두들 여기 올라와서 직접 느껴 보도록! 너희들 전부 순서대로!"

존 키팅은 교탁에서 훌쩍 뛰어내렸다. 키팅의 말이라면 제일 먼저 긍정적으로 반응하는 닐이 벌떡 일어나 교탁 앞으로 나갔다. 닐을 따라 다른 아이들도 우르르 앞으로 나갔다. 한 번에 두 명 또는 세 명씩 차례로 교탁 위로 올라가 선생님이 했던 것처럼 교실 안을 빙 둘러보고 내려왔다. 하지만 유일하게 교탁 위에 올라가지 않은 학생이 있었다. 바로 토드였다. 키팅은 토드에게 교탁에 올라갈 것을 강요하지 않았다.

교실은 잠시 학생들의 발소리와 책상과 의자 끄는 소리로 시끄러웠다. 키팅은 학생들의 모습을 바라보며 교실 안을 왔다 갔다 했다. 그는 학생들이 하나 둘씩 자리로 돌아와 앉자 수업을 계속했다.

"여러분! 여러분이 무언가에 대해 어떤 강한 확신이 들었다 하더라도 또 다른 방향에서 그 문제를 생각해 보는 지혜와 여유를 가질 수 있도록 해야 한다. 가령 책을 읽을 때도 단순히 지은이의 생각에만 주의를 집중하면 곤란하다. 대신 자기 자신의 생각이 무엇인지 여유를 갖고 꼼꼼히 따져 봐야 한다."

키팅의 말은 계속 이어졌다. 학생들은 그 어느 때보다 진지한 표정으로 하는 그의 강의에 귀를 기울이고 있었다.

"여러분은 여러분들 내면의 고유한 목소리를 찾아야 한다. 만약 여러분이 망설인다면 그 효과는 점점 더 작아질 수밖에 없다."

그는 소로의 말을 빌려 계속 이야기했다.

"소로는 이렇게 이야기했다. '대다수의 사람은 절망의 침묵 속에서 인생을 살아간다.' 물론 우리가 소로처럼 해야 하는 것은 아니다. 자, 지금부터 새 땅에 과감하게 발을 내딛는 거다. 바로 지금!"

키팅 선생은 말을 잠시 멈추고 문 쪽으로 걸어갔다. 학생들의 눈길이 그를 좇았다. 그는 잠시 학생들을 바라보다가 문득 천둥소리 같은 괴성을 질렀다. 그리고 교실의 전등불을 몇 차례 껐다 켰다를 되풀이했다. 학생들의 눈이 휘둥그레졌다.

"여러분에게 리포트말고 과제를 한 가지 더 내겠다. 수업 시간에 한 명씩 시 읽기를 시킬 테니 시를 한 편씩 써 오도록 해라. 반드시 자기 자신에 관한 시여야 한다. 그럼 월요일에 만나자."

이 말을 끝으로 키팅 선생은 수업을 마치고 교실을 나갔다. 학생들은 선생님의 엉뚱한 행동에 당황해서 모두 멍하니 자리에 앉아 있었다. 자작시 한 편을 지어야 한다는 것이 부담스럽다는 듯이 교실 안은 웅성거렸다.

잠시 후 키팅 선생이 다시 돌아와 교실 안으로 머리를 쑥 들이밀더니 장난꾸러기처럼 히죽 웃었다. 그리고 토드 쪽을 보면서 말했다.

"이런 숙제를 내면 네가 벌벌 떤다는 걸 내가 모를 줄 알았지? 토드 앤더슨, 이 두더지 같은 놈아!"

키팅은 손을 내밀어 토드에게 총을 쏘는 시늉을 했다. 학생들이 키득거렸다. 토드는 순간적으로 당한 일이라 어떤 표정을 지어야 할지 몰라 멍하니 키팅 선생을 쳐다볼 뿐이었다.

웰튼 아카데미의 금요일은 다른 날보다 일과가 일찍 끝나는 날이다. 학생들은 키팅 선생의 오전 수업을 마지막으로 자유 시간이 되자 들뜨기 시작했다.

"종탑 위에 올라가서 광석라디오 안테나를 테스트해 볼래? 우리 미국은 들을 자유가 있는 나라잖니."

기숙사를 빠져 나오면서 피츠가 믹스에게 말했다.

"그래 좋아."

한 무리의 학생들이 기숙사 현관 옆에 있는 우편함 앞에서 집배원을 기다리고 있었다. 피츠와 믹스는 그들 사이를 지나 잔디밭을 가로질러 종탑 쪽으로 걸어갔다. 잔디밭 한쪽 가에는 라크로스가 한창이었다. 그리고 멀리 호숫가에서는 놀런 교장이 연습 중인 조정 선수들에게 뭔가 지시 사항을 큰 소리로 말하고 있었다.

낙스는 자전거 바구니에 책을 던져 넣고 한가롭게 교정 안을 맴돌았다. 그러다가 교문이 가까워지자 재빨리 주위를 살폈다. 마침 눈에 띄는 사람이 아무도 없음을 확인한 그는 힘껏 페달을 밟아 교문을 빠져 나갔다. 낙스는 구릉지대를 지나 웰튼가 쪽으로 향했다. 목적지는 리지웨이 고등학교였다.

낙스는 숨을 몰아쉬며 힘차게 자전거를 몰면서 뒤따라오는 사람이 없는지 확인하기 위해 몇 번이고 뒤를 돌아보았다. 마침내 리지웨이 고등학교에 도착한 그는 교문 안으로 들어갔다. 운동장에 버스 3대가 서 있었다. 낙스는 자전거를 교문 옆에 세워 두고 버스 쪽으로 가서 크리스를 찾았다.

맨 앞에 있는 버스에는 학생들이 한창 올라타고 있는 중이었다. 밴드부원들이었다. 유니폼을 멋지게 차려 입은 밴드부 학생들이 북을 두들기며 버스에 오르고 있었다. 잠시 뒤 중무장을 한 미식축구 선수들이 몰려오더니 두 번째 버스에 올라타기 시작했다. 그렇다면 세 번째 버스가 치어리더를 위한 버스임이 틀림없었다.

낙스의 눈은 자동적으로 세 번째 버스에 고정되었다. 선수들을 뒤따라 환한 얼굴의 치어리더들이 노래를 부르며 세 번째 버스를 향해 걸어왔다. 낙스는 눈을 크게 뜨고 크리스를 찾았다. 그녀를 찾는 것은 어렵지 않았다. 여러 명의 치어리더 가운데서도 금방 눈에 띌 정도로 예뻤기 때문이다. 낙스는 버스에 막 오르려고 하는 크리스를 발견하고 그녀 쪽으로 천천히 걷기 시작했다. 바로 그때였다. 크리스가 어디론가 달려갔다. 낙스의 눈이 재빨리 그녀를 따라갔다. 그녀가 달려간 곳은 두 번째 버스 앞이었다. 그곳에는 옆구리에 장비를 잔뜩 끼고 서 있는 체트가 있었다. 그녀는 주위의 시선도 아랑곳하지 않고 체트에게 매달려 키스를 퍼부었다. 체트는 크리스의 허리를 부러뜨리기라도 할 것처럼 세게 끌어안았다. 대담한 입맞춤이 끝난 뒤 크리스는 행복한 표정을 지으며 다시 치어리더들 쪽으로 되돌아갔다.

낙스의 눈에서 불꽃이 튀었다. 그런 모습을 보려고 위험을 무릅쓰고 학교를 빠져 나온 것이 아니었기 때문이다. 잠시 후 버스가 모두 떠나자 운동장에는 겨울 찬바람만 썰렁하게 남았다. 낙스는 온몸에 힘이 쭉 빠져 버렸다. 힘없이 자전거에 올라탄 그는 웰튼 아카데미 쪽으로 천천히 페달을 밟기 시작했다.

덴버리 씨 집에서 크리스를 본 후 낙스는 다시 한 번 그녀를 보고 싶었다. 그런데 막상 다시 본 크리스는 그의 기대를 무참히 짓밟아 버리고 말았다. 낙스는 심각한 고민에 빠졌다. 어떻게 해야 크리스의 마음을 얻을 수 있을까…….

그날 저녁 토드는 침대에 엎드려 무엇인가 썼다가 지우고, 그러다가 종이를 구겨서는 휴지통에 던져 넣기를 되풀이하고 있었다. 키팅 선생이 내준 숙제를 하는 중이었다. 하지만 좀처럼 좋은 시상이 떠오르지 않자 점점 마음이 초초해졌다. 토드는 두 손으로 얼굴을 감싸고 '으'하는 비명을 지르며 침대 위를 굴렀다. 그때 닐이 급하게 방문을 열고 들어와서는 책상 위에 어떤 책을 휙 던졌다. 몹시 흥분한 얼굴이었다.

"드디어 찾아냈어!"

닐이 외쳤다.

"찾다니 뭘 말이야?"

"내가 하고 싶었던 것을! 지금 당장 하고 싶어! 이게 바로 내가 찾던 거였어."

영문을 몰라 어리둥절해 있는 토드에게 닐은 종이 한 장을 내밀었다. 그 종이에는 '한여름 밤의 꿈'이라고 적혀 있었다.

"'한여름 밤의 꿈' 이게 뭔데?"

"연극이잖아, 이 바보야."

"그야 알지. 그런데?"

토드는 답답하다는 표정을 지었다.

"헨리홀에서 공연한대. 봐, 거기 쓰여 있지! 공개 오디션이 있다고……."

"그런데?"

"오디션에 지원하는 거야!"

닐이 목청을 돋우며 침대 위로 펄쩍 뛰어올랐다.

"나는 전부터 연극을 하고 싶었어. 사실 지난여름에도 정기 오디션에 지원할까 생각했어. 그런데 아버지가 허락하지 않을 것 같아 그냥 포기했지."

"이번엔 허락해 주실까?"

토드가 눈을 찌푸리며 물었다.

"천만에! 어림도 없는 말씀!"

"……."

"그건 아무래도 좋아. 중요한 건 내가 이 세상에 태어난 후 처음으로 내가 하고 싶은 것을 깨달았다는 거야. 아버지가 반대해도 상관없어. 그리고 나는 태어나 처음으로 내가 하고 싶은 것을 할 거야. '오늘을 즐겨라'라는 말이 있잖아!"

닐은 연극 대본을 꺼내 두서너 줄을 큰 소리로 읽었다. 그의 얼굴은 마치 처음으로 무대에 선 배우처럼 들떠 달아올랐다. 얼굴 가득 웃음을 머금고 허공에 대고 주먹을 꽉 쥐어 보였다.

"닐, 만약 아버지가 안 된다고 하면? 그땐 어떻게 할 거니?"

토드는 걱정된다는 표정으로 물었다.

"우선 배역부터 따고 봐야지. 걱정은 그 다음이야!"

닐은 전에 없이 흥분해 명랑한 소리로 말했다.

"닐, 오디션 받는다는 사실을 숨겼다간 불호령이 떨어질 텐데. 나중에 들켜 반죽음 당하는 거 아니냐?"

그 말은 토드 앤더슨 본인의 처지에 대한 걱정과 다름없었다. 그러나 닐은 단호했다. 이번 일에 관해서만은 아버지가 알 필요가 없다는 투였다. 하지만 토드는 여전히 남의 일 같지 않게 걱정이 되는 눈치였다.

"잘 생각해봐, 닐. 그건 불가능해. 누구보다 네가 더 잘 알잖아?"

"이런, 제길. 불가능한 게 어디 있어!"

닐은 마치 토드가 자신의 아버지라도 되는 것처럼 이를 악물고 소리쳤다.

"그러지 말고 우선 아버지에게 물어보는 게 어때? 혹시 모르잖아, 허락할지도."

"웃기지 마!"

닐은 코웃음을 쳤다.

"내가 처음부터 아예 말을 꺼내지 않으면, 적어도 대들었다는 말은 면할 수 있어."

"혹시 또 아니? 지난번에 안 된다고 했지만 이번에는……."

토드의 말이 채 끝나기도 전에 닐이 벌컥 화를 냈다.

"도대체 넌 누구 편이야? 난 아직 아무런 배역도 따내지 못했어. 그동안 생각만으로도 행복하게 해 주면 어디가 덧나? 제발 내 마음을 편하게 해 줘!"

"미안해, 닐"

토드는 힘없이 말하고 몸을 돌려 다시 시를 쓰기 시작했다.

닐은 침대 머리에 기대앉아 대본을 읽었다. 그러다가 토드에게 물었다.

"참, 오늘 저녁 '죽은 시인의 사회' 모임이 있어. 너 올 거지?"

"글쎄, 가야 되겠지?"

토드는 썩 내키지 않는다는 투로 대답했다. 그러자 닐은 대본을 내려놓고 토드를 물끄러미 바라보았다. 그리고 미심쩍다는 얼굴로 입을 열었다.

"너 혹시 키팅 선생님의 말뜻을 이해하지 못한 건 아니겠지?"

"그게 무슨 말이야?"

토드는 닐의 말을 얼른 알아들을 수 없어 그렇게 물었다.

"우리가 '죽은 시인의 사회'에 함께한다는 건, 주위의 사물에 의해 마음이 움직였다는 거야. 그런데 지금 너의 모습은 마음이 너무 움직여서 시궁창 속에 빠진 것 같은 그런 표정이란 말이야."

"그럼 넌 내가 탈퇴하길 바라는 거야? 지금 네가 말하는 게 그거니?"

내성적인 토드가 화난 얼굴로 목소리를 높였다.

"아니야, 그 반대야"

닐은 말투를 부드럽게 바꿨다.

"난 네가 계속 나와 주길 바라. 하지만 너도 뭔가를 좀 했으면 좋겠어. 그냥 참여만 하는 것은 큰 의미가 없잖아."

닐이 부드럽게 말했지만 이미 감정이 상한 토드는 다시 목소리를 높였다.

"닐, 똑똑히 들어. 네가 나한테 관심을 가져 주는 건 정말 고마워. 하지만 내가 너랑 같을 수는 없어. 네가 뭔가를 말하면 애들이 모두 네 말을 따르더군. 하지만 난 너하고 다르단 말이야!"

닐은 깜짝 놀랐다. 토드가 그런 생각을 하고 있는 줄은 전혀 생각하지 못했기 때문이다.

"아니야, 너도 우리와 같이 할 수 있어, 토드!"

닐은 토드를 설득하려 했다.

"몰라, 정말 모르겠어. 어쩌면 영원히 모를지도 몰라. 어쨌든 내 문제는 네가 나선다고 풀 수 있는 문제가 아니야! 그러니 날 그냥 좀 내버려 둬, 제발. 내 일은 내가 알아서 할 테니까 알았어?"

토드는 완강하게 말했다.

"그렇게는 안 돼……."

닐이 무표정하게 말했다.

"안 된다고? 왜?"

토드가 깜짝 놀라 물었다.

"안 된다니 그게 무슨 소리냐고."

닐은 어깨를 한번 흔들어 보이고는 약간 화가 난 듯한 목소리로 대답했다.

"몰라! 그냥 놔두기 싫어! 됐어?"

닐은 빽 소리를 지르고 고개를 돌려 대본을 읽기 시작했다. 토드는 멍한 얼굴로 닐을 쳐다보았다. 그리고는 가라앉은 목소리로 말했다.

"좋아, 갈게."

토드의 말에 닐은 벌떡 일어나더니 환하게 웃었다.

"그래, 좋았어!"

토드는 '죽은 시인의 사회'에 참석하겠다고 했다. 하지만 닐이 결정한 연극 오디션 문제나 '죽은 시인의 사회'에 대한 생각의 차이가 좁혀진 것은 아니었다. 다만 두 사람의 머릿속에는 스스로 내린 결정만이 중요하게 자리 잡고 있을 뿐이었다. 어쨌든 설득에 성공한 닐은 웃는 얼굴로 대본 읽기에 빠져 들었다.

7

그날 오후 '죽은 시인의 사회' 회원들은 축구 연습에 앞서 동굴에서 모임을 가졌다. 달튼, 낙스, 믹스, 닐, 캐머룬, 피츠는 자신들의 비밀 화합 장소인 동굴 안을 이리저리 걷고 있었다. 그들은 구석이나 갈라진 벽 틈을 유심히 살펴보기도 하고 벽에 자기 이름을 새기기도 했다. 토드는 뒤늦게 동굴에 나타났다. 회원들이 모두 모이자 닐이 일어나 전에 읽었던 소로의 시를 읊으며 모임을 진행했다.

나는 숲으로 갔다.
인생을 자유롭게 살고 싶어서였다.
나는 인생의 정수를 마음속 깊이 그리고 끝까지 맛보며

살고 싶다!

"오, 하느님!"

낙스가 기도하듯 무릎을 꿇고 애끓는 심정을 표현했다.

"저는 크리스의 정수를 끝까지 빨아 마시고 싶습니다! 저는 지독한 사랑에 빠졌답니다. 이러다간 정말 죽을지도 몰라요!"

"낙스, 죽은 시인이라면 이럴 때 어떻게 해야 하는지 아니? '장미꽃 봉오리를 따려면 바로 지금이니'라고 들려오는 듯하지 않니?"

캐머룬이 낄낄거리며 말했다.

"그런데 크리스는 아버지의 가장 절친한 친구 아들한테 정신이 팔려 있단 말이야! 아주 이상한 놈한테 말이야. 이럴 때 '죽은 시인'이라면 어떻게 했을까?"

낙스는 마치 절망감에 사로잡혀 있는 것처럼 친구들 사이를 이리저리 서성거리며 말했다. 그때 닐이 벌떡 일어나며 떨리는 목소리로 선언하듯 말했다.

"난 이제 오디션에 가 봐야겠다. 행운을 빌어 줘!"

"그래, 행운을 빈다."

믹스와 피츠, 캐머룬이 입을 모아 행운을 빌었다. 모두들 닐의 행운을 빌었지만 마음은 착잡했다. 토드는 사라지는 닐의 뒷모습을 말없이 쳐다보았다. 그때 달튼이 자신의 착잡한 마음을 친구들에게 털어놓았다.

"나는 지금 '내가 정말 살아 있구나'하는 생각이 들어. 여태

껏 용기를 내서 뭔가에 도전해 본 적이 단 한 번도 없었거든. 내가 누구인지, 내가 바라는 것이 무엇인지도 전혀 모르고 바보처럼 부모님이 시키는 대로 살아왔어. 그런데 이제 닐은 자기가 하고 싶은 일이 무엇인지 찾아냈어. 낙스 역시 그래. 크리스라는 훌륭한 목표를 갖고 있지. 그런데 나는……."

"크리스를 원한다고? 난 그 정도가 아니야!"

낙스가 대뜸 열을 내며 말했다.

"우리들 가운데 네가 제일 똑똑하니까 결론 좀 내려 봐, 믹스!"

달튼이 믹스를 쳐다보며 말했다.

"무슨 결론?"

"죽은 시인이라면 나 같은 사람에게 뭐라고 충고를 하겠니?"

믹스는 '글쎄'하는 표정을 짓더니 조심스럽게 말했다.

"원래 낭만주의자들은 정열적인 실험가들이야. 그 사람들은 마음을 정하기 전에 이곳저곳에 손을 대보는 사람들이지."

과연 믹스다운 설명이었다. 그때까지 말없이 앉아 있던 캐머룬이 뭔가 못마땅하다는 듯이 얼굴을 찌푸렸다.

"야, 그럼 뭐하니? 우리 학교엔 실험가가 끼어들 자리가 없는데!"

캐머룬의 말에 모두들 심각해졌다. 그때 달튼이 슬쩍 일어나더니 동굴 안을 왔다 갔다 했다. 그리고는 갑자기 멈춰서며 웃음 가득한 얼굴로 말했다.

"난 오늘부터 이곳을 '정열적인 실험가 찰리 달튼을 위한 동굴'이라고 부르겠어."

그는 내심 뿌듯해하는 표정을 지었다.

"앞으로 이 동굴에 들어오길 바라는 사람은 내게 먼저 허락을 받아야 해."

이때 피츠가 반대하고 나섰다.

"잠깐, 달튼 여긴 우리 모두의 모임 장소야. 무엇 때문에 너한테 허락을 얻어야 하니?"

"그건 그래. 하지만 난 이 동굴을 가장 사랑해. 그러니까 내겐 그걸 주장할 권리가 있어. '카르페 카벰!', '동굴을 즐겨라!'"

달튼이 만족한 듯 싱글벙글 웃었다.

"여기에 너 같은 애가 한 사람뿐이라는 것이 참으로 다행스런 일이다, 달튼 군!"

믹스가 어처구니없다는 표정으로 말했다. 다른 친구들도 서로 얼굴을 쳐다보면서 고개를 저었다. 사실 거기 모인 친구들 모두가 동굴의 주인이었다. 그들은 강압적인 학교, 고리타분한 부모들과 교사들, 게다가 그 울타리 안에 얽매어 있는 다른 동료 학생들의 눈으로부터 벗어날 수 있는 안식처를 찾아냈던 것이다. 그곳에서 그들은 그 누구도 꿈꾸지 못할 그들만의 자유를 마음껏 누릴 수 있었다. 그렇다. '죽은 시인의 사회'는 활발하게 오늘을 즐길 만반의 준비가 되어 있었던 것이다. 다시 활기를 되찾은 그들은 동굴을 떠나 축구 연습 시간에 맞춰 학교로 돌아갔다.

"저기 축구 코치가 누군지 좀 봐!"

피츠가 깜짝 놀라며 말했다. 운동장에는 키팅 선생이 운동복 차림으로 오고 있었다. 한쪽 손에는 축구공이 들려 있었고 다른 쪽 손에는 상자 하나를 들고 있었다.

"자, 다들 모였나? 출석부는 누가 갖고 있지?"

그가 물었다.

"여기 있습니다, 선생님!"

한 학생이 키팅 선생에게 출석부를 넘겨주었다. 그는 출석부를 넘기며 학생들 이름을 살펴보았다.

"지금부터 이름을 부를 테니 크게 대답을 하도록! 채프만."

"네"

"닐 페리."

"닐은 아까 치과에 갔는데요, 선생님."

달튼이 말했다.

"흐음, 그래? 와트슨."

그는 계속 출석 점검을 해 나갔다. 그런데 이번에도 대답이 없었다.

"리처드 와트슨도 결석인가, 응?"

"와트슨은 몸이 아픕니다."

누군가가 대답했다.

"흐음, 몸이 아프다? 할 수 없지, 와트슨은 감점이다!"

그는 출석부에 표시를 하다 말고 갑자기 난처한 표정을 지었다.

"근데 와트슨을 감점하면 닐도 감점 처리를 해야 한단 말씀이야……. 그런데 난 닐이 마음에 들거든. 그렇다면……."

그는 잠시 망설이더니 출석부를 냅다 멀리 던져 버렸다. 학생들은 뜻밖의 장면에 놀라 멍하니 서 있었다.

"어이, 제군들! 누구든 이 시간이 싫으면 수업을 받지 않아도 된다. 지금부터 축구를 하고 싶은 사람만 나를 따라오도록!"

그는 축구공과 상자를 들고 앞으로 걸어 나갔다. 학생들은 선생님의 파격적인 말과 행동에 놀라움을 금치 못했다. 하지만 상대가 키팅 선생인 만큼 새로운 호기심이 생겨 학생들은 모두 수군거리며 따라갔다.

"모두 앉아라."

학생들을 이끌고 축구장 한가운데로 간 키팅은 수업을 시작했다.

"운동을 미친 듯이 좋아하는 사람들은 자기가 좋아하는 운동이 훨씬 좋고 다른 것은 재미없다는 식으로 말할지도 모르겠다."

그는 학생들 앞에서 좌우를 돌아보며 자신의 생각을 말하기 시작했다.

"그러나 내가 볼 때 모든 경기에서 중요한 것은 다른 사람이 있기 때문에 자신의 더 뛰어난 실력을 보여 줄 수 있다는 사실이다. 이것을 '경쟁'이라고 한다. 플라톤이라는, 나만큼 똑똑하고 재능이 뛰어났던 사람이 옛날에 이런 말을 했다. '내가 시인이 되고, 철학자가 되고, 웅변가가 될 수 있었던 것은 오로지 다른 사람과의 경쟁이 있었기 때문이다.' 자, 이제 여기 있는 종이를 한 장씩 가져가서 한 줄로 길게 서 봐!"

키팅 선생은 호기심으로 가득 찬 학생들에게 글씨가 적힌 종이를 한 장씩 나눠 주었다. 그리고 맨 앞줄로 달려가더니 거기서 약 3미터 떨어진 곳에 공을 내려놓았다. 키팅 선생이 그렇게 일장 연설을 하는 동안 토드는 전혀 관심 없다는 듯이 뒤쪽에 우두커니 서 있었다.

"이 공을 어떻게 해야 하는 건지는 알겠지? 자 시작!"

키팅이 구령을 외쳤다. 그때 마침 맥카리스터가 축구장 옆을 지나가고 있었다. 그는 걸음을 멈추고 학생들의 모습을 유심히 쳐다보았다. 첫 번째 학생이 앞으로 조금 걸어 나오더니 종이에 적힌 글을 큰 소리로 읽었다.

"승산 없는 싸움에 도전하여! 막강한 적들을 상대하기 위해!" 그러고 나서 힘차게 달려 나가 골문을 향해 힘껏 공을 찼다. 그러나 공은 골대를 빗나가 잔디 위에 털썩 떨어지고 말았다.

"상관없다, 존슨. 중요한 건 노력하는 것이다!"

키팅은 존슨을 격려하고 다른 공을 내려놓았다. 그리고 상자를 열어 안에 든 물건을 꺼냈다. 상자 안에서 나온 것은 휴대용 작은 전축이었다. 두 번째 학생이 다가왔다. 낙스였다. 낙스는 키팅 선생이 전축에 레코드판을 걸고 소리를 높이는 동안 자신의 차례를 기다리고 있었다. 이내 클래식 음악이 운동장에 크게 울려 퍼졌다.

"제군들! 리듬을 타라!"

키팅은 틀어 놓은 음악 소리만큼 크게 외쳤다.

"알겠나? 중요한 것은 리듬을 타는 거다! 시작해라, 낙스!"

낙스는 소리 높여 종이에 적힌 내용을 읽었다.

"다른 사람과 함께 철저히 하나가 되기 위해! 내가 얼마나 참아낼 수 있을까를 시험하기 위해!"

낙스는 크게 소리친 뒤 힘껏 뛰어가 마치 축구공이 체트의 얼굴이라도 되는 양 세게 걷어찼다. 공을 걷어차는 순간 낙스는 다시 소리 높여 외쳤다.

"체트! 크리스는 내 거야!"

'죽은 시인의 사회' 회원들은 낙스의 고함 소리에 킥킥거렸고, 다른 학생들은 어리둥절해하면서 낙스를 쳐다보았다. 다음에는 믹스가 앞으로 나왔다.

"고문, 독약, 투옥, 대중의 비난에 정면으로 맞서기 위해!"

믹스도 크게 소리치고 뛰어나가서 세차게 발을 쭉 뻗었다. 다른 친구들보다 더 힘찬 모습이었다. 그는 시의 한 구절처럼 모든 고뇌를 공과 함께 날려 버리고 싶었다. 이번에는 찰리 달튼이 웃으면서 앞으로 나왔다.

"진정한 신이 되기 위하여!"

달튼 역시 목청 높여 소리치며 힘껏 공을 찼다. 하지만 공은 골대를 넘어 멀리 날아가고 말았다. 엉뚱하기 짝이 없는

학생들의 행동을 지켜보고 있던 맥카리스터 선생은 머리를 좌우로 흔들면서 어처구니없다는 표정을 지으며 기숙사 쪽으로 걸어갔다. 운동장에서는 계속해서 학생들이 차례대로 나와 종이에 적힌 이상한 말을 외치고 힘차게 축구공 차기를 되풀이했다. 그러는 사이 어느새 운동장에는 땅거미가 내려앉고 있었다.

"좋다! 다음 시간에 계속하자. 다들 수고했다."

어둠이 내리자 키팅은 해산을 외쳤다. 맨 뒤에 서 있던 토드는 자기 차례가 오기 전에 수업이 끝나자 안도의 한숨을 내쉬었다. 다른 학생들처럼 종이에 적힌 내용을 큰 소리로 읽고 공을 찰 자신이 없던 참에 무척 다행이었다.

"안심할 것 없다, 토드 앤더슨. 곧 네 차례가 올 테니까!"

기숙사 쪽으로 걸어가고 있던 토드의 등에다 대고 멀리서 키팅 선생이 소리쳤다. 토드는 마치 속마음을 들켰기라도 한 듯 부끄러움으로 얼굴이 화끈 달아올랐다. 그리고 괜히 스스로의 자격지심으로 화가 났다. 방에 들어간 토드는 부서지듯 문을 쾅 닫아 버리고 침대 위에 벌렁 누웠다.

"에이! 빌어먹을!"

그때 침대 머리맡에 떨어져 있는 종이조각이 눈에 들어왔다. 손을 뻗어 집어 보니 쓰다 만 시였다. 토드는 다시 시를 써 내려가기 시작했다. 하지만 머릿속은 텅 비어 도무지 어떤 시상도 떠오르지 않았다. 그는 화가 치밀어 애꿎은 연필을 톡톡 부러뜨리고 말았다. 침대에서 일어나 방 안을 서성거리며 한숨을 내쉰 토드는 연필을 집었다. 다시 한 번 머리를 짜내 보기로 했다. 그때 복도에서 닐의 목소리가 들려왔다.

"해냈다!"

닐이 기운차게 방으로 들어오면서 내뱉은 말이었다.

닐의 얼굴은 뭐라고 표현하기 어려울 정도로 밝고 활기찼다. 토드는 지금껏 한방을 쓰면서 그처럼 기뻐하는 닐의 모습을 본 적이 없었다.

"배역을 따냈단 말씀이야, 토드. 오디션을 통과했다고! 요정 퍽의 배역을 맡았어, 토드. 축하해 줘!"

닐은 손을 번쩍 치켜들고 펄쩍펄쩍 뛰었다. 하지만 토드는 침울한 표정으로 말없이 닐을 쳐다볼 뿐이었다.

"퍽을 맡기로 했다고? 농담하지 마!"

누군가 그렇게 소리치며 방으로 들어왔다. 찰리 달튼이었다. 그 뒤로 '죽은 시인의 사회' 친구들이 들어왔다.

"닐, 정말 잘 됐구나. 축하해!"

낙스가 진심으로 축하한다는 얼굴로 말했다.

"그래, 고마워. 자세한 이야기는 다음에 하자. 난 지금 바빠!"

친구들이 한마디씩 축하의 말을 하고 방을 나가자 닐은 책상 밑에서 낡은 타자기를 꺼냈다.

"뭐 하려고?"

토드가 물었다.

"쉿! 지금부터 그 문제를 생각해야 돼. 연극부에 허가서를 내야 하거든."

"오디션에 통과됐으면 됐지 무슨 허가서까지?"

"쉿! 보호자와 교장 선생님의 허가서 말이야."

"닐, 너 설마 아버지와 교장 선생님 몰래……."

토드가 걱정된다는 얼굴로 말꼬리를 잡았다.

"알았어! 나 생각 좀 해 보게."

닐은 일단 토드의 말문을 막았다. 그리고 신난다는 듯이 대사를 중얼거리더니 타자기를 두드리기 시작했다. 토드는 걱정스런 표정으로 고개를 내저으며 다시 시 쓰기에 집중했다.

다음 월요일, 키팅 선생의 수업 시간이었다.

"모두들 준비해 왔겠지?"

선생님의 말에 학생들의 반응은 두 가지로 엇갈렸다. 자신있게 웃음을 짓는 학생들과 불안감으로 긴장한 표정을 짓는 모습으로. 그 가운데 토드는 보기에도 딱할 정도로 긴장한 모습이었다. 키팅 선생이 맨 처음 지목한 학생은 낙스였다. 그는 약간 망설이는 듯했으나 용기를 내어 자신의 시를 읽었다.

그대의 웃음 속에는 달콤한 꿀이 흐르고

눈가에는 눈부신 광채 빛나네.

그러나 인생은 완벽하고 내 마음은 충만하여라.

단지 그대를 알고 있다는 것만으로도…….

낙스가 읽기를 멈추더니 들고 있던 종이를 내려놓았다. 그는 쑥스러운 표정으로 키팅을 바라보았다.

"죄송해요, 선생님. 형편없죠?"

그리고 얼굴이 빨개지며 고개를 떨구었다.

"아니다, 낙스. 멋진데? 애쓴 흔적이 보여."

키팅 선생은 진지한 표정으로 말했다.

"지금 낙스가 읽은 시에는 무척 중요한 뜻이 담겨져 있다. 그것은……."

그는 학생들을 바라보며 설명을 하기 시작했다.

"시를 쓸 때도 그렇겠지만 다른 노력을 할 때도 마찬가지다. 곧 우리 삶의 가장 중요한 부분을 담는 것이다. 그건 사랑, 아름다움, 진리, 정의 같은 거야."

키팅은 교실 앞으로 가면서 말을 계속했다.

"시를 언어에만 국한시키면 안 된다. 시는 음악이나 사진은 물론 음식을 차리는 방법 같은 것을 통해서도 얼마든지 자신을 나타내고, 자신의 생각을 담을 수 있다. 그처럼 시는 일상적인 것들 속에 있다. 그러나 결코 흔해 빠진 것이 되어서는 안 된다. 하늘에 관해서든 소녀의 웃음에 대해서든 시를 써라. 그 무엇이든 괜찮다. 다만 이왕이면 구원의 날, 종말의 날, 아니면 그 어떤 날이라도 좋으니 그런 날들의 모습을 시 속에 생생하게 그려 내라. 그렇게 쓴 시가 우리를 기쁘게 하고 두려움에 떨게 한다면 난 환영한다. 그 어떤 시라도 말이다. 게다가 시 속에 영감이 깃들어 있으면 더욱 좋다. 그런 시를 들으면 마치 우리가 영원히 죽지 않는 존재라는 느낌이 들거든……."

선생님의 설명에 학생들은 이해한다는 듯 고개를 끄덕였다.

"오! 선장님! 나의 선장님!"

달튼이 손을 들고 키팅 선생을 그렇게 불렀다.

"수학 속에도 시가 있습니까?"

몇몇 학생이 킥킥대며 웃었다.

"물론이다, 찰리 달튼!"

키팅은 학생들의 웃음소리에도 개의치 않고 말을 계속했다.

"수학에는 우아함이 있다. 그 우아함이 바로 시적 요소다. 만약 모든 사람이 시만 쓰고 산다면 이 지구는 굶어 죽게 된다. 그렇지만 시가 없으면 안 될 것이다. 우리가 아주 단순하게 살면서도 잠시 하던 일을 멈추고 시를 찾지 않는다면 우리는 인생에서 얻을 수 있는 많은 것을 잃어버리게 된다. 자, 이번에는 누가 읽어 볼까? 어차피 모두들 한 번씩은 해야 하니까 누구 없나?"

아무도 나서는 학생이 없었다. 그는 토드 곁으로 가더니 빙그레 웃었다. 자신에게 시 낭송을 시키지 않을까 전전긍긍하던 토드는 키팅 선생과 눈을 맞추지 않으려고 고개를 푹 숙이고 있었다.

"토드 앤더슨 좀 봐라. 이 고뇌에 찬 모습을 말이야! 자, 토드 앞으로 나가! 그리고 너의 고통을 모조리 토해 내라!"

학생들의 눈이 토드에게 쏠렸다. 토드는 내키지 않는 얼굴로 교실 앞으로 터벅터벅 걸어 나갔다. 그 모습은 마치 사형장으로 끌려가는 죄수처럼 잔뜩 움츠린 모습이었다. 토드는 시를 써 왔느냐는 키팅의 물음에 고개를 가로저었다. 그러자 키팅이 다른 쪽으로 유도했다.

"자네는, 자네 마음속에 있는 모든 생각이 쓸모없고 창피한 것이라고 생각하고 있다. 내 말이 맞나 토드? 그게 두려운 거지?"

토드가 고개를 끄덕였다.

"좋다! 그럼 오늘은 너의 마음속 깊은 곳에 가라앉아 있는 생각들이 얼마나 멋진 것인가를 알 수 있도록 해 주겠다."

키팅은 칠판 앞으로 성큼성큼 다가섰다. 그리고 백묵으로 날렵하게 휘갈겨 썼다.

나는 세계의 지붕 위에서 야만스러운 포효를 울린다.
- 월트 휘트먼

그는 돌아서서 학생들을 바라보았다.

"혹시 포효를 모르는 사람들을 위해 설명하겠다. 포효란 크게 울부짖거나 크게 소리치는 것을 뜻한다. 난 네가 들짐승처럼 '포효'해 주었으면 한다. 토드!"

"포효를요?"

토드가 기어 들어가는 목소리로 되물었다.

"그래. 들짐승처럼 말이야!"

키팅 선생은 잠시 입을 꾹 다물었다. 하지만 토드는 난처한 얼굴로 어쩔 줄 몰라 했다. 그때 키팅이 큰 소리로 토드를 몰아세웠다.

"외쳐 봐, 토드. 야! 하고 소리쳐 보라고!"

"야!"

하지만 그 소리는 겁에 질린 채 작았다.

"그렇지! 더 크게!"

키팅의 목소리가 더 커졌다.

"야!"

"더 크게!"

키팅 역시 흥분한 듯 점점 목소리가 커졌다.

"이야야야야아!!"

토드는 악을 쓰듯 소리를 질렀다. 비로소 키팅의 얼굴에 만족스런 표정이 나타났다.

"됐어, 토드. 아주 좋았어. 너의 외침엔 틀림없이 들짐승 한 마리가 도사리고 있었다, 넌 해낸 거야."

키팅 선생을 따라 학생들도 모두 박수를 쳤다. 토드는 고함을 치느라 얼굴이 빨갛게 상기되긴 했지만 그래도 약간은 긴장감에서 해방된 모습이었다. 하지만 키팅 선생은 조금의 쉴 틈도 주지 않고 주문을 했다.

"토드, 저 문 위에 월트 휘트먼의 사진이 걸려 있다. 저걸

보면 무슨 생각이 드나? 얼른 대답해라, 토드 앤더슨. 생각할 것 없어!"

"미치광이요……."

토드가 우물쭈물 대답했다.

"미치광이라? 어떤 미치광이지? 생각하지 말고 대답해! 어서!"

"어, 얼빠진 미치광이요!"

"상상력을 동원해 봐! 무슨 말이라도 좋다! 지금 떠오르는 생각을 말이야!"

키팅은 조금도 여유를 주지 않고 다그쳤다.

"네 마음속에 첫 번째로 떠오르는 것, 어느 것도 괜찮아!"

"땀에 절어……. 이를 드러내고 멍청히 웃어 대는 미치광이……."

교실 안에는 두 사람의 목소리만 들렸다. 학생들은 모두가 숨을 죽이고 그들을 지켜보고 있었다. 반에서 가장 내성적이고 소극적인 토드가 점점 변해 가는 모습을 말이다.

"봐라, 드디어 시인이 말을 시작했다."

키팅 선생도 미치광이 같았다.

"자, 이번엔 눈을 감아 봐. 그리고 눈에 보이는 것을 말해라!"

"……."

"지금 당장!"

"눈을…… 감았습니다……. 그 사람의 모습이 내 옆에서 어른거려요."

토드는 키팅의 교수법에 점점 빠져 들어가고 있었다. 하지만 아직까지 그의 요구에 완전히 따라가지 못하고 같은 말을 되풀이했다.

"땀에 절어 이를 드러내고 멍청히 웃어 대는 미치광이…… 땀에 절어 이를 드러내고 웃어 대는 미치광이……."

키팅은 계속 토드를 유도했다.

"그래, 어서 말해. 땀에 전 미치광이가?"

키팅은 고삐를 늦추지 않았다.

"자, 빨리!"

"내 머리를 녹여 버릴 듯한 눈빛을 갖고 있습니다."

마침내 토드가 다음 말을 시작했다.

"훌륭해! 이젠 그 사람에게 뭔가를 시켜 봐. 리듬을 타야 돼!"

"그 사람이 두 손을 뻗어 내 목을 조르려고……."

"그래서?"

"그가 계속 뭐라고 중얼거려요……."

"어떤 말을?"

"진실이란……. 진실이란, 두 발을 채 감싸 주지 못하는 담요 같은 거야!"

토드가 악을 쓰듯 대답했다. 눈앞에 보이는 미치광이의 말이 토드의 입을 통해 흘러나오는 순간이었다. 그러자 몇몇 학생이 키득거리며 웃기 시작했다.

"웃는 놈이 누구야! 담요 얘기 계속해!"

키팅이 소리쳤다. 괴로워하는 토드의 안색이 이제는 점점 성난 표정으로 바뀌어 갔다. 그때 토드가 눈을 뜨고 도전적인 말투로 학생들에게 또박또박 얘기했다.

"아무리 펼쳐 봐도, 아무리 끌어당겨 봐도 그 담요는 우리를 완전히 덮어 주지 못한다."

"계속하라!"

키팅은 소리쳤다.

"발로 차고, 아무리 주먹으로 때려도 절대로……."

"멈추면 안 돼!"

"우리가 울음소리를 내며 태어난 그 순간부터…… 죽음으로 이 세상을 떠나는 그날까지 아무리 절규하거나 울부짖어도, 진실이라는 담요는 우리의 머리밖에 덮어 주지 못한다!"

악을 쓰듯 말을 토해 낸 토드는 한동안 자리에 가만히 서 있었다. 키팅은 토드 곁으로 다가갔다. 그는 어느새 부드러운 얼굴로 바뀌어 있었다.

"마력이란 게 있다, 토드 앤더슨. 이 점을 잊지 말도록."

선생님의 목소리에는 따뜻함과 애정이 듬뿍 묻어 있었다. 닐이 박수를 치기 시작했다. 그러자 다른 학생들도 박수를 쳤다. 토드는 깊게 숨을 들이쉬더니 비로소 안도의 한숨을 내쉬었다. 그렇게 자신감에 가득 찬 표정은 웰튼에 온 뒤 처음이었다.

"고맙습니다, 선생님."

토드는 키팅에게 머리를 숙여 인사한 뒤 자리에 앉았다. 수업이 끝난 뒤 닐은 빙그레 웃으며 토드에게 다가가 악수를 청했다.

"난 네가 해낼 줄 알았어. 정말 훌륭했어. 오늘 저녁에 동굴에서 보자."

"고마워 닐, 이따 보자."

토드의 얼굴은 자신감과 당당함으로 가득 차 있었다. 지금까지 보여 주었던 수동적이고 의타적인 모습은 전혀 찾아볼 수가 없었다. 그는 마치 새로 태어난 사람 같았다.

그날 밤 닐은 낡은 램프를 들고 동굴로 갔다.

"늦어서 미안해."

닐은 뛰어왔는지 숨을 가쁘게 몰아쉬고 있었다.

'죽은 시인의 사회' 회원들은 달튼을 중심으로 둥그렇게 앉아 있었다. 양반다리를 하고 앉은 달튼은 입을 굳게 다문 채 눈을 감고 있었다. 한쪽 손에는 붉은 빛이 감도는 색소폰이 들려 있었다.

"이것 좀 봐."

닐은 들고 온 물건을 보이며 말했다.

"뭔데?"

믹스가 물었다.

"램프야."

닐을 대신해 피츠가 대답했다. 닐이 램프의 갓을 떼어냈다.

그러자 이상한 모양의 물건이 나타났다. 색칠을 한 조그만 소년 조각상이었다.

"이 동굴의 신이야."

닐이 싱긋 웃으며 말했다. 그는 조각상을 바닥에 내려놓았다. 조각상 머리에는 뾰족한 못이 삐죽 나와 있었다. 닐은 그 못에 초를 꽂더니 불을 붙였다. 촛불은 붉고 푸른색이 칠해진 소년의 모습을 비췄다. 비록 색깔은 바랬어도 소년의 얼굴은 무척 기품 있어 보였다. 그들은 이제 소년 조각상을 중심으로 둥그렇게 앉아 있는 꼴이 되었다.

촛불에 비친 토드의 얼굴은 이전과 달리 무척 편안한 모습이었다. 낮에 있었던 국어 시간을 계기로 그는 완전히 다른 사람이 되었던 것이다. 그때 달튼이 헛기침을 했다. 모두들 달튼 쪽으로 고개를 돌렸다.

"관객 여러분, 찰리 달튼의 즉흥시입니다."

그는 그렇게 말하고 서투른 솜씨로 색소폰을 연주했다. 그런데 몇 소절을 불더니 갑자기 멈췄다. 그리고 무언가에 홀린 사람처럼 시를 읊기 시작했다.

웃고, 울고, 떨고, 중얼대고
그래도 할 일은 더 많다.
할 일은 더 많다.

달튼은 다시 색소폰을 두세 소절 불었다. 그런 다음 다시 시를 읊었다. 아까보다 좀 더 빨리 읽었다.

혼돈을 절제하고,
혼돈을 꿈꾸고,
울고,
하늘을 향해 날아오르고
할 일이 많다!
할 일은 더 많다!

동굴 속이 잠잠해졌다. 달튼은 색소폰을 들고 사람의 가슴을 울리는 멜로디를 연주했다. 연주가 계속되는 동안 친구들의 얼굴은 점점 더 편안한 표정으로 바뀌어 갔다. 달튼은 완전히 음악에 도취된 채 색소폰 연주에 몰입했다. 그가 연주하는 색소폰 소리는 모두의 가슴 속으로 스며들었다. 달튼은 마지막 소절을 길게 뽑아 여운을 남기며 연주를 마쳤다. 모두들 색소폰 멜로디에 취해 꿈쩍도 하지 않았다. 닐이 침묵을 깨고 말문을 열었다.

"달튼! 정말 멋진데. 어디서 그렇게 훌륭한 연주를 배웠니?"

"부모님은 클라리넷을 배우라고 하셨어. 난 그게 싫어 혼자 배웠지, 몰래 말이야."

색소폰이 클라리넷보다 품위 있고 음량도 풍부하다는 찰리의 말에 모두 고개를 끄덕였다. 그때 낙스가 벌떡 일어났다.

그는 친구들 뒤로 몇 발자국 물러서더니 괴로움을 못 참겠다는 표정으로 소리 질렀다.

"아, 더 이상 못 참겠어!"

모두의 눈길이 낙스 쪽으로 쏠렸다.

"크리스를 만날 수 없다면 난 죽어 버릴 거야. 정말 미치겠어."

"야 낙스, 진정해."

달튼이 말했다.

"아니야, 난 지금까지 참고 살아왔어. 앞으로도 계속 이렇게 참아야만 한다면 난 죽어 버리고 말 거야."

그렇게 말하고 낙스는 동굴 밖으로 뛰어나갔다.

"낙스, 어디 가?"

닐이 불렀다.

"크리스에게 전화해야겠어!"

뜻하지 않은 사태로 그날의 모임은 거기서 중단되고 말았다. 모두 낙스를 좇아 서둘러 학교로 돌아왔다. 심각해진 그가 어쩌면 진짜로 죽을지도 모른다는 생각이 들었기 때문이다. 지금까지의 상황으로 볼 때, 낙스가 크리스에게 큰 모욕이라도 당한다면 충분히 그럴 가능성이 있었다. '죽은 시인의 사회' 친구들은 낙스의 불행을 막아야 할 의무가 있다고 생각했다.

학교로 돌아온 낙스는 그 길로 기숙사 앞에 있는 공중전화로 달려갔다. 친구들도 모두 그를 따라갔다. 낙스는 수화기를 집어 들고 말했다.

"전화를 해야겠어!"

친구들은 낙스를 에워싸고 그가 전화다이얼 돌리는 모습을 마음 졸이며 지켜보았다.

"여보세요?"

"……."

수화기 건너편에서 크리스의 목소리가 들려왔다. 하지만 낙스는 한마디도 못했다. 크리스의 목소리가 들리는 순간 입이 얼어붙어 아무 말도 못하고 멍청하게 수화기를 내려놓고 말았다.

"아마 날 싫어할 거야! 덴버리 씨 집에서도 날 미워했을 거야. 게다가 우리 부모님이 아시는 날엔 불호령이 떨어질 걸."

낙스는 친구들을 둘러보며 그들의 표정을 살폈다. 그러나 아무도 도움말을 해 주는 사람이 없었다. 모두 실망스런 얼굴로 그를 바라볼 뿐이었다.

"좋아, 알았어. 카르페 디엠! 죽기 아니면 까무러치기다!"

그는 다시 전화를 걸었다.

"여보세요."

크리스의 목소리가 들려왔다.

"안녕, 크리스. 난 낙스 오버스트릿이야."

그는 겨우 입을 열었다.

"낙스?"

"기억하겠어?"

"아, 그래 낙스! 웬일이야 전화를 다 하고……, 반갑네."

"정말?"

낙스가 재빨리 송화기를 틀어막으며 친구들 쪽으로 돌아서서 속삭였다.

"전화해 줘서 반갑대."

"낙스! 실은 나도 전화할까 생각했어."

밝고 명랑한 크리스의 그 말에 낙스의 가슴은 두근거렸다.

"그런데 네 번호를 모르잖니. 널 파티에 초대하고 싶었거든."

"파티라고?"

"응, 이번 주말에 체트 부모님이 휴가를 가신대. 그래서 체트가 파티를 열거래. 너 올 수 있겠니?"

"그래, 좋아!"

낙스의 얼굴에 웃음꽃이 활짝 피었다.

"그런데 낙스?"

"응?"

"체트 부모님은 이 사실을 몰라. 그러니까 비밀로 해줘. 하지만 데려오고 싶은 사람이 있으면 같이 와도 좋아."

"알았어, 꼭 갈게. 덴버리 씨 댁……. 금요일 밤에……. 그래 고마워, 크리스!"

통화를 마친 낙스의 얼굴은 마치 날아가기라도 할 것처럼 들뜬 표정이었다.

"야아, 너희들 믿을 수 있겠니? 크리스가 나한테 전화하고 싶었대. 나한테 말이야! 그녀가 날 파티에 초대하고 싶었다는 거야."

"체트 덴버리 집에 말이야?"

달튼이 뚱하게 말했다. 그러나 낙스는 그 말뜻을 얼른 이해하지 못했다.

"응!"

"그래서?"

달튼이 톡 쏘아붙였다.

"그래서라니?"

달튼의 수상쩍은 반응에 낙스는 한 발짝 물러서며 물었다. 그는 아직 상황을 파악하지 못하고 들떠 있는 낙스를 일깨워 주고 싶었다.

"너 혹시 크리스가 너를 파트너로 생각하고 있다고 착각하는 건 아니겠지?"

"아니야, 크리스는 체트의 애인이야. 하지만 그건 아무래도 좋아. 그게 중요한 게 아니라고!"

"그럼, 중요한 게 뭔데?"

달튼이 낙스를 몰아세웠다.

"중요한 건……. 크리스가 내 생각을 하고 있었다는 거야."

"말이 안 통하는 군."

달튼은 기가 막힌다는 듯이 고개를 절레절레 흔들었다.

"우리는 딱 한 번밖에 만나지 않았어. 그런데 크리스는 이미 나를 생각하고 있었어."

낙스는 황홀경에 빠져들고 있었다. 그는 친구들이 걱정해 주는 마음조차 느끼지 못할 정도였다.

"아무튼 이젠 됐어. 잘될 거야 크리스는 이제 곧 내 것이 된다."

그는 손을 번쩍 치켜들어 외치고는 날다시피 휴게실을 빠져나갔다. 세상을 모두 얻은 사람처럼 의기양양한 모습이었다. 남은 친구들은 고개를 흔들며 걱정된다는 표정으로 서로를 쳐다보았다. 사랑의 열병에 빠져 상황 판단을 제대로 하지 못하는 그가 안쓰러울 뿐이었다.

달튼이 한숨을 내쉬며 말했다.

"휴……, 저 마음을 누가 알겠니?"

"낙스가 상처를 받지나 않았으면 좋겠는데"

이번에는 닐이 걱정스런 표정을 지으며 말했다.

8

닐은 도심 광장을 지나 리허설이 한창 벌어지고 있는 헨리홀 쪽으로 자전거를 타고 갔다. 마을 회관과 늘어선 상점가를 지나 한적한 버몬트의 가로수 길을 따라 가자 흰색 벽돌로 지은 헨리홀이 나타났다. 닐은 서둘러 정문을 지나 건물 앞에 마련된 보관대에 자전거를 세웠다. 강당으로 들어서자 연출을 맡은 선생님이 큰 소리로 닐을 부르며 반겼다.

"닐, 빨리 와. 이 장면은 퍽이 없으면 큰일난다고."

닐은 활짝 웃으며 무대 중앙으로 재빨리 올라갔다. 소품 담당 여학생이 닐에게 피에로가 장식된 지팡이를 건네주었다. 닐은 그걸 받아 든 뒤 곧바로 대사를 읊기 시작했다.

아니 겨우 셋뿐이야?
한 명만 더 있으면 여자 둘에 남자 둘
그래야 남녀 쌍쌍 넷이 되지.
아, 저기 여자가 온다.
우울한 심술쟁이 꼴을 하고,
큐피드는 장난꾸러기야!
연약한 여자들을 미쳐 날뛰게 하니까.

닐은 바닥으로 눈을 내리깔았다. 그때 무대 위로 미치광이 헤르미아로 분장을 한 지니 덴버리가 눈에 핏발을 세우고 초췌한 모습으로 나타났다. 40대쯤으로 보이는 금발의 연출선생이 헤르미아의 대사를 중단시켰다. 지니가 대사를 읊으면서 닐 쪽으로 다가서는 순간이었다.

"잘했어, 닐. 퍽의 처지를 드러내는 너의 감정 표현 연기가 아주 좋아. 그러나 한 가지 명심해. 마지막 부분에서 우울한 표정을 지으면 안 돼. 퍽은 지금 그 상황을 아주 즐기고 있으니까 말이야."

닐은 고개를 끄덕였다. 그리고 다시 대답하고 익살스런 말투로 마지막 대사를 읊었다.

큐피드는 장난꾸러기야
연약한 여자들을 미쳐 날뛰게 하니까!

"좋아, 아주 잘했어!"

연출선생은 만족스런 표정을 지었다.

"이번엔 지니 차례야."

이렇게 비참하고 이렇게 슬픈 기분은 처음이야.
이슬에 젖고 가시에 찢겨서 이젠 한 발자국도
걸을 수가 없어
기어서도 못 가겠어…….

연출선생은 무대 위의 학생들에게 손짓 발짓을 해가며 연극 지도에 여념이 없었다. 그렇게 같은 장면을 여러 차례 되풀이한 다음에야 그날의 연습이 끝났다.

"내일 보자."

닐은 손을 흔들며 단원들에게 인사를 한 뒤 헨리홀을 빠져나왔다. 밖에는 벌써 어둠이 내려앉았고 하늘에는 별이 초롱초롱 빛나고 있었다. 아직도 리허설의 열기가 가시지 않은 듯 그의 눈동자는 황홀하게 반짝였다. 이렇게 뭔가를 열정적으로 해 본 적이 단 한 번이라도 있었던가! 닐은 연극에 나오는 요정처럼 기숙사까지 날아서 갈 수 있을 것 같다는 생각을 했다.

온통 잠에 빠진 버몬트 거리에는 닐의 자전거 바퀴 소리만 나지막이 들릴 뿐이었다. 기숙사로 되돌아가면서 그는 두 시간 동안 수십 번도 더 읊조렸던 대사를 되풀이해서 외웠다.

멀리 학교 정문이 보이기 시작했다. 그는 조심스럽게 주위를 살피며 다가갔다. 다행히 정문 주위에는 아무도 없었다. 닐은 재빨리 학교 안으로 들어갔다. 기숙사 한쪽 구석에 자전거를 세워 두고 안으로 들어가려는데 돌담 밑에 누군가 웅크리고 있는 것이 보였다. 자세히 보니 토드였다. 일부러 산책을 나온 것 같지는 않아 보였다.

"토드?"

닐이 조용히 이름을 부르며 다가갔다. 토드는 어둠 속에서 외투도 걸치지 않은 채 덜덜 떨며 앉아 있었다.

"아니, 어떻게 된 거야?"

"……."

"이렇게 추운 밤에……. 무슨 일 있었어?"

그는 토드 옆에 바짝 다가앉으며 다시 물었다.

"오늘이 내 생일이야."

토드가 힘없이 대답했다.

"정말? 왜 이제야 말하는 거야? 어쨌든 생일 축하한다! 뭐 좋은 선물 받았니?"

"……."

얼굴이 새파래진 토드가 추위에 덜덜 떨며 아무런 대꾸도 하지 않았다. 토드는 대답 대신 곁에 있는 상자를 가리켰다.

"이건 원래부터 네 책상에 있던 거잖아! 너 선물 못 받았구나?"

닐은 상자를 알아보았다. 상자 속에는 가죽 필기구 세트가 들어 있었다.

"오늘 받은 거야. 작년에 준 선물과 똑같아! 부모님은 나한테 뭘 선물했는지도 기억하지 못하고 있어. 정말 기가 막혀……. 이제는 내게 관심도 없어."

토드는 맥 빠진 목소리로 말했다.

"그랬구나."

닐이 이해하겠다는 듯이 나지막이 중얼거렸다.

"늘 그랬어."

토드의 말에는 힘이 하나도 없었다. 닐은 진심으로 그의 마음을 이해할 수 있었다. 하지만 지금은 어떻게든 토드의 생각을 바꿔 놓을 필요가 있다고 생각했다.

"토드, 내 생각엔 말이야……, 너희 부모님은 이 필기구 세트가 너한테 또 필요할 거라고 생각하셨을지도 몰라."

토드가 닐의 말을 가로막았다.

"네가 몰라서 그래!"

"……."

"우리 부모님에게 자식은 형 하나뿐이라구. 형 생일만 돼 봐, 집안이 온통 축제 분위기야!"

토드는 다시 한 번 필기구 세트를 바라보며 쓴웃음을 지었다. 보면 볼수록 짜증난다는 표정이었다. 그는 필기구 세트를 물끄러미 바라보며 혼자말로 중얼거렸다.

"아, 너도 참 불쌍하다. 원하지도 않는 사람의 손에 두 번이나 쥐어지고……."

"토드, 너 정말 이 선물의 가치를 과소평가하고 있는 것 같구나."

닐은 '죽은 시인의 사회' 리더답게 목소리를 약간 높여 가며 토드를 설득하려 했지만 도리어 역효과를 내고 말았다.

"뭐라고?"

"이게 얼마나 특별한 선물이냐고!"

"됐어, 그만둬!"

닐은 토드가 짜증을 내는데도 계속 이야기했다.

"생각해 보렴. 이렇게 훌륭한 필기구 세트를 선물로 받을 사람이라면 흔해 빠진 축구공이나 야구 방망이 같은 물건에는 아무 관심 없을 것이라고 생각하지 않겠어? 그러니 너희 부모님은 이걸 선물 할 수밖에 없었을 거야."

"그럴지도 모르지."

닐의 말에 토드의 기분이 조금 누그러진 듯했다. 밤공기가 더욱 차가워졌다. 닐은 추위에 몸을 떨었다. 토드는 문득 옛 생각을 떠올리며 주체할 수 없는 감정에 휩싸여 말했다.

"닐, 어렸을 때 아버지가 나를 뭐라고 불렀는지 아니? 5달러 98센트라고 했어! 사람 몸을 단순히 화학 물질로 계산하면 몸의 값어치가 그 정도밖에 안 나간대. 그러면서 날마다 공부를 열심히 하지 않으면 내 값어치는 영원히 5달러 98센트짜리밖에 안 될 거라고 말했어. 고작 5달러 98센트짜리 말이야!"

닐은 믿기 어려운 토드의 말에 한숨을 쉬었다. 토드의 마음이 이렇게까지 꼬여 버린 것이 무리는 아니라는 생각이 들었다. 토드는 얘기를 계속했다.

"난 어렸을 땐 부모들은 자식들을 무조건 사랑하는 거라고 생각했어. 학교에서도 그렇게 배웠고 책에도 그렇게 쓰여 있었거든. 그래서 그대로 믿었지. 그래, 우리 부모님은 틀림없이 그렇게 사랑했어. 하지만 난 아니었어! 부모님에게 자식은 형뿐이었던 거야!"

토드는 한숨을 쉬며 일어섰다. 그리고 혼자 기숙사 안으로 들어가 버렸다. 닐은 찬 돌담에 기대어 앉은 채 토드에게 해줄 말을 이리저리 생각했다. 그러나 마음과 달리 그 어떤 위로의 말도 떠오르지 않았다. 자신의 처지 역시 토드와 다를 바 없었기 때문이다. '어쩜 내가 겪고 있는 갈등과 그렇게 똑같단 말인가!' 닐은 이런 생각을 하며 토드의 일이 남의 일같이 느껴지지 않았다.

"토드……."

닐은 힘없이 친구의 이름을 중얼거리며 뒤따라 방으로 들어갔다.

다음 날 오후 '죽은 시인의 사회' 회원들은 키팅 선생의 수업을 듣기 위해 교실로 들어갔다. 맨 먼저 교실에 들어선 캐머룬이 소리쳤다.

"잔디밭으로 오라고 적혀 있는데?"

모두들 캐머룬의 손짓을 따라 칠판을 쳐다보았다.

"오늘 수업도 정말 기대된다."

피츠가 슬쩍 웃으면서 말했다. 뒤이어 들어온 다른 학생들과 함께 그들은 잔디밭으로 갔다. 교실 창문을 통해 지켜보고 있던 맥카리스터 선생은 고개를 흔들었다. 그는 키팅이 또 어떤 해괴한 방법으로 학생들을 홀릴지 걱정이 된다는 듯한 표정이었다. 그러면서도 키팅 선생이 보여 주는 이해하지 못할 여러 행동들에 대해 마음속에서 솟아나는 호기심도 컸다. 하지만 어쨌든 웰튼 아카데미의 전통과 질서를 깨뜨리려고 하는 키팅의 존재가 못마땅한 것은 틀림없는 사실이었다.

"여러분이 발표했던 시에는……."

키팅 선생은 학생들 한가운데 서서 지난 시간의 수업을 복습했다.

"획일성이라는 아주 위험한 요소가 숨어 있었다. 곧 시인으로서의 독특함이 모자랐다는 말이다."

그는 학생들의 자작시에 대한 평을 그쯤에서 마치고 수업을 시작했다.

"피츠, 캐머룬, 낙스, 채프만, 나와서 한 줄로 서 봐!"

키팅 선생은 학생 4명을 불러내 옆에 세웠다.

"지금부터 내가 넷을 세면 이 뜰을 한 바퀴 돌도록 해라. 아무것도 생각할 필요가 없어. 점수와는 무관하다. 자, 하나, 둘, 셋, 넷, 출발!"

네 사람은 영문도 모르고 걷기 시작했다. 그들은 천천히 네모진 잔디밭의 한쪽 구석 끝까지 걸어갔다. 그리고 왼쪽으로 돌아 반대편 구석으로 갔다. 그런 다음 끝에서 다시 왼쪽으로 꺾어 또 내려갔다. 그런 식으로 해서 네모진 잔디밭을 한 바퀴 돌았다.

"그래, 잘한다! 계속해라. 다시 한 바퀴 더 돌도록!"

키팅과 나머지 학생들은 그들이 걷는 모습을 유심히 지켜보고 있었다. 처음과 달리 네 사람의 걷는 모습은 비슷해졌다. 걸음걸이는 물론이고 보폭도 비슷했다. 마치 잘 훈련받은 군인들처럼 발도 착착 들어맞았다. 물론 키팅이 그런 것을 요구한 것은 아니었다. 키팅은 만족스러운 듯 고개를 끄덕이며 네 사람의 걸음걸이에 맞춰 하나, 둘, 셋, 넷, 손뼉을 쳤다. 그들의 걸음은 손뼉 소리와 한 박자도 어긋나지 않았다.

"바로 이거야. 들리니?"

네 사람은 계속 잔디밭을 돌았다. 키팅은 더욱 크게 손뼉을 치며 말했다.

"하나 둘, 하나 둘, 하나 둘, 하나 둘……. 어떠냐? 너희들 선생님의 수업 시간이 재밌지?"

교실에서 혼자 시험지 점수를 매기고 있던 맥카리스터 선생은 이 떠들썩한 광경을 창문으로 지켜보고 있었다. 네 명의 학생들이 리듬에 맞추어 잔디밭을 행진하고 있었다. 그들은 다리를 높게 쳐들고 앞뒤로 팔까지 흔들면서 리듬감을 살리고 있었다. 나머지 학생들도 한몸이 되어 친구들의 행진에 손뼉을 치며 박자를 맞춰 주었다.

놀런 교장도 박수 소리와 함께 환성이 들려오자 하던 일을 멈추고 창밖을 내다보았다. 국어 수업을 하고 있어야 할 키팅 선생이 손뼉을 치며 학생들과 왁자지껄 고함을 지르고 있는 것이 눈에 들어왔다.

교장은 그 모습에 아연실색하여 이맛살을 찌푸렸다. 그의 눈에 키팅 선생이 보여 주는 행동과 말은 경망스럽기 짝이 없었다. 그동안 간간이 들려오던 키팅 선생의 이상한 수업 방식에 대해 놀런 교장은 직접 확인하지 않고 모르는 척 해왔다. 그런데 두 눈으로 확인하고 보니 더 이상 방관해서는 안 되겠다는 생각이 들었다.

"됐어, 그만!"

키팅은 네 사람의 행진을 멈춰 세웠다.

"너희들도 봤을 거다. 처음에는 네 사람의 걸음걸이가 다 달랐어. 피츠는 기울어진 자세로 비틀거리면서 걸었고 낙스는 보폭을 작게 하고 가볍게 뛰는 모양새였지. 다른 두 사람은 또 나름대로 독특한 자세로 걸었고."

키팅 선생은 계속 말을 이어 갔다.

"그런데 시간이 지날수록 네 사람의 걸음걸이가 비슷해지지 않았니? 게다가 우리가 박자까지 맞춰 주니까 꼭 한 사람이 걷는 것 같았다. 이 실험에서 우리가 알 수 있는 건, 어느 누구든 상대가 존재하는 한, 내면의 목소리에 귀를 기울이거나 스스로 믿음을 지켜 나가기가 쉽지 않다는 사실이다. 만일 너희들 가운데 '나는 그들과 다르게 행진할 수 있다'고 생각하는 사람이 있으면 자신에게 먼저 물어 봐라. '왜 내가 박수를 쳤던가?'하고 말이야!"

키팅은 학생들을 그윽한 눈으로 바라보며 설명을 계속했다.

"사람은 누구나 남들에게 좋게 받아들여지고 싶은 강한 욕구가 있다. 하지만 자신에게는 자신만의 독특한 개성이 있지. 그리고 그것을 반드시 믿어야 한다. 심지어 남들이 알아주지 않는다고 해도 말이다. 프로스트의 시에 이런 구절이 있다. 숲속에 두 갈래의 길이 있었네, 나는 사람들이 덜 다닌 길을 골랐네, 그것이 내 인생을 바꾸어 놓았네……."

수업을 마치는 종소리가 울렸다. 그러나 학생들은 땅에 뿌리가 깊이 박힌 나무처럼 꼼짝하지 않고 키팅 선생의 이야기를 되씹었다. 잠시 후 키팅 선생은 학생들에게 인사를 하고 그 자리를 떠났다. 그때까지 키팅 선생의 이상한 수업 광경을 지켜보고 있던 놀런 교장은 학생들이 하나 둘씩 흩어지자 창가에서 물러섰다.

'대체 이 노릇을 어떻게 수습해야 할까?'

놀런 교장의 머릿속에는 온통 이 생각으로 가득 차 있었다. 키팅 선생의 기발한 수업을 본 맥카리스터 선생은 입가에 웃음을 머금고 다시 시험지를 채점하기 시작했다.

'죽은 시인의 사회' 회원들은 다음 수업이 있는 교실 쪽으로 걸어가고 있었다.

"오늘 밤에 동굴에서 만나자는데, 달튼이."

캐머룬이 닐에게 말했다.

"몇 시에?"
"일곱 시 반."
"알았어. 그렇게 전할게."
닐은 그렇게 말하고 토드를 바라보았다.

그날 밤 닐, 토드, 캐머룬, 피츠, 믹스는 모닥불 주위에 둘러앉아 손을 녹이고 있었다. 짙게 내려앉은 안개가 동굴 안까지 밀려 들어왔다. 숲 속의 나무들은 거센 바람에 흔들리며 윙윙 소리를 내고 있었다.
"꼭 귀신이 나올 것만 같네."
믹스가 몸을 움츠리고 모닥불 앞으로 바짝 다가가며 말했다.
"낙스가 왜 안 보이지?"
"오늘 파티가 있는 날이잖아."
피츠가 낄낄대며 말했다.
"달튼은 어떻게 된 거야? 오늘 모이자고 한 녀석이!"
캐머룬이 투덜거렸다.
"……."
모두들 어깨만 으쓱해 보였다. 기다리다 지친 닐이 모임을 시작했다.

나는 숲으로 갔다.
삶을 자유롭게 살고 싶어서였다.

나는 인생의 정수를 마음속 깊이

그리고 끝까지 맛보며 살고 싶다.

그때였다. 갑자기 숲에서 이상한 소리가 들려왔다. 닐은 깜짝 놀라 읽기를 멈췄다. 모두들 동굴 밖에서 나는 소리에 귀를 기울였다. 단순한 바람 소리가 아니었다. 사람의 발자국 소리 같기도 했고 이야기 소리 같기도 했다. 순간적으로 동굴 안에 긴장감이 감돌았다. 소리는 점점 또렷해졌다. 틀림없이 젊은 여자의 웃음소리였다. 더구나 그 소리는 동굴 쪽으로 다가오고 있었다.

"어머! 아무것도 안 보인다, 얘!"

여자의 목소리가 동굴 안으로 울려 들어왔다. 모두들 깜짝 놀라 자리에서 벌떡 일어났다.

"다 왔어, 바로 여기야!"

찰리 달튼의 목소리였다. 타오르는 모닥불이 '죽은 시인의 사회' 회원들의 얼굴을 환하게 비추고 있었다. 잠시 후 달튼이 여자 2명과 함께 동굴 안으로 들어왔다. 여자들은 나이가 조금 들어 보였다. 금발의 여자는 재미있다는 듯 호호 웃으며 들어왔고, 검은 머리와 초록색 눈을 가진 여자는 어색한 듯 멈칫거리며 안으로 들어왔다.

"아, 다들 와 있었구나."

달튼은 예쁘게 생긴 금발 여자 애의 어깨를 감싸고 있었다.

"음, 이쪽은 글로리아."

그는 글로리아를 소개하면서 그녀의 어깨를 더욱 세게 감싸 안았다.

"그리고 저 애는……."

"난 티나야."

달튼이 소개하려고 하자 머리칼이 검고 아주 평범하게 생긴 여자가 자기를 티나라고 소개했다. 티나는 달튼과 조금 떨어진 곳에 서 있었다. 그녀는 조금 어색한지 손에 들고 있던 캔 맥주를 한 모금 마셨다.

"티나랑 글로리아야."

달튼이 흐뭇한 표정을 지으며 말했다.

"여기 있는 친구들은 '죽은 시인의 사회' 예비 회원들이야."

달튼이 두 여자를 번갈아 보며 말했다.

"무슨 이름이 그래? 이상한 사회도 다 있네. 뜻이 뭐야?"

글로리아가 웃으며 물었다.

"그건 비밀이라고 했잖아."

그는 눈을 살짝 흘기며 대답했다.

"엉뚱하기는……."

글로리아는 더 이상 묻지 않고 콧소리를 내며 달튼의 허리를 끌어안았다. 언뜻 보기에도 글로리아는 정숙한 여자가 아닌 것 같았다. '죽은 시인의 사회' 회원들은 난데없이 나타난 이 대담하고 거침없는 이방인들을 보며 어안이 벙벙해졌다. 마치 도깨비에 홀린 느낌이었다. 두 여자 모두 적어도 스무 살은 넘은 듯했다. 그들은 달튼이 그 여자들을 어디서 데려왔는지 무척 궁금했다. 그런데도 달튼은 그런 건 전혀 중요한 게 아니라는 듯한 얼굴로 글로리아를 바싹 끌어당겨 안고는 히죽거렸다. 그의 대담한 행동에 친구들의 눈이 휘둥그레졌다.

"얘들아, 한 가지 알려 줄 게 있어. 죽은 시인의 정열적인 실험 정신을 존중하는 뜻에서 나는 이 시간부터 찰리 달튼이라는 이름을 완전히 버리기로 했어. 그러니 이 순간부터 나를 누완다라고 불러 주면 좋겠어."

달튼의 말에 두 여자는 재미있다는 듯이 킥킥 웃어 댔다.

"그럼 나도 달튼이라고 부르면 안 돼?"

글로리아는 그의 목을 두 팔로 감고 코맹맹이 소리로 아양을 떨면서 물었다.

"물론이지."

"그런데 누완다가 무슨 뜻이야, 자기?"

'자기?'

글로리아의 '자기'라는 말에 모두들 흠칫 했다. 하지만 아무도 드러내 놓고 놀라는 사람은 없었다. 그런데 달튼은 그 말을 못 듣기라도 한 듯 아무런 반응을 보이지 않았다.

"응, 내가 만든 말이야."

"자기, 나 추워."

글로리아는 달튼에게 더욱 몸을 밀착했다.

"얘들아, 모닥불 꺼지겠다. 나뭇가지를 좀 더 주워 오자."

믹스가 그렇게 말하자 모두 동굴 밖으로 나갔다. 친구들이 밖으로 나가자 달튼은 의미심장한 표정을 짓더니 한쪽 벽으로 걸어갔다. 그리고 진흙을 긁어내 인디언 용사처럼 얼굴에 바르기 시작했다. 진흙칠을 한 달튼의 얼굴은 야성미 넘치는 인디언 같았다. 티나와 글로리아는 달튼의 얼굴을 보고 킥킥대며 웃었다.

'죽은 시인의 사회' 회원들이 동굴에 모여 있을 그 시간에 낙스는 자전거 페달을 힘껏 밟으며 덴버리 씨 저택으로 가고 있었다. 쏜살같이 달려간 낙스는 집 옆에 있는 아름드리나무 밑에 자전거를 세워 두고 안으로 들어갈 준비를 했다. 그는 코트를 벗어 자전거 앞에 달린 가방에 잘 개어 넣었다. 그리고 한껏 차려입은 양복을 손으로 툭툭 털며 매무새를 점검한 뒤 현관문을 두드렸다.

낙스의 심장은 심하게 쿵쾅거리기 시작했다. 그는 손으로 가슴을 눌러 진정시키며 문이 열리기를 기다렸다. 그런데 좀처럼 문이 열리지 않았다. 시끄러운 음악 소리가 문 안쪽에서 들려오고 있었다. 낙스는 다시 문을 두드렸다. 이번에는 쿵쾅거릴 정도로 세게 두드렸다. 그런데도 문은 열리지 않았다. 그는 손잡이를 돌려 보았다. 문은 잠겨 있지 않았다.

두근거리는 가슴을 손으로 누른 채 안으로 들어간 낙스는 그만 눈이 휘둥그레지고 말았다. 말로만 듣던 광란의 파티가 벌어지고 있었던 것이다. 실내는 음악 소리로 요란했고 서로 얼굴을 분간하기 어려운 정도로 어두웠다. 사람을 충분히 흥분시키고 남을 정도로 매혹적이었다. 큰 창문을 통해 들어온 하얀 달빛과 군데군데 켜 놓은 촛불이 절묘하게 어우러지며 환상적인 분위기를 연출하고 있었다.

사람은 많았지만 낙스가 들어온 사실을 아무도 모를 정도로 그들은 제각각 사랑에 빠져 있었다. 어떤 커플은 소파에서, 어떤 커플은 의자에서, 계단에서……, 심지어 탁자 밑 마룻바닥에서 사랑을 나누는 커플도 있었다. 키스는 아무것도 아니었다. 깊이 파인 파티복 안으로 남자의 손이 들어가 있는가 하면, 어떤 여자는 속살이 다 보일 정도로 치마가 올라가 있었다. 다른 사람의 시선을 의식하는 사람은 아무도 없었다.

낙스는 어찌할 바를 모르고 현관에 멍하니 서 있었다. 그때 마침 크리스가 식당에서 걸어 나오는 모습이 보였다. 그녀의 머리는 빗질도 하지 않은 것처럼 흐트러진 채였다.

"크리스!"

낙스는 마치 구원의 여신을 만난 듯 소리쳤다. 다행히 크리스는 낙스를 한눈에 알아보았다.

"어머, 왔구나!"

크리스는 와서 무척 반갑다는 말투였다.

"와 줘서 고마워, 낙스. 누구하고 함께야?"

"나 혼자……."

"그래, 체트 동생 지니도 여기 있어. 한번 찾아봐."

"크, 크리스……. 잠깐."

시끄러운 음악 소리 때문에 낙스의 목소리가 컸다.

"난 체트한테 가 봐야 돼. 너도 맘껏 즐겨 봐!"

크리스는 그 말을 남기고 부엌으로 들어가 버렸다. 그녀의 반응은 전혀 뜻밖이었다. 낙스는 그만 맥이 탁 풀렸다. 이런 꼴을 보려고 여기에 온 것이 아니었다. 통화를 했을 때만 해도 크리스에 대한 한 가닥 기대감이 있었다. 하지만 그 순간 완전히 패배자가 되었다는 생각이 들었다. 체트에 대한 패배감에 사로잡힌 낙스의 눈가에는 질투와 분노의 이슬이 맺혔다. 쉽게 떨쳐버릴 수 없는 아픔이었다. 낙스는 크리스의 말대로 지니를 찾아보기로 했다. 그는 바닥에서 뒹굴고 있는 몇몇 커플을 지나 지니를 찾아 이리저리 기웃거렸다.

'아……, 이게 파티라는 거야…….'

동굴 밖은 캄캄했다. 모두들 땔감으로 쓸 만한 나뭇가지를 줍기 위해 어둠 속을 헤집고 다녔다. 기온이 내려간 숲은 무척 추웠다. 그때 동굴 쪽에서 검은 그림자가 나타났다.

"달튼……."

닐이 달튼의 모습을 보고 나지막이 속삭였다.

"누완다라니까!"

"그래, 누완다."

닐은 그의 고집스런 주문에 피식 웃으며 물었다.

"대체 어떡할 작정이야?"

"복잡할 거 없어. 네가 여자들을 데려오는 일에 반대하지 않는다면 만사 오케이야."

"반대할 것까진 없지."

어둠 속을 달려오던 피츠가 닐과 부딪쳤다. 피츠 뒤에 캐머룬이 따라왔다.

"아, 미안……."

피츠는 닐에게 가볍게 사과했다.

"그러니까 다만, 네가……. 우리한테 미리 귀띔을 했어야 하는 게 아니냐고 내말은."

피츠가 달튼에게 따지듯이 말했다.

"언젠가 일어날 일 아니었어? 어차피 우리 모임의 주요 목적이 그거 아니야, 안그래?"

달튼이 목소리를 낮추며 말했다.

"그런데 재네들은 어디서 만났지?"

닐이 물었다.

"축구장 옆에서 내게 말을 걸어왔어. 우리 학교에 흥미가 있다나? 그래서 내가 초대한 거야, 그것뿐야."

그는 천연덕스럽게 말했다.

"헨리홀 학생이야?"

옆에 서 있던 캐머룬이 물었다.

"학생 같진 않아."

"그럼 이 동네 사람이래?"

캐머룬이 계속해서 물었다.

"이제 그만해, 캐머룬. 저 여자들은 나쁜 애들이 아니야. 너 설마 벌써부터 겁을 집어먹은 건 아니겠지?"

달튼은 캐머룬에게 버럭 신경질적인 투로 말했다. 캐머룬도 질세라 그 자신만의 특이한 이유를 늘어놓았다.

"당치 않은 소리! 내가 언제 겁을 집어먹었다고 그래! 만약 우리가 저 여자 애들과 같이 있다가 들키는 날엔 뼈도 추리지 못할 걸. 난 그게 걱정돼서 그래!"

그때 동굴 쪽에서 글로리아가 달튼을 불렀다.

"누완다, 거기서 뭐하는 거야?"

"땔감을 모으는 중이야."

달튼이 큰 소리로 대답했다. 그리고 조그만 목소리로 캐머룬에게 속삭였다.

"걱정할 거 없어. 저 여자들 우리가 건드린다고 해도 뒤탈은 없을 거야. 그러니까 넌 가만히 보고만 있어 이 바보야."

"바보라니. 말조심해, 달튼!"

"싸우지 마. 캐머룬 진정해."

닐이 두 사람의 싸움을 말렸다.

"너, 내가 누완다라고 하랬지!"

달튼은 동굴로 들어가면서도 끝까지 캐머룬을 쏘아봤다. 다른 친구들도 그 뒤를 좇아 동굴 안으로 들어갔다. 캐머룬은 단단히 화가 났는지 한동안 혼자 동굴 바깥에 서 있었다.

저마다 주워 온 나뭇가지를 불 속에 던져 넣었다. 그러자 꺼져 가던 불길이 활활 새롭게 피어올랐다.

"낙스는 지금쯤 어떻게 하고 있는지 궁금하다."

피츠가 웃으며 말문을 열었다.

"불쌍한 녀석……."

"지금쯤 묵사발이 됐을지도 몰라. 상대는 미식축구 선수랬잖아."

닐이 진심으로 걱정하는 표정을 지었다.

실망할 대로 실망해 버린 낙스는 실의에 빠져 호화로운 덴버리 씨 저택을 어슬렁거리다 부엌으로 들어갔다. 몇몇 커플이 이야기꽃을 피우고 있었다. 부엌 입구 쪽 탁자에서 한 쌍의 남녀가 농도 짙은 키스를 하고 있었다. 남자는 끈질기게 여자의 치맛자락을 들치며 손을 집어넣으려 했고 여자는 한사코 남자의 손을 뿌리치고 있었다. 그런데도 두 사람의 뜨거워진 몸은 떨어지지 않았다. 낙스는 눈을 돌려 애써 그런 모습을 보지 않으려고 했다. 그러다가 지니와 마주쳤다. 둘은 어색한 웃음을 주고받았다.

그때 미식축구 선수처럼 덩치 큰 사내가 술잔을 돌리며 다가와 낙스에게 말을 걸었다. 그는 이미 술에 취해 있었다.

"너 혹시 매트 샌더스 동생 아니냐?"

"아니……."

낙스가 고개를 저었다.

"어이, 보브!"

그는 술에 취해 냉장고에 등을 기대고 서 있는 또 다른 덩치 큰 사내에게 소리쳤다.

"이 자식, 매트 샌더스 닮지 않았어?"

"동생이야?"

보브라는 사내가 다가서며 물었다.

"난 낙스야……."

낙스는 두 사람을 경계하며 작은 소리로 말했다.

"모르는 녀석인데? 처음 들어보는 이름이야!"

"야, 스티브. 무슨 대접이 이러냐?"

보브가 술에 취해 비틀거리며 덩치 큰 사내에게 혀가 꼬부라진 목소리로 말했다.

"매트의 동생을 만났는데 술 한 잔 먹이지 않아도 되겠어! 너 버본 마실래?"

"아니야, 난 술 못 마셔……."

스티브란 사내는 낙스의 말을 들은 척도 하지 않았다. 그는 낙스의 손에 술잔을 불쑥 쥐어 주더니 버본 위스키를 가득 따르고 콜라도 몇 방울 떨어뜨렸다. 낙스는 그 자리를 빠져 나갈 용기가 나지 않았다. 그 덩치들의 비위를 상하게 했다간 어떤 봉변을 당할지 몰랐기 때문이다. 거기다 크리스에 대한 실망감으로 될 대로 되라는 식의 자포자기 상태에 빠져 있었다. 스티브는 낙스의 잔에 자기 잔을 갖다 대며 외쳤다.

"매트를 위하여!"

그러자 보브도 따라 외쳤다.

"매트를 위하여!"

실내에는 스티브와 보브의 건배 소리가 울려 퍼졌다.

"매트를……. 위하여."

낙스도 어쩔 수 없이 두 사람의 기분을 맞춰 주느라 모깃소리로 건배를 외쳤다. 보브와 스티브는 단숨에 술 한 잔을 깨끗이 비웠다. 그들을 따라 얼떨결에 위스키를 들이킨 낙스는 숨이 막힐 것처럼 목이 탔다. 그는 이맛살을 찌푸리며 재채기를 했다. 스티브가 세 사람 잔에다 또 버본을 가득 채웠다. 낙스는 가슴 속 전체가 불길로 활활 타오르는 것 같았다.

"참, 매트는 요즘 어떻게 지내?"

보브가 또다시 엉뚱한 질문을 했다.

"정, 정말…… 난 매트를…… 몰…… 라."

터져 나오는 기침 때문에 낙스는 말을 제대로 할 수가 없었다. 하지만 그들은 막무가내로 낙스를 완전히 매트 샌더스의 동생으로 결정짓고 있었다.

"천하무적 매트를 위하여!"

이미 잔뜩 술에 취한 보브가 잔을 높이 치켜들며 다시 외쳤다.

"천하무적 매트를 위하여!"

스티브도 따라 외쳤다.

"천하무적……, 매트를……."

낙스가 기침 때문에 말을 제대로 못하는 사이에도 그들은 또다시 술잔을 단숨에 들이켰다. 스티브는 기침이 멈추지 않는 낙스의 등을 쳐주며 말했다.

"괜찮아! 녀석, 술 되게 못 먹네!"

"그럼 난 간다. 패티 좀 찾아봐야겠어."

보브는 딸꾹질을 하며 사라졌다.

"매트에게 내 대신 안부 좀 전해 줘!"

스티브는 아직까지 정신을 차리지 못한 듯 낙스에게 말했다.

"그래, 알았어."

낙스가 마지못해 대답을 하고 지니 쪽을 돌아보았다. 지니는 낙스의 그런 모습을 보고 씩 웃더니 얼른 부엌을 빠져나갔다.

"임마, 빨리 잔 비워! 나도 한 잔 줘야지!"

스티브가 시키는 대로 술을 한 잔 더 마시자 그는 또다시 버본을 넘치도록 따랐다. 낙스는 독한 위스키 몇 잔에 온 세상이 빙글빙글 도는 기분이었다.

동굴 안에는 '죽은 시인의 사회' 회원들과 글로리아, 티나가 활활 타오르는 모닥불 주위에 바싹 둘러 앉아 있었다. 그들은 춤추듯 너울너울 타오르는 불꽃을 넋 나간 사람처럼 바라보았다. 옆에서는 일명 '동굴의 신' 머리에 꽂혀 있는 촛불의 심지가 타들어 가는 소리가 들렸다.

"웰튼 학생들은 지독한 공부벌레라고 소문났는데 너희들은 안 그런 것 같아."

티나가 조각상을 쳐다보며 말했다. 그녀는 위스키 병을 들어 닐에게 마셔 보라고 권했다. 닐은 태연하게 몇 모금 삼키고 다시 술병을 돌려주었다.

"다른 애들에게 돌려."

티나는 손짓을 하며 그렇게 말했다. 모닥불 때문인지 아니면 술기운 탓인지 티나의 얼굴도 홍조를 띠며 예쁘고 매력적으로 보였다. 닐은 옆에 있던 피츠에게 술병을 건넸다. 모두들 병을 돌려가며 쓴 위스키를 한 모금씩 마셨다. 그 독한 액체를 삼키고서도 기침을 하지 않는 데 성공한 사람은 토드 한 사람뿐이었다.

"와, 대단하다!"

글로리아가 토드의 술 솜씨를 보고 감탄했다. 그녀가 모두에게 물었다.

"학교에 여학생이 없으니까 따분하지 않아?"

"따분할 정도가 아니야. 미칠 것만 같다고……. 이 문제의 해결점을 찾는 것이 바로 '죽은 시인의 사회'의 임무지. 실은 내가 학교 신문에 우리 학교를 남녀 공학으로 만들자는 기사를 실었어. 우리 모임의 이름으로 말이야."

달튼이 놀라운 사실을 털어놓았다. 순간 닐을 비롯해 피츠와 토드, 캐머룬의 얼굴이 험악스럽게 일그러졌다. 그런데도 달튼은 태연하게 싱글거리고 있었다.

"뭐, 뭐라고! 너 혼자 그걸……."

닐이 벌떡 일어서며 소리쳤다.

"내가 교정 담당이잖아. 그래서 슬쩍 끼워 넣었지, 뭐."

그는 자랑스러운 표정을 지었다.

"맙소사! 우린 이제 끝장이야!"

피츠가 얼굴을 찌푸리며 말했다. 하지만 달튼은 아무렇지도 않은 듯 무표정하게 말했다.

"왜? 우리가 '죽은 시인의 사회'라는 건 아무도 모를 텐데!"

"놀런 교장이 찾아내지 못할 것 같아? 너에게 '죽은 시인의 사회'가 뭐냐고 추궁하면 어떡할 거야. 찰리 달튼, 네 맘대로 결정할 권리가 있다고 생각해?"

캐머룬이 흥분해서 소리쳤다.

"너, 누완다라고 부르랬지?"

"맞아, 얘는 누완다야."

글로리아가 달튼 쪽을 바라보며 말했다.

"그럼 우리가 할 일이 없어서 여기 와서 놀고 있는 거야? 말로만 떠들면 되는 거야? 우리가 고작 시 따위나 서로에게 읽어 주고 들어 주는 거라면 대체 무슨 의미가 있느냔 말이야."

달튼이 버럭 고함을 지르며 말했다.

"좌우간 그건 잘못한 거야. 절대로 모임 이야기는 하지 말았어야 했어!"

닐은 초조한 듯 서성거리며 말했다. 심각한 표정을 짓고 있는 닐을 향해 달튼이 위로하듯 말했다.

"닐, 너무 걱정하지 마. 그렇게 마음이 약해서 무슨 일을 하겠어? 만약 들키더라도 내가 다 책임을 질 테니까 염려 마. 그리고 글로리아와 티나가 우리 싸움질이나 보려고 여기까지 온 게 아니잖아. 어서 오늘 모임 시작하자."

달튼은 티나 쪽으로 고개를 돌리고는 마치 모임의 개회를 알리듯이 시 한 구절을 조용히 읊었다. 닐은 달튼에게 몇 마디 하려다가 그만두었다.

어찌 그대를 화창한 여름날과 비교할 수 있을까?
그대는 화창한 여름날보다 더 사랑스럽고
화창한 여름날보다 더 따뜻하여라!

"어머! 너무 멋져!"

티나는 황홀한 듯 두 눈을 꼭 감으며 달튼의 목을 팔로 감았다. 다른 사람들은 그런 모습에 별 관심 없다는 듯이 못 본 척했다.

"너를 위해 지은 시야."

그가 티나에게 말했다.

"어머, 정말?"

티나는 너무 기쁜 나머지 눈을 크게 뜨고 이상한 소리를 질렀다.

"이 시는 너를 위해 준비했어, 글로리아!"

글로리아가 질투하는 모습을 보이자 달튼이 눈치 빠르게 말했다. 그는 눈을 지그시 감고 시를 읊었다.

조용한 밤과 같이
그대의 걸음걸이가 아름다워…….

첫 구절을 멋지게 읊은 달튼은 다음 구절이 떠오르지 않자 자리에서 일어났다. 그리고 사람들이 눈치채지 못하도록 다시 첫 구절을 되풀이했다.

조용한 밤과 같이
그대의 걸음걸이가 아름다워…….

그리고 등을 돌려 시집을 펼치고 재빨리 다음 구절을 외웠다. 글로리아는 기대에 찬 모습으로 다음 시구를 기다렸다.

맑은 하늘에 쏟아지는 별
그 가운데 가장 아름다운 어둠과 빛이
그녀와 그녀의 눈동자와 하나가 되네…….

그녀는 난생 처음 자기를 위해 시를 읊어 준 달튼에게 완전히 반하고 말았다.

"고마와, 누완다. 이렇게 멋있는 시는 태어나 처음이야!"

그녀는 두 팔을 벌려 달튼을 꼭 끌어안았다. 친구들은 그들의 이런 행동에 불 같은 질투심으로 말을 잃었다.

같은 시간, 낙스 역시 크리스에 대한 미련과 체트를 향한 질투심이 점점 커지고 있었다. 그는 손에 술잔을 든 채 계속 집 안을 기웃거렸다. 다른 커플들과 마찬가지로 크리스와 체트도 주위의 시선을 아랑곳하지 않았다. 오히려 전번에 봤을 때보다 훨씬 더 진하게 사랑을 표현했다. 낙스는 체트와 크리스가 덴버리 씨 차 안에서 입을 맞추고 몸을 비비는 모습을 본 적이 있다. 그렇지만 혹시나 하는 생각에 용기를 내어 크리스에게 전화를 걸었던 것이다. 그러나 기대는 완전히 물거품이 되고 말았다.

'그래, 친구들 말이 맞았어.'

낙스는 크리스에게 너무 큰 기대를 하지 말라던 친구들의 충고가 새삼 떠올랐다. 사람들로 꽉 찬 실내는 어두컴컴했지만 창문으로 흘러들어온 달빛이 집 안을 비추고 있어 분위기는 말로 표현하기 어려울 정도로 황홀했다. 더군다나 감미로운 알엔비 그룹 드리프터스의 음악은 분위기를 더욱 고조시켰다.

파티에 참석한 사람들은 남자와 여자를 가리지 않고 모두 술에 취해 외지고 구석진 곳에서 저마다 뒤엉켜 입을 맞추거나 몸을 더듬고 있었다. 마치 에로 영화의 그룹 섹스 장면 같았다.

낙스는 그런 분위기에 점점 익숙해져 가고 있는 자신을 발견했다. 독한 위스키를 지나치게 많이 마신 탓에 정신은 몽롱해져 있었고 걸음걸이도 비틀거렸다. 그러다가 바닥에서 뒹굴고 있던 한 쌍의 커플을 툭 건드리고 말았다.

"누구야!"

성난 목소리가 날카롭게 들려왔다. 낙스는 깜짝 놀라 아래를 내려다보았다. 여자는 팬티가 거의 벗겨진 채 하얀 속살을 드러내 보이고 있었다. 남자는 연신 여자의 몸을 여기저기 더듬고 있는 중이었다. 한참 기분 좋게 여자를 애무하고 있던 남자를 낙스가 건드린 것이었다.

"야, 임마! 어딜 보고 다니는 거야! 너 혼자 술 처먹었어?"

"미, 미안해……."

낙스는 기어들어가는 소리로 사과를 하고 소파에 털썩 주저앉았다. 그리고 반쯤 남아 있던 버본을 쭉 들이켰다. 어느새 술에 익숙해졌는지 식도를 타고 내려가는 위스키가 부드럽게 느껴졌다. 술기운으로 기분이 한결 좋아지자 낙스는 주위를 다시 한 번 둘러보았다. 왼쪽에도 두 남녀가 뒤엉켜 짝짓기 하는 짐승처럼 헐떡이는 소리를 내고 있었다. 오른쪽에는 남자가 여자를 소파 속으로 파묻을 듯한 기세로 짓누르고 있었다. 그 모습을 본 낙스는 얼굴을 붉히며 소파에서 일어났다.

그때 방금 낙스의 발에 채였던 커플이 한데 뒤엉켜 구르다가 낙스가 앉아 있는 소파에까지 와서는 몸으로 낙스의 발을 덮어 버리고 말았다. 남자의 바지는 벨트가 풀렸는지 헐렁해져 있었다. 그리고 여자는 신음을 내며 몸을 뒤틀었다. 꼼짝도 못하게 된 낙스는 일어나지도 못하고 그 자리에 멍하니 앉아 있을 수밖에 없었다.

'그래, 편하게 생각하자.'

낙스는 발밑에서 한창 애정 표현을 하는 두 사람을 멍하니 쳐다보았다. 그들은 미친 듯이 상대를 탐닉하느라 코앞에서 낙스가 내려다보고 있는 줄도 몰랐다. 그때 갑자기 음악이 끊겼다. 순간 방 안은 온통 남녀의 거친 숨소리로 가득 찼다. 마치 인공호흡기를 설치해 놓은 병동 같았다. 낙스는 자신도 모르게 '휴우'하고 한숨을 쉬었다. 그는 자신에게도 파트너가 있었으면 하는 아쉬움에 이를 악물었다. 그러다가 낙스는 자기가 앉아 있는 소파 한쪽 끝에서 사랑을 나누고 있는 커플을 바라보았다. 남자가 여자의 입술을 끊임없이 빨아들이고 있었다. 마치 아기가 엄마의 젖을 빨듯이 타오르는 욕정에 푹 젖은 모습이었다.

'저 녀석, 여자 입술을 아예 삼켜 버릴 작정이군.'

낙스가 그런 생각을 하며 뚫어지게 쳐다보았다. 그때 충격적인 소리가 그의 귀에 들려왔다.

"오, 크리스. 정말 눈부셔!"

'아니, 세상에! 크리스와 체트였잖아!'

자기가 좋아하는 크리스가 체트와 얼굴을 맞대고 있었던 것이다. 그것도 손을 뻗으면 닿을 수 있는 바로 옆에서 말이다.

낙스의 심장은 방망이질치기 시작했다. 피가 거꾸로 솟구치며 머리는 터져 버릴 지경이었다. 음악이 다시 흘러나왔다. 드리프터스의 '이 눈부신 순간'의 선율이 실내 가득 울려 퍼졌다. 크리스와 체트는 오래전부터 그 자리에 있었던 것 같았다. 낙스는 차마 그 모습을 볼 수 없어 얼굴을 돌리고 말았다. 하지만 그럴수록 낙스의 두 눈은 크리스에게 못 박힌 듯 떨어지지가 않았다.

"크리스, 정말 아름다워!"

체트가 낮게 속삭였다. 체트가 격렬하게 키스를 퍼붓자 크리스가 낙스에게 등을 기대오는 상황이 되고 말았다. 낙스는 달빛을 받아 명암이 뚜렷해진 크리스의 얼굴선과 목덜미, 부풀어 오른 가슴을 비롯해 온몸을 자세히 쳐다보았다. 낙스는 속이 탔다. 재빨리 남은 술을 마시고 그 모습을 보지 않으려고 다른 곳으로 고개를 돌렸다.

'오, 하느님 도와주세요.'

하지만 크리스는 점점 더 몸을 밀착시켜 왔다. 그녀를 보고 싶다는 유혹과 필사적으로 싸우고 있는 낙스의 얼굴은 고통으로 점점 일그러졌다. 더 이상 흔들리면 안 된다고 마음먹으면서도 크리스 쪽으로 돌아가는 눈길을 잡을 수가 없었다. 결국 낙스는 크리스 쪽으로 얼굴을 돌리고 말았다. 감정이 이성을 누르고 말았던 것이다. 이젠 더 이상 참을 수가 없었다.

"카르페 브레스툼, 젖가슴을 즐겨라!"

낙스는 눈을 감고 키팅 선생에게 배웠던 '카르페 디엠'을 나름대로 바꿔 중얼거렸다.

"뭐라고?"

크리스가 체트에게 물었다.

"아무 말도 안 했어."

체트가 대답했다. 두 사람은 고개를 갸우뚱거리며 계속해서 키스에 열중했다. 그때였다. 낙스의 손이 어떤 강한 자석에 이끌리듯 움직였다. 크리스의 목덜미를 살며시 쓰다듬다가 봉긋한 가슴 쪽으로 미끄러져 내려갔다. 낙스는 크리스의 몸을 쓰다듬으면서 눈을 지그시 감고 고개를 뒤로 젖혔다. 체트의 손이 자기를 애무하는 것으로 착각한 크리스는 더욱 격정적으로 반응했다. 낙스의 숨소리도 점점 거칠어졌다.

"오, 손이 너무 부드러워. 체트!"

크리스가 어둠 속에서 말했다.

"좋아?"

"으음!"

크리스가 신음하며 대답했다. 깜짝 놀란 체트가 다시 물었다.

"뭐라고?"

"알면서 뭘 그래?"

크리스의 목소리에는 애교가 섞여 있었다. 낙스는 얼른 손을 치웠다. 체트는 잠시 이상하다는 표정을 짓더니 다시 크리스에게 키스를 퍼부었다.

"계속해, 만져 줘, 체트."

크리스가 신음을 내며 보챘다.

"뭘 계속 만지라고?"

"빨리……."

낙스가 힘을 얻어 다시 크리스의 목덜미로 손을 뻗어 만지기 시작했다. 그리고 이번에는 소중한 물건을 대하듯 애무의 손길을 조심스럽게 가슴으로 옮겨 갔다. 크리스의 몸이 부르르 떨려 왔다.

"아, 아."크리스는 콧소리 섞인 신음을 냈다. 그때 체트가 몸을 일으켰다. 그는 대체 크리스가 무슨 말을 하는지 몰라 고개를 갸우뚱거렸다. 실내는 달빛으로 아름다웠고 음악 소리는 정신없을 정도로 요란했다. 체트는 다시 크리스의 입술을 빨기 시작했다. 그는 크리스가 자신의 키스 솜씨에 쾌감을 참지 못하고 신음을 내는 것으로 알아들었던 것이다.

낙스는 머리를 뒤로 젖혀 소파에다 기대고 천천히 그리고 깊게 숨을 내쉬었다. 방 안의 음악 소리는 점점 더 요란해졌다. 이제 더 이상 참을 수 없었다. 크리스가 자신의 손길을 간절히 기다리는 것 같았다. 마침내 낙스의 손이 크리스의 젖무덤을 지나 봉긋한 젖꼭지에 다다른 순간이었다. 크리스의 숨소리가 더욱 거칠어졌다. 낙스도 황홀경에 빠져들고 있었다. 바로 그때 왼손에 들고 있던 술잔이 바닥으로 떨어지고 말았다.

"쨍그랑!"

체트가 크리스의 젖가슴을 만지고 있던 낙스의 손을 순식간에 낚아챘다. 컵 깨지는 소리에 누군가 놀라 불을 켰다. 순식간에 주위가 환하게 밝아졌다. 낙스의 눈에 화가 머리끝까지 치밀어 오른 체트와 어리둥절해 있는 크리스의 모습이 들어왔다.

"무슨 짓이야, 이 새끼가!"

체트가 으르렁거렸다.

"어머, 낙스!"

크리스는 갑작스런 불빛에 눈을 찡그리면서 몸을 일으켰다. 낙스는 가슴이 덜컥 내려앉았다. 하지만 위기를 벗어나려는 생각에 놀라는 표정을 지으며 일부러 반가운 척을 했다.

"체트! 크리스! 여기 있었어?"

"이 뻔뻔스런 새끼!"

체트는 이를 악다물었다. 그리고 어느 새 낙스의 얼굴에 주먹을 날린 다음 멱살을 움켜잡고 마룻바닥으로 내동댕이쳐 버렸다. 그래도 화가 안 풀리는지 낙스 위에 올라타고 얼굴을 사정없이 후려치기 시작했다. 낙스는 체트의 주먹질을 피하기 위해 필사적이었다.

"이 쥐새끼 같은 놈!"

체트가 잔뜩 독이 올라 소리쳤다. 크리스는 안간힘을 쓰며 체트를 뜯어 말렸다.

"체트, 그러다가 쟤 죽겠어!"

체트는 크리스가 말릴수록 더욱 세게 낙스를 때렸다.

"그만해, 체트! 일부러 그런 게 아니잖아!"

크리스가 목소리를 높이자 체트가 잠시 주춤거렸다. 그 틈을 타서 빠져 나온 낙스는 얼굴을 감싸 쥐고 바닥을 뒹굴었다.

"꼭 때려야 속이 시원해!"

크리스는 체트의 가슴을 떠밀며 신경질적으로 소리쳤다. 낙스의 얼굴은 잔뜩 부어올라 있었고 코에서는 피가 줄줄 흘렸다. 그는 얼굴을 감싸고 바닥에 누워 있었다.

"크리스, 미안해. 내가 잘못했어."

낙스가 숨을 헐떡이며 바닥에 누운 채 말했다.

"너, 더 맞고 싶어? 빨리 안 꺼져?"

체트가 다시 낙스에게 달려들었다. 이번에는 크리스뿐만 아니라 다른 사람들까지 체트의 팔을 잡아당기며 말렸다. 몇몇 사람이 낙스를 일으켜 밖으로 데리고 나갔다. 현관 쪽으로 비틀거리며 끌려 나가던 낙스가 몸을 돌렸다. 그리고 술에 취해 혀가 꼬부라지긴 했지만 분명한 발음으로 한마디 했다.

"크리스, 미안해!"

"또다시 내 눈앞에 나타나면 죽을 줄 알아!"

체트는 다시 달려들 것처럼 으르렁거리며 주먹을 흔들어댔다.

낙스가 그런 큰 위기에 처해 있는 줄도 모른 채 '죽은 시인의 사회' 회원들은 모임을 계속하고 있었다. 동굴 한가운데서 활활 타오르는 모닥불이 벽에 기이한 그림자를 그려내고 있었다. 글로리아는 달튼의 팔을 끼고 찰싹 붙어 앉아 사랑스러운 눈으로 바라보았다. 티나와 다른 회원들은 병을 돌려가며 위스키를 마시고 있었다.

"애들아! '죽은 시인의 사회' 정원을 티나에게 좀 보여 주는 게 어때?"

달튼이 눈짓으로 동굴 입구 쪽을 가리키며 밖으로 나가라는 신호를 보냈다. 그 뜻을 알아챈 닐이 재빨리 팔꿈치로 피츠를 찔렀다. 그리고 모두에게 말했다.

"아, 그 정원? 알았어. 얘들아 함께 가 볼래?"

"어머, 무슨 정원? 너무 멋지다 얘! 너희들 이 동굴 말고 다른 정원도 있니?"

티나가 궁금하다는 표정으로 일어서며 물었다. 모두는 약속이나 한 듯 밖으로 나갔다. 그때까지 상황을 잘 이해하지 못한 믹스가 고개를 갸우뚱거리며 앉아 있었다.

"닐, 너 지금 무슨 소리 하는 거야? 정원이라니!"

달튼이 어색한 모습으로 믹스를 쳐다보았다.

"달튼, 아니, 누완다! 우리에게 무슨 정원이 있다는 거야?"

닐이 웃으며 믹스를 잡아끌었다.

"나와 보면 알아, 이 맹추야!"

달튼은 두 사람이 빠져 나가기를 기다렸다가 글로리아에게 웃으며 말했다.

"머리 좋은 녀석이 눈치하고는……."

글로리아는 달튼의 얼굴을 가만히 쳐다보았다. 그가 빙그레 웃어 보였다.

"재는, 좀 귀여워 보여."

글로리아가 말했다.

"귀여운 건 바로 너야."

달튼이 숨을 내쉬며 말했다. 그리고 눈을 살며시 감으며 몸을 숙여 글로리아에게 키스를 하려고 했다. 입술이 막 닿으려는 순간 글로리아가 벌떡 일어서며 말했다.

"넌 참 멋있는 애야. 왜 내가 너한테 반했는지 아니?"

"?"

달튼이 글로리아를 쳐다보며 눈을 깜빡거렸다.

"내가 만났던 남자 애들이 내게 원한 건 딱 하나였어. 틈만 나면 어떻게 해 볼까 하고 안달을 부렸어. 근데 넌 달랐어."

"달랐다고?"

"그래!"

글로리아는 웃고 있었다.

"지금까지 다른 남자 애들은 나를 덮치려고만 했어. 그런데 너는 나에게 시를 지어 주었어. 바보들은 절대로 그렇게 못해. 나 그 시 또다시 듣고 싶어, 누완다!"

글로리아의 얼굴이 환하게 피어올랐다.

"그, 그거……."

달튼은 우물거렸다. 사실 그 역시 다른 남자 애들처럼 그녀를 덮치려고 생각했다. 친구들을 내보낸 것도 그 때문이었다. 그런데 글로리아가 분위기 파악을 못하고 엉뚱하게 시 얘기를 하는 바람에 그는 두 손으로 얼굴을 감싸고 끙끙거렸다. 그렇다고 솔직하게 그녀를 갖고 싶다고 말할 수도 없는 노릇이었다. 글로리아는 애타는 달튼의 마음을 모르는 듯 엉뚱한 소리를 계속했다.

"너무 멋진 시였어, 너의 마음도 그 시만큼 아름다울 것 같아. 넌 확실히 멋있는 애야."

글로리아는 달튼의 눈을 빤히 쳐다보며 애교 섞인 콧소리로 아양을 떨었다.

"어서 누완다, ……으응?"

"그래, 알았어. 잠깐 생각 좀 해 보고."

그는 잠시 머뭇거리며 생각에 잠겨 있다가 시를 읊기 시작했다.

결혼은 진실한 마음끼리 맺어지는 것이네.
어떤 고난이라도 받아들여야 한다네.
언제든 변할 마음이라면 사랑이라 말하지 마오.
사랑은 지워도 지워도 지울 수 없는 것이네.

글로리아의 얼굴에는 만족한 표정이 역력했다.

"너무 멋져, 어서 계속해 봐!"

그가 계속 시를 읊자 글로리아의 탄성은 점점 더 높아져 갔다.

사랑은 영원히 지워지지 않는 흔적 같은 것,
폭풍우가 몰아쳐도, 땅이 갈라져도 끄떡하지 않네.
사랑은 떠도는 돛단배를 이끌어 주는 별과 같은 것,
있는 곳 어디인지 몰라도 그 소중함을 누가 알리오…….

"세상에! 이건 섹스보다 훨씬 더 멋져!"

글로리아가 탄성을 질렀다.

"이게 정말 낭만이라는 거야. 넌 정말 굉장한 남자야!"

달튼은 글로리아가 이런 반응을 보일 것이라고 전혀 생각하지 못했다. 아니 이렇게 그녀에게 덜미를 잡혀 시만 읊어 주는 신세가 될 줄은 몰랐다. 그는 황홀한 체험을 맛보기 위해, 시를 미끼로 글로리아를 유혹할 계획을 세우고 있었다. 하지만 자기가 놓은 덫에 자기가 걸린 꼴이 되고 말았다. 결국 그는 밤이 늦도록 키스 한 번 못하고 시만 읊어 주는 신세가 되고 말았다.

9

다음 날이었다. 웰튼 아카데미의 분위기가 심상치 않았다. 갑자기 전교생 모두 교회로 모이라는 지시가 떨어졌다. '죽은 시인의 사회' 회원들도 교회로 들어섰다. 먼저 와 있던 학생들이 삼삼오오 몰려 학교 신문을 돌려보며 수군거리고 있었다.

낙스는 시퍼렇게 멍이 들고 퉁퉁 부은 얼굴을 감추기 위해 얼굴을 푹 숙이고 앉아 있었다. 닐, 토드, 피츠, 믹스, 캐머룬, 달튼도 자리에 앉았다. 글로리아 때문에 밤을 꼴딱 새운 달튼의 얼굴은 피곤으로 얼룩져 있었다. 피츠는 나오는 하품을 참으면서 달튼에게 두툼한 가방 하나를 건넸다.

"준비 완료!"

피츠가 속삭였다. 고개를 끄덕이며 달튼이 알았다는 신호를 보냈다. 잠시 뒤 놀런 교장의 모습이 보이자 학생들은 들고 있던 신문을 재빨리 감추고 자리에서 벌떡 일어났다. 교장은 성큼 단상 위로 올라가더니 학생들에게 앉으라는 손짓을 했다.

"이번 주 웰튼 신문에……."

그는 목청을 한 번 가다듬고 무거운 표정으로 입을 열었다.

"우리 웰튼 아카데미에도 여학생을 입학시키자는 독설적이고 모독적인 기사가 실렸습니다. 이런 어처구니없는 일로 내 귀중한 시간을 헛되이 쓰는 사태가 생겨난 것은 너무나 유감스러운 일입니다. 그렇다고 절대로 덮어 둘 수도 없습니다."

'죽은 시인의 사회' 회원들은 바짝 긴장해 서로의 얼굴을 쳐다보았다. 그들의 얼굴에는 드디어 올 것이 오고야 말았다는 표정이었다.

"나는, 누가 이런 무례한 짓을 했는지 반드시 찾아낼 작정입니다. 지금 이 자리를 빌려 자수할 기회를 주겠습니다. 그 기사를 쓴 사람이나 그 사람을 알고 있는 학생은 앞으로 나오십시오. 두 번 다시 말하지 않겠습니다. 지금 이 순간이야말로 웰튼에서 쫓겨나지 않을 수 있는 유일한 기회입니다!"

놀런은 그렇게 말하고 입을 꽉 다물었다. 그는 고개를 좌우로 돌려가며 학생들의 반응을 빠르게 살폈다. 그러나 누구 하나 일어서는 사람이 없었다. 그때였다. 갑자기 무거운 침묵을 깨며 전화벨 소리가 요란하게 울렸다. 달튼이 가지고 있던 상자 속에서 나는 소리였다. 모두의 시선이 그에게 쏠렸다. 그는 아무렇지도 않다는 표정으로 상자를 열고 태연히 전화기를 꺼냈다. 학생들이 놀라 술렁이기 시작했다. 놀런 교장은 물론 학생, 교사 할 것 없이 모두들 어처구니없다는 표정이었다.

"네, 웰튼 아카데미입니다."

달튼은 아주 자연스럽게 전화기를 들었다. 그리고 마치 정말 전화가 걸려 오기라도 한 듯 말했다.

"네, 계십니다. 잠깐만요. 교장 선생님 전화 왔습니다!"

그의 말투는 무척이나 자연스러우면서 정중하고 진지했다. 물론 놀런 교장의 얼굴은 이미 격렬한 분노로 시뻘게질 대로 시뻘게진 상태였다. 그런데 달튼은 어디서 그런 용기가 났는지 씩씩거리는 놀런 교장을 향해 다시 큰 소리로 말했다.

"하느님의 전화입니다. 웰튼에도 여학생을 입학시키라는데요."

달튼의 말이 끝나자 여기저기서 쿡쿡거리며 웃기 시작했다. 그러더니 한순간 교회가 떠나갈 정도로 폭소가 터지고 말았다. 한쪽에 서 있던 교사들도 킥킥거리고 웃었다. 웰튼 아카데미가 문을 연 뒤로 단 한 번도 없었던 황당무계한 사건이었다. '죽은 시인의 사회' 회원들도 머리칼을 쥐어뜯으며 금방 숨이 넘어갈 듯 웃어 젖혔다. 달튼의 행동을 지켜보고 있던 다른 학생들도 마찬가지였다. 모두들 이 기상천외한 소동에 배를 움켜쥐고 정신없이 웃고 말았다. 그 와중에도 달튼은 수화기에 대고 그가 말한 '하느님'과 몇 마디 더 이야기를 나누었다.

놀런 교장이 찰리 달튼을 곧바로 교장실로 부른 것은 너무나 당연한 결과였다. 교장은 끓어오르는 분노를 주체하지 못한 채 달튼의 주위를 서성거렸다. 하지만 달튼은 보일 듯 말 듯한 웃음기를 머금은 채 자신만만하게 교장 앞에 서 있었다. 물론 달튼은 다리가 후들후들 떨릴 정도로 겁을 먹고 있었다. 그렇지만 겉으로는 자신만만하게 보이려고 태연한 척했던 것이다. 그는 비록 웰튼에서 쫓겨난다 해도 놀런 교장의 물음에 어떤 대답도 하지 않을 작정을 하고 있었다.

"너 말고 또 누가 있지?"

몇 번째 되풀이되는 질문이었다.

"아무도 없습니다."

교장이 쏘아보았다.

"저 혼자 했습니다. 교정을 보다가 로브 클레인의 기사 대신 제 글을 슬쩍 바꿔 놓은 것입니다."

교장은 머리 꼭대기까지 화가 나 있었지만 노련한 사람답게 감정을 다 드러내지 않고 말을 계속했다.

"이봐, 찰리 달튼 군. 네가 이 학교 최초로 쫓겨날 목적으로 그런 어처구니없는 행동을 했다면 오산이야. 웰튼 아카데미는 그리 만만한 학교가 아니야."

"……."

"그런 바보 같은 일을 저지른 학생은 너 혼자만이 아니었어. 하지만 모두 실패하고 말았다. 너 역시 다를 바 없다는 걸

명심해라. 자, 엎드렷!"

달튼이 핼쑥한 얼굴로 교장의 지시에 따라 엎드리자 그는 굵고 넓적한 노를 꺼냈다. 그 체벌용 몽둥이에는 공기의 저항을 줄이기 위해 사이 사이에 구멍이 뚫려 있었다. 놀런 교장은 저고리를 벗어 던지고 달튼 뒤로 갔다.

"큰 소리로 세라, 찰리 달튼 군.!"

그렇게 명령하고 그는 달튼의 엉덩이를 힘껏 내리쳤다.

"하나."

놀런 교장은 또다시 몽둥이를 내리쳤다. 먼저보다 훨씬 더 아팠다. 몽둥이가 철썩 내리치는 순간 엉덩이에서 불이 붙는 것 같았다. 하지만 달튼은 이를 악다물었다.

"두울!"

놀런 교장의 몽둥이찜질은 계속되었다. 달튼도 지지 않고 수를 셌다. 넉 대째를 맞은 달튼의 목소리는 들리지 않을 정도로 기어들어갔고 얼굴은 고통으로 일그러졌다. 교장의 부인이자 비서인 놀런 여사는 교장실 밖에 앉아 비명을 듣는 것이 고통스러운지 귀를 막고 있었다.

교장실 옆의 '기념 전시실'에서는 캐머룬과 다른 2명의 학생이 이젤 위에 종이를 올려놓고 벽에 걸린 박제된 사슴 머리를 스케치하고 있었다. 그들의 귀에도 '퍽'하는 둔탁한 소리가 들려왔다. 몽둥이찜질 소리가 들려올 때마다 공포와 두려움으로 움찔거렸다. 무엇보다 캐머룬은 달튼의 고통스런 표정이 떠오르는지 제대로 그림을 그리지 못하고 멍하니 서 있었다.

연거푸 일곱 대를 맞고 난 달튼의 눈에서는 굵은 눈물방울이 떨어졌다. 그는 일곱부터는 소리 내어 셀 수가 없었다. 하지만 '더 때려 보라지, 설마 죽기야 하려고?'하는 반항심도 생겨났다.

"어서 세!"

놀런 교장의 목소리는 잔인했다.

"윽!"

아홉 대를 맞고 열 대째를 기다리는 달튼의 목에서 신음이 흘러나왔다. 마침내 열 대를 채운 놀런은 팔을 멈추고 달튼 앞으로 와서 물었다.

"찰리 달튼 군!"

놀런의 목소리는 부드러워져 있었다.

"아직도 너 혼자 생각하고 너 혼자 한 행동이라고 고집할텐가?"

달튼은 극심한 고통으로 대답조차 할 수 없었다.

"……."

"그럼 '죽은 시인의 사회'란 게 뭐지? 그 멤버는?"

교장이 다그쳤다. 찰리는 혼미해져 오는 정신을 가다듬고 간신히 대답했다.

"저 혼잡니다, 교장 선생님. 제, 제가 지어낸 겁니다."

"만에 하나 다른 학생들이 포함된 게 밝혀지는 경우엔 모두 퇴학이다. 너만 빼고. 무슨 말인지 알아들었겠지?"

놀런 교장은 그쯤에서 매질을 멈추고 유치한 협박을 했다.

그리고 마치 큰 아량을 베풀 듯 그렇게 말했다.

"일어섯!"

"……."

달튼은 아무렇지도 않을 듯 몸을 일으켰다. 그러나 지독한 아픔과 치욕감 때문에 눈물이 터져 나오려는 것을 간신히 참고 있었다.

"스스로 잘못을 인정하는 태도를 봐서 이번만은 용서하겠다. 단, 전교생에게 사과하는 뜻에서 반성문을 써 오도록."

놀런 교장은 인자한 할아버지 같은 표정으로 속삭였다. 마음 한편에 도사리고 있는 석연치 않은 감정을 뒤로하고 확실한 증거를 잡을 때까지 지켜보자는 속셈이었다. 달튼은 비틀거리며 교장실을 나와 기숙사 쪽으로 걸어갔다. 그는 너무 아파서 제대로 걸을 수가 없었다. 하지만 이쯤에서 끝났다는 안도감이 그에게 큰 위로가 되었다.

'죽은 시인의 사회' 회원들은 달튼이 돌아오기를 기다리며 복도를 이리저리 서성대고 있었다. 마침내 달튼이 쓰러질 듯한 모습으로 기숙사 현관에 나타났다. 그는 아픈 기색을 보이지 않으려고 애쓰면서 복도를 천천히 걸었다. 방 앞에 다다르자 닐, 토드, 낙스, 그리고 피츠와 믹스가 다가왔다.

"어떻게 됐니?"

"……."

닐이 물었다. 그는 '죽은 시인의 사회'를 처음 만들고자 한 사람으로서 심리적 부담을 가장 크게 떠안고 있었다.

"많이 아프지?"

"……."

"퇴학이래?"

"아니."

달튼은 누구와도 눈을 맞추지 않고 대답했다.

"그럼 어떻게 됐어?"

초조해진 닐이 다시 물었다.

"회원들 이름을 써 내고 전교생 앞으로 반성문을 쓰면 용서해 주겠대."

달튼이 간략하게 놀런 교장의 말을 전했다. 그리고는 절룩거리며 방 안으로 들어갔다.

"달튼, 앞으로 어떻게 할 생각이야?"

닐이 물었다.

"야, 그만해!"

달튼이 귀찮다는 듯 신경질적으로 내뱉으며 한마디 덧붙였다.

"내 이름은 누완다라고 했잖아!"

그는 짜증스런 얼굴로 친구들을 둘러보았다. 그리고 쾅! 하고 방문을 닫아 버렸다. 닐과 다른 회원들은 모두 안도의 한숨과 함께 살짝 웃었다. 그는 놀런 교장과 싸워 이겼던 것이다. 그들은 찰리 달튼의 용기와 의지력에 진심어린 찬사를 보냈다.

그날 저녁 놀런 교장은 교실로 쓰고 있는 한 건물로 들어갔다. 그 교실에는 키팅 선생의 방이 있었다. 놀런은 긴 복도를 지나 문 앞에 멈춰 서서 노크를 했다. 그가 교실로 들어섰을 때 키팅과 맥카리스터는 한창 이야기 중이었다.

"키팅 선생, 잠깐 나와 얘기 좀 할 수 있겠소?"

놀런 교장이 두 사람 사이에 끼어들었다.

"그럼, 전 이만 가보겠습니다."

맥카리스터 선생은 서둘러 교실을 나갔다. 놀런은 잠시 아무 말도 하지 않고 교실 안을 둘러보기만 했다.

"이 교실은 내가 처음 수업을 했던 곳이오. 키팅 선생. 혹시 알고 있었소?"

놀런 교장은 교실을 찬찬히 훑어보며 말했다.

"이것도 내가 쓰던 교탁이었소."

그는 옛일이 생각나는 듯 교실 안의 물건들을 애정 어린 눈길로 바라보았다.

"직접 강의를 하신 줄은 몰랐습니다."

키팅이 말했다.

"국어였소. 그러니까 키팅 선생이 입학하기 훨씬 전의 일이오. 솔직히 그만두기가 쉽지 않았소. 미련이 많았지."

거기까지 말한 놀런은 잠시 머뭇거리더니 키팅 선생을 똑바로 바라보며 말했다.

"요즘 소문이 자자하더군요, 키팅 선생. 바로 선생의 독특한 수업 방식에 대해서 말이오. 그렇다고 지금 내가 달튼 군의 돌출 행동과 연결짓는 것은 아니요. 그 나이쯤 되는 학생들은 감수성이 몹시 날카롭소. 아무것도 아닌 일에도 쉽게 자극을 받을 나이요. 그런 것쯤이야 선생도 잘 알고 있는 터고. 여러 말 않겠소."

"교장 선생님의 처벌에 대해서도 상당한 자극을 받았겠지요."

키팅 선생은 교장의 처벌에 대해서 태연스럽게 말했다. 놀란 교장은 자신을 비꼬는 듯한 그의 말투에 순간적으로 이마를 찌푸렸다. 하지만 대꾸를 피하고 화제를 돌렸다.

"참, 지난번 잔디밭에서는 무얼 한 거요?"

"잔디밭에서요?"

키팅 선생이 되물었다.

"학생들이 행진을 하던데, 손뼉으로 박자까지 맞추면서 말이오."

"아, 그거요! 그건 중요한 교훈을 입증하기 위한 일종의 훈련이었죠. 획일성이 얼마나 위험한 고질병인지를 깨우쳐 주려고요. 그래서 제가……."

"키팅 선생, 우리 웰튼에는 이미 잘 짜인 교과 과정이 있소. 그건 결과를 통해 입증된 거요. 그리고 성과도 컸고 말이오. 만에 하나 학생들이 다른 생각을 품고 있다면 그걸 막아야 하는 게 우리 교사의 도리가 아니겠소."

"저는 학생들이 스스로 생각하는 방법을 가르치고 싶습니다. 그것이 올바른 교육이라고 생각합니다."

놀런 교장은 차갑게 웃으며 말했다.

"그 또래의 학생들에게 말이오? 그건 불가능한 일이오. 지금 학생들에게 필요한 것은 전통과 규율이오. 전통과 규율 말이요!"

놀런의 목소리는 조금 거칠어져 있었다. 하지만 이내 표정과 말투를 바꿔 인자한 교장 선생님이 되어 너그러운 얼굴로 키팅의 어깨를 툭 쳤다. 그리고 다짐을 받아내려는 듯한 목소리로 말했다.

"학생들을 대학에 합격시킬 궁리나 해요. 그럼 다른 일도 저절로 해결될 거요."

놀런 교장은 한 번 씩 웃어 보이고 교실을 나갔다. 키팅은 아무 말도 하지 않고 창문만 뚫어져라 쳐다보고 있었다. 잠시 뒤 맥카리스터가 문을 열고 고개를 내밀었다. 두 사람의 대화를 듣고 있었다는 표정이었다.

"우리는 키팅 선생처럼 학생들의 획일화에 대해 그리 심각하게 생각하지 않습니다."

맥카리스터는 마치 중요한 가르침이라도 베푸는 듯한 표정으로 그렇게 말했다.

"까닭은요?"

"선생도 이 신성한 웰튼의 졸업생 아니오?"

"그렇죠."

"선생이 진정 학생들을 확고한 무신론자로 만들고자 한다면, 종교적으로 철저하게 가르치면 간단히 해결되는 게 아닌가요?"

키팅은 뜻 모를 이야기를 늘어놓는 맥카리스터를 물끄러미 바라보더니 갑자기 웃음을 터뜨렸다. 맥카리스터도 키팅을 따라 웃었다. 그리고 돌아서서 교실을 나갔다.

그날 밤 키팅 선생은 예고도 없이 기숙사로 달튼을 찾아왔다. 그때 '죽은 시인의 사회' 회원들은 동굴 모임에 가기 위해 준비를 서두르고 있었다. 달튼이 친구들과 함께 방문을 열고 나오자마자 키팅 선생이 그를 불렀다.

"달튼 나 좀 보자."

"네, 선생님!"

달튼은 키팅 선생을 보고 깜짝 놀랐다.

"그건 아주 어리석은 연극이었어!"

그의 목소리는 엄했다.

"선생님도……, 교장 선생님 편이신가요?"

달튼이 믿을 수 없다는 듯이 물었다.

"선생님이 '카르페 디엠'이나 삶의 정수를 끝까지 맛보라고 하지 않으셨나요?"

"그랬지."

"그럼, 그 말씀이 무슨 뜻이었죠?"

"그것과는 달라."

"어째서요?"

"내가 그렇게 말했던 것은 자기 멋대로 고집을 피우라는 말이 아니다. 사람에겐 용기가 필요한 때도 있어야 하지만 신중하게 행동해야 할 때도 있는 법이야. 슬기로운 사람은 그때를 구별해서 행동하지."

"그, 그렇지만 저는……."

달튼은 더듬거렸다. 키팅은 그의 말을 가로막으며 차분히 말했다.

"학교에서 퇴학당하는 것은 지혜로운 행동도 용기 있는 행동도 아니야, 달튼, 웰튼 아카데미에는 다른 학교보다 많은 혜택이 있잖니? 적어도 지금까지는 말이야."

달튼은 혜택이라는 말에 은근히 짜증이 났다. 갑자기 키팅 선생이 속물처럼 느껴졌다.

"그래요? 어떤 혜택 말씀이시죠?"

그는 약간 비꼬는 투로 말했다.

"이를테면…… 다른 건 그렇더라도 내 강의를 들을 수 있다는 것, 그런 것 말이야. 안 그래?"

"그건 그래요. 선생님."

달튼은 웃었다. 키팅 선생의 얼굴 표정도 많이 부드러워져 있었다. 키팅은 복도 끝에 엉거주춤 서 있는 '죽은 시인의 사회' 회원들에게 눈길을 돌렸다.

"큰 뜻을 품어라!"

"예!"

모두들 씩씩하게 대답했다. 키팅은 활짝 웃으며 기숙사를 떠났다.

다음 날 국어 시간에 키팅은 또 다른 방식으로 학생들을 열광시켰다. 그는 칠판 위에 백묵으로 크고 진하게 '대학'이라는 낱말을 휘갈겨 썼다.

"여러분!"

그는 학생들 쪽으로 얼굴을 돌리며 말했다.

"오늘의 주제는 대학에서 풍요로운 결실을 맺는 데 꼭 알아야 할 기술에 관한 것이다. 그것은 '책을 읽지 않고 책을 분석하는 방법'이라고 할 수 있다."

학생들은 키팅이 제시한 주제에 벌써부터 호기심이 생겼다. 그는 잠시 말을 멈추고 학생들을 죽 둘러보며 분위기를 잡은 뒤 입을 열었다.

"대학은 어쩌면 여러분이 갖고 있는 시에 대한 애정을 산산이 부숴 버릴지도 모른다. 애정이 없어진 그 자리에 분석과 해부 그리고 비평들이 대신 차지하겠지. 하지만 대학은 여러분이 다양한 장르의 문학을 접할 수 있게 길 안내를 해 준다. 그렇다. 대부분의 문학 작품은 여러분이 꼭 읽어야 할 주옥 같은 작품들이다. 하지만 그 가운데는 세균처럼 피하지 않으면 안 될 쓰레기 같은 것들도 있다."

키팅은 교단 앞에서 이리저리 오가며 수업을 진행했다.

"만약 여러분이 현대 소설이라는 과목을 공부한다고 하자. 학기 내내 위대한 세계의 걸작들을 모두 읽었다고 치자. 가령 발자크의 소설 '고리오 영감'이라든가, 트루게네프의 '아버지와 아들' 같은 감동적인 작품들 말이야. 그런데 막상 기말 논문 과제물로 생전 듣도 보도 못한 '딸의 첫 무대'라는 소설을 받게 되었다면 어떨까? 더구나 만약 '딸의 첫 무대'가 다름 아닌 과제물을 낸 교수의 작품이라면? 그래서 그 소설 속에 나타난 아버지의 사랑에 관한 비평문을 기말 과제물로 제출하라고 했다면? 아, 방금 내가 소설이라고 한 건 단지 일반적인 개념일 뿐이다. 그러므로 소설 말고 모든 장르의 글이 다 해당돼! 그렇다고 '딸의 첫 무대'를 읽어야 할까?"

그는 잠시 눈을 치켜뜨더니 학생들을 죽 둘러본 뒤 다시 설명을 이어갔다.

"책장을 펼치고 한두 쪽을 넘기다 보면, '이처럼 하잘 것 없는 싸구려 소설로 정신을 오염시켜 가면서까지 내 귀한 시간을 낭비하는 것이 과연 잘하는 일일까? 차라리 군대에 자원입대하는 편이 낫겠다.'라는 생각이 들지도 모른다."

잠시 말을 멈춘 키팅은 두 가지 질문을 했다.

"그렇다고 그저 절망감에 빠져 괴로워만 할 것인가? 그래서 F 학점을 받고 말아? 절대로 안 되겠지. 앞으로 여러분에게 그런 일은 결코 생기지 않을 거야. 왜냐하면 우린 지금 미리 배우고 있으니까!"

학생들은 점점 더 그의 말에 빨려들었다. 그는 다시 발을 옮기며 말했다.

"먼저 '딸의 첫 무대'의 표지에 나와 있는 차례를 읽어 보자. 흠, 주인공은 농기구 장사꾼인 프랭크라는 사람이네. 내용은, 그가 사교계에 진출해 신분 상승을 꿈꾸는 딸 크리스틴을 위해 희생하고 있다는 이야기군. 자신의 모든 것을 내어 주면서 말이야! 그렇다면 이제 책은 다 읽은 거나 다름없지. 이제 슬슬 리포트를 작성하기만 하면 돼! 책 표지에 나온 줄거리를 다시 줄줄이 쓸 필요는 없어. 단지 교수님께 여러분이 책을 읽었다는 표시를 하면 된다. 겉표지에 나와 있는 내용에다 왕창 살을 붙이면 그만이지! 그 다음엔 그럴듯한 말로 포장해서 유식한 척 해 주는 거야. 예를 들면, 책에 나와 있는 문장 가운데 이해하기 어렵고 도무지 무슨 말인지 모를 애매모호한 문장을 몇 줄 인용해서 결론을 맺는 거야."

"어떻게요?"

한 학생이 진지한 표정으로 묻자 키팅은 설명을 계속했다.

"흠, '자식을 위한 부모의 끝없는 사랑에 대한 작가의 뛰어난 묘사가 현대 프로이트 이론과 무척 비슷하다는 점이다. 곧 크리스틴은 일렉트라에 견주어지며, 그녀의 아버지인 주인공은 타락한 오이디푸스와 비교된다…….' 이 정도면 교수님은 아주 만족해하실 게다."

키팅은 잠시 말을 멈추고 작은 공책을 꺼내 읽어 나갔다.

"'…… 무엇보다 이 작품에서 가장 두드러진 점은 힌두계 인도 철학자 아베쉬 라헤쉬 논의 사상이 소설 속에 절묘하게 녹아 들어가 있다는 점이다. 그는 머리가 셋 달린 괴물, 즉 야망과 돈 그리고 사회적 성공에 집착한 자식으로부터 버림받은 부모들에 대한 이론들을 기술한 바 있다'라고 쓴 뒤 계속해서 그 괴물을 살찌게 하는 요인이 무엇이며, 어떻게 해야 탐욕의 머리를 없애 버릴 수 있는지 따위에 대해 라헤쉬 논의 이론을 소개해라. 그리고 제일 중요한 게 하나 남았어! 반드시 맨 마지막 문장에 지도 교수님의 뛰어난 문장 솜씨와 '딸의 첫 무대'라는 소설을 소개해 준 용기를 극구 칭찬해 줘야 해!"

"선장님……."

믹스가 손을 번쩍 들었다.

"라헤쉬 논에 대해 아무것도 모를 경우엔 어떻게 하죠?"

"믹스, 나도 그 사람이 누군지 모른다. 실제로 있는 사람이 아니거든. 그냥 내가 지어낸 사람이야. 필요할 경우 너도 그런 사람을 얼마든지 만들어 낼 수 있어. 잘난 척하기 좋아하는 교수들 가운데 그렇게 위대한 인물에 대해 전혀 아는 바 없다고 스스로 말할 사람은, 단언하건대 단 한 명도 없어. 그러면 너도 틀림없이 나처럼 좋은 점수를 받을 수 있을 거야!"

키팅은 교탁에 있던 종이를 집어 들고 큰소리로 읽어 내려갔다.

"…… 라헤쉬 논에 관해 언급한 대목에서는 자네의 심오한 통찰력이 엿보였다. 이는 아주 적절한 비유였다. 나는 위대하지만 잊혀 가고 있는 동양 사상가의 진면목을 알아보는 뛰어난 제자가 있다는 사실이 무척 기쁘다. 평점 A 플러스."

키팅은 그 종이를 다시 교탁 위에 내려놓고 말했다.

"무슨 이야긴지 다들 알아들었지! 그럼, 수준에 미달하는 책을 읽지 않고 분석하는 것은 기말 시험으로 미루겠다. 그러니 각자 훈련을 충분히 해 두도록! 이것 말고도 대학 시험에는 몇 가지 함정이 있다."

"어느 대목입니까, 선생님?"

닐이 손을 들고 물었다.

"모두 답안 용지와 연필을 꺼내도록! 쪽지 시험이다."

그는 말을 끝내자마자 문제지를 한 장씩 나누어 주었다. 그런 다음 칠판 쪽에 스크린을 내리고 뒤로 가서 슬라이드 영사기를 설치했다.

"맘모스 대학이라는 큰 대학은 말이야. 우리가 이 웰튼에서 좀처럼 보기 어려운 동물들로 꽉 들어 찬 악의 도시, 즉 소돔과 고모라와 같다. 바로 여자가 그 동물이지."그렇게 말하면서 키팅 선생은 씩 웃었다.

"여자라는 동물은 위험스러울 정도로 우리의 집중력을 방해하는 아주 몹쓸 존재란다. 이 시험은 그런 상황을 대비해 너희들을 준비시키기 위해 고안한 것이다. 참, 미리 말해 둘게 하나 있다. 이 시험은 점수에 들어간다. 모두들 최선을 다하도록. 그럼 시작하겠다."

학생들이 답안지를 써내려 가자 키팅은 슬라이드 필름을 영사기에 끼운 다음 스위치를 넣었다. 예쁘고 매력적인 여자의 모습이 나타났다. 대학생으로 보이는 그 여자는 바닥에 떨어진 펜을 줍기 위해 허리를 구부렸다. 그러자 자동으로 치마가 엉덩이 위로 올라가며 팬티가 보였다. 문제를 풀던 학생들의 눈이 화면으로 쏠렸다. 그러다가 정신을 차리고 부랴부랴 시험지로 다시 눈을 돌렸다.

"시험에 집중해라! 이제 20분밖에 남지 않았어!"

키팅은 슬라이드를 바꿔 끼우며 말했다. 이번에는 잡지 광고에나 나올 법한, 잘 빠진 몸매의 여자가 속옷만 걸친 채 나타났다. 학생들은 다시 고개를 쳐들었다. 시험에 집중하면 집중할수록 눈은 자꾸만 화면 쪽으로 향했다. 키팅은 학생들의 곤혹스러운 갈등을 이해한다는 듯 빙그레 웃었다. 계속해서 발가벗다시피 한 여자들이 도발적인 자세를 취한 모습이 화면에 나타났다. 완전히 벗은 여자가 몸을 비틀며 보여 주는 관능적인 장면이 나왔을 땐 여기저기에서 가벼운 탄성이 터져 나왔다. 학생들은 모두 얼굴이 빨개진 채 시험을 치르고 있었다. 교실 안이 아니었다면 또 시험 시간만 아니었다면 화면을 멈춰 놓고 찬찬히 들여다보고 싶을 정도로 매혹적이고 자극적이었다.

학생들은 자신도 모르는 사이에 자꾸만 슬라이드 화면 쪽으로 향하는 눈길을 끊임없이 답안지 쪽으로 끌어내리면서 시험을 치렀다. 그런데 딱 한 사람 낙스만은 달랐다. 최면에 걸린 듯 멍한 얼굴로 화면만 쳐다볼 뿐이었다. 그리고 답안지에는 온통 '크리스, 크리스, 크리스……'라고 쓰고 있었다.

10

버몬트 주의 매서운 겨울바람이 웰튼 아카데미 교정을 몰아치고 있었다. 가을을 화려하게 수놓았던 나뭇잎들은 갈색으로 말라 비틀어져 어수선하게 땅 위를 굴러다녔다. 앙상한 가지들만 남은 나무는 바람결에 이리저리 흔들렸다.

닐과 토드는 모자 달린 두툼한 외투와 목도리로 몸을 감싸고 건물 사이의 오솔길을 걷고 있었다. 단단히 여민 옷깃 사이로 바람이 스며들었다. 닐은 추위에도 아랑곳하지 않고 대사 연습에 한창이었다.

'한 여름 밤의 꿈' 공연이 다음 날로 다가오자 닐의 마음은 시시각각 들뜨고 흥분되었다. 지난 세월 단 한 번도 경험해 보지 못한 감정이었다. 물론 호랑이 같은 아버지의 허락을 받지 못했다는 부담감이 머릿속에서 떠난 적은 한 번도 없었다. 하지만 딱 한 번으로 족하다는 생각으로 스스로를 위로했다. 지금처럼 자신의 삶이 고귀하고 만족스럽게 느껴진 적이 없었기 때문이다. 닐은 최선을 다하고 있었다.

"나와라, 이 악당 놈아! 이 칼을 받아라. 대체 어디에 숨은 게냐?"

닐은 실제 연기처럼 대사를 읊었다.

"좋다, 내가 정면으로 너와 맞서 싸워 주마!"

토드가 대본을 보며 닐의 연습을 도와주었다.

"그렇다면 나를 따라오너라! 좀 더 넓은 곳으로!"

닐은 거세지는 바람 소리에 대항이라도 하듯 더욱 큰 소리로 대사를 읊었다.

"아, 이 얼마나 멋져!"

"연극 말이야?"

토드가 물었다.

"그래, 연기하는 것도 말이야!"

닐은 벅차오르는 행복에 도취해 말했다.

"……."

"세상에서 이렇게 매력적인 일은 없을 거야. 나를 이렇게 끌어들이는 일은 없었어. 제아무리 운이 좋은 사람일지라도 말이야. 이처럼 가슴 뛰도록 하고 싶은 일을 하고 사는 사람은 세상 사람을 통틀어 절반도 안 돼. 만일 내가 이 배역을 훌륭히 해낸다면 난 앞으로 많은 나날을 아주 멋지게 살 수 있을 것 같아!"

널은 마치 실제 연극하는 것처럼 낮은 돌담 위로 훌쩍 뛰어 올라갔다.

"죽느냐 사느냐! 이것이 문제로다!"

그는 양 팔을 펼치고 햄릿의 대사를 흉내 내며 토드를 내려다보았다.

"아! 태어나서 이런 느낌은 처음이야. 내가 완전히 살아 있다는 기분이 들어! 토드, 너도 연극을 해 보면 알 거야."

닐은 날렵한 동작으로 다시 돌담에서 뛰어내려왔다.

"토드, 연습하는 데 함께 가 볼래? 조명 일 따위를 맡을 사람이 아직 필요한 것 같던데."

"고맙지만 사양하겠어."

"왜? 여자 애들도 많아. 헤르미아 역을 맡은 여자 애는 얼마나 예쁘다고."

닐이 장난스럽게 토드의 마음을 건드렸다. 얼굴 가득 활기가 넘쳤다.

"공연 때는 보러 갈게. 그건 약속할 수 있어."

토드는 닐의 짓궂은 제의를 거절하며 대답했다. 그러자 닐은 토드가 귀엽다는 듯이 웃으면서 말했다.

"야 이 겁쟁이야! 뭘 망설이는 거야?"

"참, 우리가 어느 대목까지 했지?"

토드는 화제를 바꾸려고 대사를 눈으로 가리키며 말했다.

"여기, '이 악당아, 거기 있는 걸 이미 알고 있다!'라는 부분 아냐?"

"거기선 좀 더 강하게 해야 돼."

토드가 마치 연출가라도 된 듯 닐에게 강조했다.

"이 악당아, 거기 있는 걸 이미 알고 있다!"

닐은 힘을 주어 큰 소리로 대사를 읊었다.

"좋았어. 바로 그거야!"

토드가 환하게 웃으며 말했다.

"토드, 고마워……."

닐은 잔잔한 목소리로 토드에게 말했다. 그리고 기숙사 쪽으로 달려가며 소리쳤다.

"이따 저녁 식사 때 보자!"

토드는 사라져가는 닐의 모습을 물끄러미 바라보았다. 그가 사라지고 나자 토드는 도서관 쪽으로 발걸음을 옮겼다.

닐은 춤추는 듯한 걸음걸이로 복도를 뛰어갔다. 지나가던 학생들이 고개를 갸웃거리며 그를 힐끔힐끔 쳐다보았다. 하지만 그 누구도 닐의 마음을 알 수 없었다. 그의 머릿속에는 온통 하루밖에 남지 않은 공연만 남아 있었다. 닐은 관객 앞에서 멋지게 연기할 자신이 있었다. 그는 지금 당장 세상의 종말이 온다 해도 전혀 겁날 것이 없었다.

방문 앞에 다다른 닐은 마치 무대로 나가는 듯한 기분으로 지팡이를 번쩍 치켜든 채 방문을 열고 안으로 뛰어 들어갔다. 그 순간 닐은 깜짝 놀라 그 자리에 멈춰 서고 말았다. 호랑이 아버지가 책상 앞에 앉아 있었던 것이다.

"아버지!"

"넌 도대체 어떻게 된 녀석이냐?"

페리 씨는 대뜸 고함부터 질렀다.

"……."

"너한테 커다란 기대를 갖고 있는 이 애비를 실망시키다니!"

"아버지, 저 저는……."

"그 우스꽝스러운 연극은 당장 집어치워!"

"네에?"

페리 씨는 분노로 몸을 떨고 있었다. 닐이 하려는 연극을 시시한 광대놀음으로 생각하는 아버지로서는 당연한 일인지도 몰랐다.

"그, 그렇지만 전……."

"감히 내게 말대꾸할 셈이냐?"

그의 얼굴은 이성을 잃은 사람처럼 극도로 흥분한 모습이었다.

"도대체 그런 연극 놀음으로 시간을 헛되게 보내면 어쩌겠다는 거냐?"

"……."

"게다가 넌 교묘한 방법으로 나를 속이기까지 했어!"

그는 분노를 이기지 못하고 씩씩대며 방 안을 왔다 갔다 했다. 닐은 바짝 겁을 먹고 벌벌 떨고만 있었다.

"누구냐?"

"네에?"

"너를 조종한 사람이!"

그는 대답할 틈도 주지 않고 몰아붙였다.

"키팅 선생이냐?"

"아녜요……."

닐은 아버지의 억지에 대꾸하고 싶지 않아 머뭇거렸다. 하지만 그대로 있을 수만은 없었다. 잘못하다가는 키팅 선생님까지 피해를 볼지도 몰랐다.

"누구도 저에게 강요한 사람은 없어요. 다만 아버지를 깜짝 놀라게 해드리고 싶어서……. 그리고 모든 과목에서 A 학점도 받았고요. 게다가……."

닐은 어떻게 해서든지 자신의 행동이 결코 잘못된 것이 아니라는 것을 설명하고 싶었다. 하지만 아버지 앞에서는 생각처럼 쉽게 말이 나오지 않았다.

"너 정말 이 애비가 속아 넘어갈 줄 알았니?"

그는 여전히 화난 얼굴로 씩씩거렸다.

"막스 부인이 '우리 조카딸이 댁의 아드님과 연극에 나갈 거'라고 내게 말하더구나. 그래서 난 '뭘 잘못 아는 것 같다'고 말했지. 내 아들은 연극 따위는 안 한다고 말이야. 그런데 네가 이 애비를 바보로 만들었어! 못된 녀석 같으니!"

페리 씨는 조금도 이해해 줄 기색을 보이지 않았다. 마침내 그의 마지막 명령이 떨어졌다.

"당장 그만둔다고 말해!"

그러나 닐은 전과 달랐다. 다른 때 같으면 벌써 굴복하고 말았을 테지만 지금은 그렇지 않았다. 연극은 자신이 간절히 하고 싶은 일이었다.

"그렇지만 아버지……."

닐은 애원하는 눈빛으로 아버지를 쳐다보았다.

"제가 맡은 역은 아주 중요한 역할이에요. 더구나 바로 내일 밤이 공연이에요. 아버지, 제발……."

"대꾸하는 버릇은 도대체 어디서 배웠어!"

"……."

그는 얼마나 화가 나는지 얼굴에 핏기가 하나도 없었다. 지금까지 단 한 번도 말대꾸를 한 적이 없는 아들 아닌가. 그는 아들 앞으로 성큼 다가가 집게손가락을 치켜세우며 강하게 경고했다.

"지금 당장 연극을 그만두는 거야 알겠지? 내일 세상의 종말이 온다 해도 말이야!"

"……."

"내 말 알아들었느냐고!"

아버지의 고함 소리에 닐은 자신도 모르게 고개를 끄덕였다.

"예……, 아버지."

닐이 할 수 있는 말은 그게 전부였다. 더 이상 다른 말을 한다는 것은 아버지를 더 화나게 할 뿐이지 문제를 해결하는 데에는 전혀 도움이 되지 않을 것 같다는 생각이 들었다. 비로소 페리 씨의 얼굴에서 노기가 사라지고 있었다. 그래도 마음이 안 놓이는지 그는 오래도록 아들의 얼굴을 쏘아본 뒤 천천히 입을 열었다.

"더 이상 애비를 실망시키지 마라. 널 이 학교에 보내기 위해 그동안 얼마나 많은 희생을 치렀는지를 생각해."

그의 목소리는 차갑고 메말랐다. 그는 닐의 대답도 듣지 않고 방을 나갔다. 닐은 한동안 꼼짝 않고 멍하니 서 있었다. 머릿속이 텅빈 듯 아무것도 생각나지 않았다. 아버지의 일방적인 결정에 아무런 저항도 하지 못한 자신의 나약함에 울화가 치밀었다. 닐은 주먹으로 책상을 내리쳤다. 그의 기분은 단 몇 분 사이에 180도 바뀌어 버렸던 것이다. 주먹이 무감각해 질 때까지 책상을 내리치던 닐의 두 뺨엔 어느 새 굵은 눈물이 흘러내리고 있었다.

그날 저녁이었다. '죽은 시인의 사회' 회원들은 약속이나 한 듯 같은 식탁에서 저녁 식사를 했다. 닐은 머리가 아프다며 식당에 내려오지 않았다. 식사를 하는 그들의 모습은 어딘지 어색하고 서툴러 보였다. 노련한 헤이거 박사가 그것을 놓치지 않았다.

"무슨 일이지, 달튼 군?"

"네?"

달튼이 깜짝 놀란 듯이 대답했다.

"음식에 무슨 문제가 있나?"

헤이거 박사가 물었다.

"아닙니다. 선생님."

그는 이상하다는 듯 학생들을 쳐다보았다. 그러더니 잠시 후 말문을 열었다.

"너희들, 원래 왼손잡이였나?"

"아뇨."

그들은 모두 왼손으로 힘겹게 밥을 먹고 있던 중이었다.

"그럼, 왜 모두 왼손으로 밥을 먹고 있는 겐가?"

그들은 서로 쳐다보며 눈길을 주고받았다. 낙스가 대표로 말했다.

"오래된 습관을 한 번 바꿔 보는 것도 좋을 것 같아서요. 새로운 사실을 발견하기 위해서죠."

"그래? 오래된 습관이 뭐가 나쁘지?"

"그건 기계적인 생활을 되풀이하는 것이거든요. 사고력도 제한하고 말이에요."

낙스가 설명했다.

"낙스 군, 그런 것보다 차라리 좋은 공부 습관을 계발하는데 신경 쓰는 것이 더 나을 듯싶네. 내 말이 무슨 뜻인지 알겠지?"

"네, 선생님."

"너희들도 마찬가지야."

헤이거는 식탁에 앉아 있은 학생들을 보며 말했다.

"자, 그럼 오른손으로 밥을 먹게"

그들은 오른손으로 밥을 먹기 시작했다. 그러나 헤이거 박사가 식당을 나가자 달튼은 재빨리 왼손을 사용했다. 다른 학생들도 한 사람씩 왼손을 썼다. 바로 그때 닐이 식당으로 들어왔다. 그들이 앉은 식탁 쪽으로 걸어오는 닐의 얼굴은 우울하고 괴로워 보였다.

"닐, 무슨 일 있었어?"

달튼이 물었다.

"아버지가 다녀가셨어."

그가 힘없는 얼굴로 대답했다.

"그럼, 연극은?"

토드가 물었다.

"……."

"키팅 선생님과 의논해 보면 어떨까?"

달튼이 제안했다.

"그런다고 뭐가 달라지겠어?"

토드의 목소리는 여전히 힘이 없었다. 달튼은 어깨를 으쓱하며 말했다.

"뭔가 도움말은 주시겠지. 혹시 또 아니? 아버지한테 잘 말해 주실지도……."

"농담하니? 웃기는 소리 하지 마."

닐이 피식 코웃음을 쳤다.

"왜?"

"소용없을 테니까."

"닐, 밑져봤자 본전이잖아."

이번에는 토드가 힘차게 이야기했다. 닐이 계속 마다했지만 친구들은 키팅 선생이 도와줄 거라며 설득하고 나섰다. 저녁 식사를 마친 뒤 그들은 기숙사 2층에 있는 교직원 숙소로 갔다. 토드와 피츠 그리고 닐은 키팅 선생의 방문 앞에 서 있었고 달튼이 문을 살짝 두드렸다.

"이건 정말 소용이 없는 짓이야."

닐이 계속해서 고집을 부렸다.

"가만히 있는 것보단 나아."

달튼은 그렇게 말하고 다시 문을 두드렸다. 하지만 안에서는 아무런 인기척이 없었다.

"안 계시잖아. 그만 가자."

닐이 달튼의 팔을 잡아끌며 말했다. 그러자 그는 닐의 손을 뿌리치더니 방문 손잡이를 돌렸다. 잠긴 줄 알았던 문이 찰칵 하고 열렸다.

"안에서 기다리자."

달튼이 키팅 선생의 방 안으로 성큼 발을 들여놓았다.

"야, 달튼! 아니 누완다!"

다른 친구들이 복도에서 그를 불렀다.

"빨리 나와! 얼른!"

그러나 그는 친구들의 만류에도 아랑곳하지 않았다. 남의 방에 몰래 들어가는 것은 나쁘다고, 더구나 선생님의 방은 더 더욱 안 된다고 해도 들은 척하지 않았다. 잠시 후 결국 친구들은 그를 설득하는 것을 포기했다. 그리고 하나 둘씩 키팅 선생의 방으로 들어갔다. 그들은 호기심어린 눈으로 방 안을 둘러보았다. 아담한 크기의 공간에 이렇다 할 장식이나 짐 같은 것도 없이 깔끔했다. 모두들 불안한 듯 아무 말 없이 방 안을 이리저리 오갔다.

"누완다, 더 이상은 안 돼. 그만 나가자!"

피츠가 불안감을 참지 못하고 입을 열었다. 그래도 달튼은 들은 척도 안 하고 방 안 구석구석을 둘러보았다. 방문 옆에는 푸른 색깔의 작은 가방이 놓여 있었다. 그리고 침대 위에는 다소 낡아 보이는 책 몇 권이 어지럽게 흩어져 있었다. 달튼의 눈길이 책상을 향했다. 책상에 다가간 그는 사진틀을 집어 들었다. 20대로 보이는 아름다운 여자의 사진이었다.

"우와, 이것 좀 봐!"

달튼이 가리킨 것은 사진틀 옆에 있는 반쯤 쓰다만 편지였다. 친구들의 충고를 무시한 채 그는 편지를 집어 들고 읽기 시작했다.

"사랑하는 제시카, 당신이 없으니 가끔 쓸쓸하다오……. 음, 중간 생략하고 넘어가서, 그나마 위로가 되는 건 사진 속에 있는 아름다운 당신 모습을 바라보는 거요……. 또 눈을 감고 당신의 환한 웃음을 떠올려 보는 것이오."

"햐, 아주 낭만적이다."

낙스가 감동한 듯 두 눈을 감으며 말했다.

"글쎄 말이야, 선생님에게 이런 면이 있다니……."

피츠도 한마디 했다. 달튼은 목소리에 감정까지 넣어 가며 편지를 계속 읽었다.

"하지만 내 상상력이 너무 부족하기 때문에 아무것도 떠오르지가 않소. 당신이 너무 그립소. 할 수만 있다면……."

그때였다. 달튼의 편지 낭독에 빠져 있던 학생들의 귀에 삐걱 하고 문 열리는 소리가 들렸다. 키팅 선생이었다. 달튼은 문가에 선생님이 서 있는 것을 보자 깜짝 놀라 읽던 편지를 손에서 떨어뜨렸다. 다른 학생들도 달튼 곁에서 떨어져 나갔다.

"선생님, 안녕하셨어요? 저희들이에요."

달튼은 필요 이상의 큰 소리로 인사했다. 키팅은 아무 말 없이 편지를 주웠다. 그리고 접어 호주머니에 넣으며 말했다.

"얘들아, 여자란 종교와 아주 비슷하단다. 기회 있으면 하나씩 섬겨 두는 것도 괜찮지."

그는 뜻 모를 말을 하고는 책상 앞으로 다가가 서랍을 열고 편지를 안에 집어넣었다.

"찰리 달튼! 또 다른 거 보고 싶은 건 없나?"

그는 달튼을 보며 물었다.

"죄, 죄송합니다, 선생님."

무안해진 그가 더듬거리며 사과의 말을 했다.

"저희들은 그냥……."

그때 달튼이 주위 친구들을 돌아보며 도움의 눈길을 보냈다. 그러자 닐이 앞으로 나서며 말했다.

"오, 선장님, 나의 선장님! 저희들이 온 것은 제 문제를 상의 드릴 게 있어서입니다."

"그래? 너희들 모두?"

키팅 선생은 고개를 끄덕이며 학생들을 둘러보았다.

"아뇨, 저 혼자만……."

닐은 뒤에 있는 친구들을 돌아보며 말했다. 달튼과 다른 학생들은 죄책감에 사로잡혀 어쩔 줄 모르던 참에 잘됐다는 표정을 지었다.

"전 이만 가서 공부를 해야겠습니다."

피츠가 눈치 빠르게 말을 꺼냈다.

"그래?"

키팅이 짧게 대답했다.

다른 학생들도 따라나섰다.

"안녕히 계세요, 선생님."

학생들이 서둘러 방을 나가며 문을 닫았다.

"또 들러라, 언제든지 환영한다."

학생들의 등 뒤에 대고 키팅 선생은 따뜻하게 소리쳤다.

"네, 선생님!"

밖으로 나온 피츠가 달튼의 어깨를 툭 치며 속삭였다.

"누완다, 너 때문에 정말 십년감수했다, 이 멍청아!"

"휴우, 나도 어쩔 수 없었어."

달튼이 어깨를 으쓱해 보였다.

혼자 남은 닐은 불안한 듯 방 안 여기저기를 둘러보았다. 그러다 문득 키팅 선생을 쳐다보았다. 그는 환하게 웃고 있었다.

"방이 너무 좁군요, 선생님."

"그래?"

그는 특유의 웃음을 지었다. 바보스럽게. 그러나 막상 접하다 보면 한없는 친근감을 주는 그런 웃음이었다.

"그 많고 많은 방 가운데 말이에요."

"글쎄다. 잡다한 물건이 많으면 내가 교육에 집중할 수 없다고 생각한 모양이지."

그는 또 살짝 웃었다.

"그런데 왜 여기 계시는 거죠?"

"?"

"선생님은 저희에게 '오늘을 즐겨라'라고 가르쳐 주시지 않았던가요?"

"계속해 봐."

"제 생각에 선생님이야말로 더 넓고 큰 세상에서 하고 싶은 일이 많으실 텐데, 하필 왜 여기를 택하셨나요?"

"흠, 그건 잘못 생각한 거야, 닐. 난 지금 세상을 둘러보고 있는 중이란다. 새로운 세상을 말이야. 좌우간, 웰튼 같은 학교에 적어도 나 같은 선생이 한 명쯤은 있어야 하지 않겠니?"

그는 그렇게 말하고 웃었다.

"그런데 닐."

키팅은 진지한 표정으로 닐을 불렀다.

"내 교육 방침에 관한 얘기를 들으려고 찾아온 건 아닐 테지?"

닐은 길게 한숨을 내쉬며 말문을 열었다.

"헨리홀에서 하는 연극 공연에 제가 출연하는 거 아시죠? 그런데 아버지가 못 하게 해서요."

"들은 것 같다."

"당장 그만두라는 엄명이 떨어졌어요."

"흐음……."

"선생님이 가르쳐 주신 '카르페 디엠'을 생각하면 머리가 터질 것 같아요. 제 처지가 마치 감옥에 갇힌 죄수처럼 느껴져요."

키팅은 잠자코 닐의 말에 귀를 기울였다.

"선생님, 연극은 저의 모든 것이에요. 물론 아버지 말씀을 이해하지 못하는 건 아네요. 우리 집은 달튼네처럼 부자도 아니고요. 하지만 아버진 제 인생에 대한 계획까지 혼자 다 짜 놓으셨어요……."

닐은 몹시 괴로운 듯 말끝을 흐렸다.

"제 생각은 하나도 묻지 않으시고 말이에요."

"닐, 방금 내게 했던 말을 아버지께 말씀드려 본 적 있니? 연극에 대한 너의 열정을 말이야."

그가 물었다.

"아뇨, 꿈도 꾸지 못해요. 그럼, 전 살아남지 못할 걸요."

"그렇다면 넌 아버지를 위해 연극을 하고 있는 게로구나? 안 그래?"

키팅은 부드러운 눈길로 닐을 쳐다보았다. 그는 고민을 털어놓은 제자에게 어떤 도움을 줄 수 있을까를 차분히 생각했다. 그러나 대답은 하나였다. 본인이 스스로 풀어야 했다.

"닐, 힘들다는 건 나도 알아. 하지만 말씀을 드려야 아버지도 알 게 아니냐? 진정 네가 원하는 것이 무엇이라는 걸 말이야."

"아버지가 뭐라고 하실지 눈에 훤해요. '연극에 대한 너의 생각은 일시적이고 변덕이고 홍역일 뿐이다. 그러니 그런 생각은 아예 하지도 마라.' 그리고 또 '내가 너한테 거는 기대가 얼마나 큰지 아니?'라는 말도 지겹게 들어 왔어요. 얘기가 다 끝난 다음에도 제 마음을 돌려놓으려고 늘 그렇게 말씀하시죠. '다 너를 위한 거야.'라고 말이죠."

닐은 아버지 페리 씨를 흉내내며 말했다.

"그래? 만약 아버지의 말처럼 일시적인 변덕이 아니라면 그걸 증명해 보여야 하지 않겠니? 연기에 대한 너의 열정을 말이야."

키팅 선생이 침대 위에 걸터앉으며 대답했다.

"아버지한테요?"

"그래, 연극이야말로 네가 진실로 하고 싶은 일이란 걸 잘 말씀 드려 봐."

"그게 안 통하면요?"

닐은 반신반의하면서 물었다.

"물론, 네 생각이 반드시 통할 것이라는 보장은 없어. 하지만 걱정하지 마라, 닐. 너도 이제 머지않아 열여덟 살이 된다. 적어도 그때까지는 네가 참아야 하겠지. 그럼 네가 하고 싶은 일은 뭐든 다 할 수 있지 않을까?"

"열여덟 살까지요?"

키팅은 고개를 끄덕였다.

"그럼 연극은 어떻게 하죠? 바로 내일 밤으로 다가왔는데요!"

닐은 이제 눈물을 보이지 않았다. 그의 두 눈동자는 강한 의지로 빛나고 있었다.

"그러니 빨리 아버지께 말씀드려라, 닐."

키팅은 좀 전의 말을 되풀이했다.

"좀 더 쉬운 방법을 없을까요? 선생님."

닐은 애원하듯 말했다.

"……."

키팅은 고개를 좌우로 흔들었다. 그는 자식에 대한 부모의 무조건적인 사랑이라는 구속 아래 신음하는 제자가 무척 안쓰러웠다. 하지만 달리 방법이 없었다. 힘이 되어 주지 못하는 자신의 처지가 안타까울 뿐이었다.

"넌, 네 자신에게 정직해져야 해. 그것만이 유일한 해결책이야."

두 사람 사이에 침묵이 흘렀다. 닐 역시 선생님의 말이 옳다는 것을 잘 알고 있었다. 그러나 아버지는 그렇게 만만한 상대가 아니지 않은가? 닐은 머리가 깨질 것 같았다.

"휴……."

키팅은 깊은 고민에 잠겨 있는 닐의 모습을 힐끗 바라보며 나지막이 한숨을 내쉬었다.

마침내 닐이 침묵을 깨고 입을 열었다.

"고맙습니다. 선생님."

"마음을 정했니?"

"조금 더 생각해 봐야겠어요."

키팅 선생은 씩씩하게 걸어 나가는 닐의 뒷모습을 보며 씁쓸한 표정을 지었다.

닐이 키팅 선생과 이야기하는 동안 달튼, 낙스, 피츠, 토드와 캐머룬은 동굴 쪽으로 가고 있었다. 저녁 무렵부터 내린 눈은 계곡에서 불어 대는 매서운 바람으로부터 땅을 덮어 주는 부드럽고 따뜻한 담요처럼 보였다.

촛불이 흔들리고 있는 동굴 안에서 그들은 저마다 자기 일로 분주했다. 달튼은 색소폰으로 애잔한 선율의 멜로디를 연주했고, 낙스는 한쪽 구석에 쭈그리고 앉아 혼자 중얼거리며 크리스에게 보낼 시를 쓰고 있었다. 토드 역시 뭔가 쓰고 있었다. 캐머룬은 책을 읽으며 공부를 했고, 피츠는 벽 앞에 서서 책에 나온 글귀를 돌에 새기는 중이었다.

"소등 시간 10분 남았다."

캐머룬이 시계를 보며 친구들에게 시간을 확인시켜 주었다. 그러나 아무도 꿈쩍하지 않았다.

"넌 뭘 쓰고 있니?"

낙스는 자신이 쓰고 있던 것을 밀쳐놓으며 토드에게 물었다.

"그냥……. 시……."

토드가 우물쭈물했다.

"수업 시간에 발표할 거?"

"아니, 그냥."

토드는 분명하게 대답하지 않았다.

"얘들아, 빨리 가지 않으면 벌점 받겠다. 눈이 점점 많이 오고 있어."

캐머룬이 재촉했다. 그는 학교 규칙을 철저히 지키는 모범생이었다. 그런 캐머룬이 불법적인 '죽은 시인의 사회' 회원이 된 것은 놀라운 일이었다. 그러나 달튼은 캐머룬의 말을 귓등으로 흘리고 색소폰만 불어댔다. 토드 역시 시 쓰기를 멈추지 않았다. 누구도 벌점 따위는 신경도 안 쓰는 듯했다. 캐머룬은 친구들을 빙 둘러보더니 어깨를 으쓱하며 말했다.

"그럼 난 간다."

그는 혼자 동굴을 빠져나갔다. 낙스는 크리스에게 바치는 사랑의 시를 읽어 보다가 종이를 접어 다리를 탁 내리치며 중얼거렸다.

"빌어먹을!"

안간힘을 다해 끙끙거리며 쓴 시였다. 그러나 크리스를 감동시킬 수 있을지에 대해서는 선뜻 자신이 서지 않았다.

"크리스가 이 시를 딱 한 번만 읽어 봤으면 좋겠는데."

낙스는 안타깝다는 듯이 중얼거렸다. 곁에 있던 피츠가 한마디 거들었다.

"직접 읽어 주지 그러냐? 누완다는 큰 효과를 본 것 같던데."

"하지만 피츠, 크리스는 나를 피한단 말이야."

낙스가 안타깝다는 듯 말했다.

"전화를 걸어 봤는데 이젠 아예 받지도 않아."

"그것과는 다르지. 누완다가 글로리아에게 시를 읊어 주니까 그녀가 홀딱 빠져 막 안겨 왔다던데. 누완다, 맞지?"

자기 얘기가 나오자 달튼은 색소폰 연주를 멈췄다. 그는 "응"하며 고개를 끄덕이고 다시 색소폰을 불기 시작했다. 그때 멀리서 소등을 알리는 종소리가 울렸다. 달튼은 연주를 멈추고 악기를 상자 안에 넣은 다음 동굴 밖으로 나갔다. 토드와 믹스 그리고 피츠 역시 쓰고 있던 종이를 들고 동굴을 나갔다. 캐머룬과 같은 범생이는 아니었지만 그들 역시 따지고 보면 모범생이었다. 규칙을 어기면 어떤 결과가 온다는 것쯤은 잘 알고 있었다.

동굴에는 낙스 혼자 남았다. 그는 기숙사의 규칙은 안중에도 없다는 듯 크리스에게 보낼 시에만 정신이 팔려 있었다. 마침내 시를 완성했는지 종이를 책갈피에 끼워 넣고 촛불을

꼈다. 그리고 마음속으로 굳은 결심을 하며 동굴을 나갔다.

"달튼에게 효과가 있었다면 나도 성공할 수 있겠지."

낙스는 혼자 중얼거리며 싱긋 웃었다. 그의 머릿속에는 자신의 시를 크리스에게 전할 계획을 이미 세워 놓았던 것이다.

다음 날 아침. 온 세상이 하얀 눈으로 가득 덮여 있었다. 낙스는 지난밤의 결심을 행동으로 옮기기 위해 일찍 기숙사 현관을 나섰다. 손에는 고심 끝에 완성한 시와 장미 꽃다발이 들려 있었다. 더 이상 망설이며 시간을 끌면 손해라는 생각이 들었다. 왜냐하면 그럴수록 크리스와 체트는 점점 더 가까워질 것이기 때문이었다.

낙스는 자전거 안장에 쌓인 눈을 털어낸 뒤 조심스레 주위를 살펴보았다. 첫 수업이 시작하기까지는 시간이 많이 남아 있었기 때문에 기숙사 바깥에는 아무도 없었다. 낙스는 누군가 눈을 깨끗이 치워 놓은 좁은 길을 따라 자전거를 타고 나갔다. 영하의 추운 날씨와 얼음장 같은 찬바람에 코가 얼어터지는 느낌이 들었다. 웰튼을 빠져 나간 낙스는 전속력으로 리지웨이 고등학교 쪽으로 달려갔다. 등에 땀이 날 정도로 힘차게 달려 리지웨이에 도착한 낙스는 아무 곳에나 자전거를 세워 둔 뒤 단걸음에 학교 안으로 뛰어들어갔다.

리지웨이의 분위기는 확실히 웰튼과 다른 점이 많았다. 우선 교정을 오가는 학생들의 표정이 무척 밝았다. 엄격한 전통과 규율을 내세우는 웰튼과 달리 생동감이 넘쳐흘렀다. 무엇보다 여학생들의 자유분방한 모습은 마치 다른 세계의 사람들을 보는 듯했다.

교실 복도에는 남녀 학생들이 바쁘게 움직이고 있었다. 사물함에 코트를 걸거나 책을 꺼내고, 한데 어우러져 깔깔대며 농담을 주고받고 있었다. 저마다 개성 있는 다양한 옷차림의 얼굴에는 젊은이다운 열기가 느껴졌다. 어떤 여학생은 가슴팍이 훤히 들여다보이는 깊게 패인 티셔츠를 입고 모델 흉내를 내며 걷기도 했다.

낙스는 급한 마음으로 휑하니 복도를 둘러보았다. 많은 학생 가운데 크리스의 모습을 찾기란 쉽지 않을 것 같았다. 그는 마침 가까이 있는 한 여학생을 붙들고 크리스가 어디 있는지 물었다. 그녀가 2층 사물함 앞에 있다는 것을 알아 낸 낙스는 두 계단씩 밟으며 뛰어올라갔다. 크리스는 정말 2층 사물함 앞에 서 있었다. 그는 크리스를 보고 소리쳤다.

"크리스!"

그녀는 사물함 앞에서 다른 여학생들과 한창 이야기꽃을 피우고 있었다. 크리스는 난데없이 낙스가 자기 이름을 부르며 가까이 오자 무척 놀라는 눈치였다. 그녀는 다른 여학생들의 눈길을 의식했는지 사물함에서 자기의 물건을 챙겨 들고 반대쪽으로 재빨리 걸어갔다. 낙스는 크리스를 좇았다. 그녀는 낙스를 구석으로 데리고 간 뒤 친구들의 눈치를 살피며 작은 목소리로 따지듯 쏘아붙였다.

"대체 여기까지 왜 왔어?"

"사과하러 왔어……."

"지금 제정신이야?"

"저번에 있었던 일 말이야. 그래서 이 꽃과 내가 쓴 시를 가지고 왔어, 받아 줘."

낙스는 찬바람에 잔뜩 움츠러든 장미 꽃다발과 시 한 편을 내밀었다. 하지만 크리스는 가만히 쳐다볼 뿐 꽃을 받지 않았다.

"체트가 이 사실을 알게 되면 어쩌려고 그래. 아마 널 죽여 버리려고 할 걸!"

크리스의 표정과 말투는 차갑기 짝이 없었다. 하지만 그 말 속에는 낙스를 걱정하는 듯한 느낌이 배어 있었다.

"빨리 돌아가!"

"상관없어."

낙스가 고개를 흔들며 대답했다.

"난, 난 말이야……."

낙스는 숨을 몰아쉬며 잔뜩 긴장한 얼굴로 고백했다.

"널, 너를 사랑해. 체트 같은 녀석은 너한테 어울리지 않아. 난 잘 해 줄 수 있어. 이 장미꽃과 시를 받아 줘, 제발."

"낙스! 너 어떻게 된 거 아니니? 제정신이야?"

그때 수업을 알리는 종소리가 울렸다. 학생들은 모두 교실 안으로 급히 들어갔다.

"크리스, 제발 이것만은 받아 줘. 내가 바보 같은 짓을 하고 있다는 걸 알아, 부탁이야!"

낙스는 애원하듯 말했다.

"……."

크리스의 눈이 꽃송이로 향했다. 어떡해야 좋을지 몰라 잠시 망설이는 눈빛이었다. 하지만 이내 고개를 저으며 말했다.

"안 돼."

크리스의 입에서 튀어나온 말은 낙스를 크게 실망시켰다. 그녀는 매몰차게 쏘아붙이더니 황급히 교실로 뛰어들어갔다.

"더 이상 날 귀찮게 하지 마!"

복도에는 아무도 없었다. 낙스는 절망감으로 어깨를 축 늘어뜨리고 말았다. 이렇게까지 심하게 거절당할 거라고는 생각하지 못했다. 그는 멍하니 자리에 서서 크리스가 사라진 교실 뒷문을 바라보았다. 두 손에는 늘어진 꽃다발과 시가 들려 있었다. 그는 잠시 머뭇거렸다. 그러다가 갑자기 뭔가 굳은 결심이라도 한 듯 입을 굳게 다물었다. 낙스는 싱긋 웃더니 갑자기 교실 뒷문을 열고 안으로 성큼 걸어 들어갔다. 어디서 그런 용기가 났는지 자신조차 놀랄 지경이었다.

학생들은 모두 자리에 앉아 있었다. 선생은 교탁에 기대어 선 채 학생들의 숙제 풀이를 지도하고 있었다. 낙스는 선생을 무시하고 크리스 쪽으로 다가갔다. 낯선 남학생의 갑작스런 출현에 모두들 깜짝 놀라며 두 사람을 쳐다보았다. 낙스와 눈이 마주친 크리스 역시 놀라며 어쩔 줄을 몰라 했다.

"낙, 낙스!"

그녀는 놀란 얼굴로 소리쳤다.

"세, 세상에! 너, 너…… 어쩜 이럴 수 있니? 빨리 나가지 못해?"

크리스는 기가 막힌 듯 더 말을 잇지 못했다. 하지만 낙스는 점점 대담해졌다.

"잠자코 들어 주기만 해, 더 이상 바라는 건 없어."

"낙-스!"

그녀는 날카롭게 소리쳤다. 그녀가 화를 낼수록 낙스는 더 대담해져 갔다. 그런 행동에 낙스 자신도 깜짝 놀라고 있었다. 마침내 낙스는 종이를 펼치고 시를 읽기 시작했다.

하늘이 빚어낸 소녀
그 이름은 크리스.
황금빛 머리칼과 하얀 살결
그녀의 손가락이 맞닿는
순간이야말로 천국이라네.
입맞춤 한번이면
그 기쁨은 형용할 수 없네.

크리스는 낙스의 엉뚱한 행동에 홍당무가 된 얼굴을 두 손으로 가렸다. 여기저기서 킥킥대는 소리가 들려왔다. 크리스는 부끄럽고 창피한 마음을 달리 어쩌지도 못하고 안절부절못할 뿐이었다. 그러나 낙스는 아랑곳하지 않고 시를 계속 읊어 나갔다.

하늘은 여신을 하나 만들어 크리스라 이름 지었네.

어떻게 만들었는지 알 수는 없네.

비록 내 영혼이 무지하다 해도 내 사랑은 점점 더 커가네.

낙스는 교실 안에 마치 자기와 크리스 둘만 있는 것처럼 계속해서 시를 읊었다.

그녀의 웃음은 꿀처럼 달콤하고

그녀의 두 눈동자는 반짝반짝 빛나네.

종말이 온다 해도 내 삶은 충만하여라.

단지 그녀가 이 땅 위에 살아 있고

내가 그것을 알고 있는 것만으로도.

시를 다 읽은 낙스는 침착하게 종이를 내려놓고 크리스를 바라보았다. 그녀는 그때까지 얼굴에서 손을 떼지 못하고 손가락 사이로 낙스를 훔쳐보고 있었다. 낙스는 시와 꽃다발을 크리스의 책상 위에 올려놓았다.

"널 사랑해, 크리스."

낙스는 그 말을 남기고 교실을 빠져 나왔다.

11

낙스는 리지웨이를 나와 웰튼을 향해 힘차게 페달을 밟았다. 눈앞을 가로막는 눈발을 헤치며 얼어붙은 길을 신나게 달렸다. 그가 학교에 도착하자마자 첫 수업이 끝나는 종소리가 들렸다. 종이 울리자 학생들은 교탁 주변에 죽 둘러서서 잡담을 하며 정겹게 웃고 있었다. 키팅 선생은 책을 덮으며 학생들에게 말했다.

"자, 오늘 수업은 여기서 끝이다."

몇몇 학생들이 앓는 소리를 냈다. 다음 시간에 맥카리스터의 라틴어 수업에 들어가는 것이 따분하게 느껴졌기 때문이다. 학생들은 제각기 자신의 책을 챙겨 들었다. 그리고 다음 수업을 위해 교실 밖으로 나가고 있었다. 그때 키팅 선생이

나지막한 목소리로 닐을 불렀다.

"닐, 잠깐 나 좀 보자."

지난밤은 물론 수업 도중에도 닐은 연극에 대한 갈등으로 많은 고민을 했다. 아무리 생각해도 선생님의 충고가 옳은 것 같았다. 하지만 그건 불가능한 일이었다. 아버지는 선생님과 다른 사람 아닌가. 설령 선생님의 말대로 속마음을 아버지께 털어놓아 봤자 더 큰 야단만 맞을 게 뻔했다. 무대에 선다는 계획이 물거품이 될 것만 같았다. 닐은 망설였다. 아버지한테 말하지 않고 멋지게 연기를 해 보는 것은 어떨까? 자신의 고민에 대해 온 마음으로 상담해 준 키팅 선생님에게는 미안하지만 어쩔 도리가 없었다. 닐과 키팅 선생은 학생들이 전부 나갈 때까지 기다렸다.

"아버지께 말씀드렸니?"

키팅은 다정하게 물었다.

"네, 선생님."

닐은 망설이지 않고 거짓말을 해 버렸다.

"그래?"

키팅은 뜻밖의 대답에 믿기지 않는다는 표정으로 말했다. 페리 씨가 그렇게 쉽게 동의해 줄 사람이 아니라는 것쯤은 익히 알고 있었기 때문이다.

"정말! 네가 어제 나한테 얘기했던 그대로 말씀드렸다 이거지?"

"네."

"연극에 대한 네 열정을 말이야?"

"네."

닐은 양심의 가책을 느끼면서도 거짓말에 농도를 더해 갔다.

"아직까지도 탐탁지 않으신 눈치예요."

"……."

"하지만 이번 연극만은 허락해 준다고 하셨어요. 물론 오시지는 못하고요."

"그거 다행이구나."

키팅은 웃었다.

"시카고로 출장가신대요. 잘만 하면 연극을 계속할 수도 있을 것 같아요. 성적만 떨어지지 않는다면요."

닐은 키팅 선생의 눈길을 피하며 말했다. 키팅은 갈등하고 있었다. 그는 닐이 거짓말을 하고 있다는 것을 알았기 때문이다. 당황한 기색이 역력한 닐에게 솔직하게 모든 것을 털어놓으라고 말하고 싶었다. 하지만 괴로움에 젖어 어쩔 줄 모르는 제자의 모습을 보고 차마 그렇게 말할 수는 없었다. 키팅은 그저 안타깝게 닐을 바라볼 뿐이었다.

"선생님 그만 가 볼게요."

닐이 자리에서 일어나 책을 집어 들며 말했다. 그는 존경하는 선생님에게 거짓말을 했다는 죄책감 때문에 더 이상 앉아 있을 수가 없었다.

"다음 시간 수업 준비를 해야 돼요."

키팅은 꼼짝도 하지 않고 그 자리에 서 있었다. 그는 제자의 거짓말을 들으면서도 꾸짖거나 올바르게 이해시킬 수가 없었다. 다만 가슴만 아플 뿐이었다. 달리 좋은 방법을 찾아주지도 못하고, 또 찾지도 못한 닐이 교실을 나가는 모습을 보고 있던 키팅은 가슴이 찢어지는 듯 아팠다. 키팅은 그때까지만 해도 닐의 결정에 대한 막연한 망설임과 연극에 대한 닐의 열정이 어떤 결과를 불러 올지 전혀 상상하지 못했다.

학교에 도착한 낙스는 본관 강의실 뒤에 있는 주방 옆에 자전거를 세워 놓고 건물 안으로 뛰어들어갔다. 몸은 꽁꽁 얼어붙었지만 기분만은 승리의 쾌감에 휩싸여 있었다. 낙스는 잠시 멈춰 서서 커다란 조리실에서 풍겨 나오는 따뜻한 음식 냄새를 즐겼다. 그리고 방금 오븐에서 나온 달콤한 빵을 하나 몰래 집어 먹은 다음 곧장 복도로 나왔다. 때마침 학생들은 두 번째 수업을 받기 위해 다른 교실로 이동하는 중이었다.

"낙스, 어떻게 됐니? 시를 읽어 줬어?"

낙스를 발견한 달튼이 큰 소리로 물었다

"물론!"

낙스는 남은 빵 조각을 삼키면서 싱글벙글 웃었다.

"드디어 해냈구나!"

피츠가 축하의 뜻으로 낙스의 등을 툭 치며 말했다.

"뭐래?"

"아직은 잘 모르겠어."

낙스는 마치 남의 일처럼 건성으로 대답했다.

"그게 무슨 소리야. 잘 모른다니?"

정색을 하며 달튼이 다시 물었다. 모두들 낙스가 도망치거나 교실로 들어가지 못하게 주위를 에워쌌다.

"참, 오늘 밤에 갈 거지?"

낙스는 화제를 딴 곳으로 돌렸다.

"어디?"

달튼이 물었다.

"연극 구경 말이야."

"물론, 당연하지."

"그럼 그때 이야기하자."

"그래, 좋아. 처음부터 끝까지 전부 얘기해 줘야 돼!"

달튼의 엄명이었다.

그날 밤 학생들은 키팅 선생과 '한여름 밤의 꿈'을 공연하는 헨리홀로 가기 위해 기숙사 로비에 모여 있었다. 그러나 낙스는 혼자 의자에 파묻혀 꼼짝도 하지 않았다. 아침에 크리스를 만났던 여운이 그때까지 남아 그를 행복하게 했기 때문이다. '죽은 시인의 사회' 회원들은 닐의 연극에 대한 이야기를 했다.

"닐이 잘 해낼까?"

피츠가 먼저 입을 열었다.

"그럼, 물론이지."

"글쎄. 난생 처음 하는 연극이라 떨리지 않을까?"

"닐은 해낼 거야. 얼마나 열심이었는데."

"누완다는 어떻게 된 거야?"

달튼이 보이지 않자 믹스가 말했다.

"서두르지 않으면 닐이 입장하는 장면을 놓칠 거야!"

"좀 전에 뭔가를 빨갛게 칠해야 한다고 야단법석을 떨었는데."

"가만히 듣고 있던 피츠가 고개를 좌우로 흔들며 말했다.

"빨갛게 칠하다니? 무슨 엉뚱한 소리야?"

캐머룬이 물었다.

"누가 알겠니? 그 녀석은 원래 그런 애잖아."

피츠가 피식 웃으며 설명을 했다. 그때 마침 달튼이 계단을 미끄러지듯이 내려왔다.

"어떻게 된 거야. 빨리 가자, 늦겠다."

"준비 좀 하느라고 그랬어."

"빨간색 칠을 한다며?"

믹스가 묻자 달튼은 주위를 두리번거리며 살폈다. 그리고 셔츠를 열어 가슴에 빨갛게 칠한 번개 문양을 보여 주었다. 모두들 눈을 동그랗게 뜨고 그를 바라보았다.

"야, 달튼. 그게 도대체 뭐니, 흉측하게?"

토드가 호기심 가득한 눈으로 물었다.

"인디언 전사를 뜻하는 표시야. 남자의 정력을 말하는 것이지."

"그걸 어디에 쓸려고?"

"아직도 몰랐어? 이걸로……, 여자 애들을 황홀경에 빠뜨릴 수 있대. 두고 봐!"

"달튼, 만약 여자 애들이 눈치라도 채는 날엔 어쩌려고 그래?"

피츠가 물었다.

"그럼 더 좋지, 효과가 훨씬 커지니까!"

그는 눈을 찡긋해 보이며 말했다.

"달튼, 아니 누, 누완다 이 엉큼한 녀석……."

캐머룬은 기도 안 찬다는 듯이 입을 딱 벌렸다. 학생들은 그 말을 끝으로 왁자지껄 로비를 빠져 나갔다. 기숙사 현관에 도착했을 때 그들의 눈길이 한쪽으로 쏠렸다. 웬 여학생이 두리번거리며 막 기숙사 문을 열고 안으로 들어서고 있었던 것이다. 크리스였다. 낙스는 너무 놀라 그 자리에 얼어붙고 말았다. 낙스의 심장은 쿵쾅거리며 뛰기 시작했다.

"크리스!"

낙스는 크리스에게 다가서면서도 믿기지 않는다는 표정이었다.

"어, 어떻게 여길 찾아 왔니?"

웰튼 아카데미 기숙사에 여학생이 남학생을 찾아온 것은 개교 이래 단 한 번도 없었던 일이었다. 만약 놀런 교장이 알기라도 하는 날에는 난리가 날 사건이었다. 낙스의 심장은 여전히 쿵쾅대며 금방이라도 밖으로 튀어나올 지경이었다. 크리스는 낙스의 말에 대꾸도 하지 않고 차가운 눈빛으로 쏘아보며 소리쳤다.

"낙스, 너 어쩜 나한테 그럴 수 있니?"

낙스가 친구들의 눈치를 살피며 말했다.

"여긴 웬일이냐고?"

그는 재빨리 크리스의 팔을 붙잡아 구석으로 데리고 갔다. 그때 마침 준비를 마친 키팅 선생이 계단을 내려왔다. 그는 뜻밖의 상황에 얼굴을 잠시 찌푸리더니 곧 입가에 희미한 웃음을 지으며 말했다.

"자, 출발하자."

키팅 선생과 학생들이 밖으로 나가자 낙스가 소리쳤다.

"먼저 가! 금방 뒤따라 갈게."

낙스는 크리스를 기숙사 밖으로 데리고 나갔다. 밖은 캄캄했고 하얀 눈이 계속 쏟아지고 있었다. 거기에는 두 사람뿐이었다.

"왜 내가 오면 안 되니?"

크리스는 아직도 분이 풀리지 않은 목소리였다.

"아니, 너무 뜻밖의 일이라서. 만약 들키면 큰일 나. 우리 모두 무사하지 못할 거야!"

낙스는 어깨를 움츠리며 대답했다. 크리스는 차가운 얼굴로 톡 쏘아붙였다.

"그러셔? 그런 너는, 우리 학교에 몰래 들어와 날 완전히 바보로 만들어 놓고 가도 괜찮고?"

"쉿, 크리스. 오해하지 마! 널 창피하게 만들려고 했던 건 아니었어. 미안해."

낙스가 사과했다. 지금의 자신처럼 그녀의 처지도 난처했을 거라는 생각이 들었기 때문이다.

"듣기 싫어! 어쨌든 나는 바보가 되고 말았어!"

크리스는 계속 낙스를 몰아세웠다.

"그리고 일이 어떻게 된 줄 아니? 체트가 알아 버렸단 말이야. 지금 제정신이 아니야. 널 죽이겠다고 날뛰는 걸 간신히 말리고 왔어. 그걸 알려 주려고 온 거야. 이번 일, 네가 처리해. 난 몰라, 네가 책임지라고."

뜻밖의 문제가 생기고 만 것이다. 낙스의 머릿속에 덩치 큰 체트의 난폭한 모습이 떠올랐다. 생각만 해도 아찔했다. 하지만 그건 어차피 겪어야 할 문제가 아니었던가? 크리스가 그 사실을 알려 주기 위해 학교까지 찾아와 준 것만 해도 너무 고마웠다.

"그래도 나는 너를 사랑해."

낙스는 작지만 단호한 목소리로 말했다.

"넌 계속 날 사랑한다고 하는데 사랑이 뭔지나 아니?"

"크, 크리스……."

"그리고 넌 내가 누군지 알면서 그런 말을 하는 거니!"

그때 학교 전용차에 타고 있던 키팅 선생과 친구들이 낙스에게 빨리 오라는 신호를 보내왔다.

"먼저 가. 난 걸어서 갈게."

낙스가 큰 소리로 대답하자 자동차는 떠났다. 그는 다시 크리스 쪽으로 몸을 돌리며 말했다.

"물론, 난 네가 누군지 알아! 덴버리 씨 저택에서 널 처음 본 순간부터 알아봤지. 너야말로 아름다운 영혼의 소유자라는 사실을 말이야."

"그냥, 그렇게만?"

크리스가 되묻자 낙스는 진지한 표정으로 고개를 끄덕이며 말했다.

"응, 그것뿐이야. 하지만 그걸로 충분해. 넌 내 말이 옳다는 걸 알게 될 거야."

"네 생각이 틀렸다면? 내가 너한테 관심도 없다면 어쩔 셈이지?"

"그건 틀렸어, 크리스."

"내가?"

"정말 그렇다면, 넌 모험을 무릅쓰고 여기까지 오지 않았을 거야. 나에게 체트의 일을 알려 주지도 않았을 거고."

순간적으로 크리스는 할 말을 잊어버렸다. 낙스에게 정곡을 찔린 셈이었다. 역시 웰튼의 수재는 머리가 비상하다는 생각이 들었다. 그녀는 말문이 막히자 화제를 바꾸었다.

"음, 어쨌든. 이제 가봐야겠어."

"어딜?"

"연극 구경."

"체트랑 함께 가니?"

"체트랑 연극을? 농담하지 마."

크리스가 코웃음을 쳤다.

"흥, 체트가 연극을 보러 간다면 해가 서쪽에서 떠오를 걸."

낙스는 크리스의 말이 끝나기를 기다렸다는 듯이 말했다.

"그럼 나랑 같이 가자."

"낙스, 너 정말 대화가 안 되는구나!"

크리스는 기가 막혀 말도 하기 싫다는 표정을 지으며 말했다.

"딱 한 번만 기회를 줘. 오늘 밤 이후로도 내가 싫다면 네 눈앞에 영원히 나타나지 않을게."

"……."

"약속할게, 죽은 시인의 명예를 걸고 말이야. 연극 구경은 나랑 가! 그래도 내가 싫다면 다시는 네 앞에 나타나지 않을게. 그땐 깨끗이 단념하겠어. 맹세한다, 믿어 줘!"

크리스는 망설이고 있었다. 드디어 그녀의 마음이 움직이기 시작했던 것이다.

"만약……, 체트가 이 사실을 알게 된다면, 아마……."

낙스가 크리스를 안심시키며 말했다.

"걱정 마, 좋은 방법이 있어."

공연장 뒷줄에 앉아 있다가 연극이 끝나기 전에 먼저 빠져나오면 된다는 것이 낙스의 생각이었다. 그러면 누구도 눈치를 챌 수 없을 것이다. 그의 설명에 납득이 갔는지 마침내 크리스가 고개를 끄덕이며 말했다.

"낙스, 약속해. 이번이 마지막이라고."

"물론, 죽은 시인의 명예를 걸고 약속할게."

낙스가 선서를 하듯 한쪽 손을 들며 말했다.

"무슨 말이야? 죽은 시인이라는 게?"

"내가 맹세할 때 쓰는 말이야."

낙스는 사랑스런 눈빛으로 크리스를 바라보면서 가슴에 십자 성호를 그었다. 그리고 마음속으로는 '우와!' 하고 환호를 올리며 휘파람을 불었다. 마침내 데이트에 성공한 것이었다. 낙스는 만족한 얼굴로 웃음을 머금고 그녀를 바라보았다. 크리스는 할 수 없다는 듯 한숨을 내쉬었다. 하지만 입가에는 엷은 웃음이 배어나고 있었다. 낙스는 조심스럽게 크리스를 데리고 헨리홀 쪽으로 갔다. 이미 저물어 버린 밤하늘에서는 하얀 눈이 사뿐사뿐 춤을 추며 땅 위에 내려앉고 있었다. 마치 낙스에 대한 크리스의 마음이 좋게 바뀐 것을 축하해 주는 듯했다. 그 순백의 하얀 눈이 두 사람의 머리 위로 끊임없이 내려앉고 있었다.

낙스와 크리스가 헨리홀 강당에 들어갔을 때 강당 안은 이미 초만원을 이루고 있었다. 맨 앞줄에는 키팅 선생과 '죽은 시인의 사회' 친구들이 나란히 앉아 있었다. 낙스와 크리스는 맨 뒷줄에 자리를 잡았다. 그때 친구들이 뒤를 돌아보며 크리스와 함께 있는 낙스를 발견하고 손을 흔들며 격려의 손짓을 보냈다.

드디어 공연이 시작되었다. 머리에 꽃으로 만든 화관을 쓰고 퍽으로 분장한 닐이 무대 위에 나타났다. 그러자 '죽은 시인의 사회' 회원들이 일제히 큰 소리로 환호성을 울렸다. 닐은 잠시 떨리는 표정으로 객석을 둘러보았다. 토드가 엄지와 집게손가락을 모아 동그라미를 만들어 보이며 행운을 빌어 주었다.

아니
너는 요정 아니냐?
지금 어딜 가는 거지?

퍽으로 분장한 닐이 어두운 무대 위에서 주위를 살피더니 요정을 발견하고 대사를 읊기 시작했다.

들을 지나 산을 넘고
골짜기를 지나 수풀을 헤치며
가시덤불을 뚫고…….

요정 역을 맡은 배우가 대답을 했다. 키팅 선생은 관객들 틈에 앉아 있는 학생들을 훑어보았다. 그리고 닐을 향해 엄지를 치켜세워 보였다.

그래요.

당신의 말이 맞았어요.

나는 밤에만 돌아다니는 요정이에요.

오베론 임금님에게 재롱을 떨어 웃게 만들죠.

콩을 너무 많이 먹어 뚱뚱해진 암말을 감쪽같이 속이려고

어린 망아지로 변장했죠…….

닐은 자연스럽게 연기에 빠져 들어갔다. 대사는 거침없었다. 오히려 기성 배우보다 신선하고 활기가 넘쳤다. 그리고 적절한 순간에 관객들을 웃기기도 했다. 친구들도 한결같이 닐의 열정적인 연기에 푹 젖어들었다.

잠시 닐의 대사 연습을 도와주었던 토드는 닐이 무대에 나타날 때마다 연습할 때 했던 대사를 중얼거렸다. 마치 그렇게 하는 것이 친구를 도와주는 것이라도 되는 듯.

"닐, 끝내준다! 정말 멋있어!"

달튼은 잔뜩 흥분해서 친구들에게 속삭였다.

"그래 너무 잘한다!"

"우와, 대단한데!"

"아깝다, 아까워. 저런 재능을 썩히고 있었다니!"

'죽은 시인의 사회' 회원들은 저마다 탄성을 질렀다. 잠시 뒤 라이샌더와 헤르미아가 등장했다. 헤르미아 역을 맡은 지니는 나뭇잎과 나뭇가지로 엮어 만든 옷차림으로 등장했다. 관객들의 눈길이 지니 쪽으로 쏠렸다. 두 사람은 무대에 등장해서 나란히 드러누웠다. 라이샌더가 헤르미아 곁으로 바짝 다가 누우며 먼저 대사를 읊었다.

이 잔디 하나를 베개 삼아 나랑 함께 누우면 되는 거요.
마음도 하나, 침대도 하나, 우리 가슴 속엔 진실된 사랑
하나가 있으니까.

헤르미아 역을 맡은 지니 덴버리가 깜찍하게 대사를 받아 읊었다.

안 돼요, 그러시면 안 돼요.
우리의 우정과 사랑을 지키고 싶어요.
조금만 떨어져 다시 한 번 생각해 보세요.
우리는 아직 결혼 전이에요.

달튼은 팸플릿을 훑어보며 헤르미아로 분장한 여배우를 찾았다. '지니 덴버리라……. 정말 예쁘게 생겼는걸?'

그러니 저를 순결한 신부로 지켜 주세요.
이대로 떨어져서 자도록 해요.
소중한 사람
이 목숨 끝나는 날까지
그대 위한 사랑 변치 않겠어요!

달튼은 숨을 크게 내쉬었다. 그리고 다시 나뭇잎과 나뭇가지들로 엮은 지니의 옷으로 눈길을 돌렸다. 그녀의 연기는 완벽했다. 그는 지니의 연기에 완전히 넋이 빠져 홀딱 반해 있었다. 지니와 라이샌더가 자신들이 맡은 장면을 연기하는 동안 닐은 무대 옆에 서서 객석의 반응을 살피고 있었다.

관객들은 만족한 듯 무대 쪽을 진지하게 쳐다보고 있었다. 이젠 떨리는 가슴도 진정되고 마음도 흐뭇했다. 닐은 객석 앞쪽에 있는 '죽은 시인의 사회' 친구들의 모습을 찾았다. 키팅 선생님의 모습도 보였다. 키팅 선생은 잠깐씩 고개를 돌리며 옆 사람과 귓속말을 나누고 있었다.

그때였다. 흐뭇한 마음으로 객석을 둘러보던 그의 얼굴이 순간적으로 굳어졌다. 아버지가 강당 뒤 통로에서 무서운 얼굴로 무대 쪽을 노려보고 있었기 때문이다. 닐은 맥박이 빨라지고 호흡이 거칠어지며 다리까지 후들거렸다. 공포에 가까운 두려움으로 얼굴 근육이 마비되는 것 같았다. 무대 위에서는 라이샌더와 지니가 마지막 장면을 연기하고 있었다.

그렇다면 당신의 말을 따르리다.
난 여기에서 자겠소.
충분한 잠이 그대에게 달콤한 휴식을 주길!

헤르미아가 라이샌더의 대사를 받았다.

그 기도의 절반은

기도를 올리는 당신께 바치겠어요!

두 사람은 약간 떨어져 무대 위에 누워 잠 속으로 빠져들었다. 장면이 바뀌고 퍽의 다음 등장을 알리는 음악이 흘러나왔다.

"닐, 네 차례야."

멍하니 서 있는 닐을 누군가 잡아끌었다. 그는 무대로 올라갔다. 대사가 없는 낭만적이고 흥겨운 축제 장면이었다. 닐은 환상의 세계를 넘나드는 요정처럼 가볍게 몸을 놀리며 춤을 추었다. 다른 배우들도 음악에 맞춰 여러 가지 동작으로 천천히 등장했다.

헤르미아 역의 지니 덴버리가 점점 더 스포트라이트를 받게 되면서 달튼은 완전히 넋이 나가고 말았다. 키팅 선생을 비롯해 다른 친구들도 탄성을 질러 댔다. 모두들 흡족해 하고 있었다.

친구들과 떨어져 맨 뒤에 앉아 있던 낙스는 연극 관람에 집중하지 못했다. 옆에 있는 크리스 때문이었다. 낙스의 얼굴에는 크리스와 같이 연극을 보게 된 황홀감이 그대로 드러나 있었다. 자신의 감정을 드러내지 않으려고 무척 애를 썼지만 뜻대로 되지 않았다. 크리스 역시 연극에 푹 빠져 있었다. 그때 낙스는 감정을 억제하지 못하고 살며시 크리스의 손을 잡고 말았다. 그녀가 뿌리친다 해도 이제 겁나지 않았다. 싫다고 하면 약속대로 단념할 생각이었다. 그런데 그녀는 낙스의 손을 뿌리치지 않았다. 오히려 정반대였다. 크리스도 말없이 낙스의 손을 꼭 쥐었다. 그녀 역시 낙스에게 끌리고 있었던 것이다.

배경 음악이 끝나자 퍽으로 분장한 닐만 무대 위에 홀로 남았다. 그는 관객들을 둘러보았다. 약속이나 한 듯 관객들은 일제히 숨을 죽였다. 닐의 연기가 그만큼 뛰어나다는 증거였다. 그때 노기로 일그러진 아버지의 얼굴이 닐의 눈에 들어왔다. 하지만 닐의 뇌리에는 지금과 같은 기회가 두 번 다시 주어지지 않을 것이라는 생각이 들었다. 그는 아버지에게 자신의 진심을 알려야겠다고 생각했다. 닐은 장승처럼 우뚝 서서 대사를 읊어 나갔다. 관객을 위한 독백이었지만 사실은 객석 뒤에서 있는 아버지를 향한 것이었다.

저희 요정들의 공연이 마음에 들지 않으셨다면
이렇게 생각해 주세요.
그래야 모든 것이 바로 설 테니까요.
여러분은 잠시 낮잠을 잤을 뿐이라고.
덧없고 무의미한 얘기지만
한낮의 꿈이었다고 생각하지 마시길.

닐은 대사를 읊는 동안 아버지의 표정을 계속 살폈다. 아버지의 모습에는 별다른 변화가 없었다. 그는 가슴 깊은 곳에서 우러나오는 열정으로 아버지에게 간절히 호소했다.

부디 꾸짖지 말아 주세요.
용서해 주신다면 고쳐 나갈 테니까요.
정직한 퍽이 약속드리니,
뱀과 같은 독설을 거두시어
우리에게 뜻밖의 행운을 주신다면
머지않아 좀 더 나은 공연을 보여 드리겠습니다.
퍽은 거짓말을 하지 않습니다.
그럼 여러분 안녕히 가십시오.
박수를 쳐 주세요,
저희들이 친구라면 말입니다.
열심히 해 보겠습니다.

닐의 독백을 끝으로 연극은 막을 내렸다. 그는 두 팔을 벌려 관객들에게 인사를 했다. 객석에서 뜨거운 박수가 터져 나왔다. 키팅 선생과 '죽은 시인의 사회' 회원들은 모두 일어나 열렬한 갈채를 보냈다. 다른 관객들도 따라 일어서며 박수를 쳤다. 관객들 모두 닐을 비롯한 배우들에게 찬사를 보내며 그들을 다시 무대로 불러냈다.

무대 뒤에 서 있던 닐은 가슴이 벅차올랐다. 배우들은 관객들의 요청으로 다시 무대로 나가 한 사람씩 허리 숙여 인사를 했다. 그 가운데 지니 덴버리가 가장 큰 인기를 끌었다. 지니는 자신을 향해 열광적으로 박수를 치며 큰 소리로 환성을 지르는 달튼에게 방긋 웃어 주었다. 객석 뒤에 앉아 있던 낙스와 크리스도 함께 박수를 쳤다. 두 사람은 활짝 웃으며 서로 손을 잡았다. 이제 크리스도 순순히 낙스에게 손을 맡겨 왔고 둘은 행복해 했다.

드디어 닐의 차례가 다가왔다. 그가 허리를 숙여 인사하자 관객들의 박수 소리와 함께 친구들의 열광적인 환호성이 뒤섞여 강당 안은 떠나갈 것 같았다. 무엇보다 '죽은 시인의 사회' 친구들이 열광하며 한마디씩 했다.

"닐, 축하해! 성공이야!"

"그래, 대성공이야!"

배우들은 무대 인사를 끝낸 뒤 각자 객석으로 내려가 친지, 동료들을 찾아갔다. 어떤 관객은 무대 위로 뛰어올라가 축하해 주기도 했다. 그때 연출을 맡았던 선생님이 마이크를 잡고 분위기를 정리했다.

"가족들과 친구들은 로비 쪽에서 출연자들을 만나 주시기 바랍니다!"

"닐!"

토드가 닐을 불렀다. '죽은 시인의 사회' 회원들이 동그랗게 닐을 감쌌다.

"로비에서 기다릴게! 너, 오늘 정말 잘하더라!"

무대 위에 있는 지니 덴버리 주위에도 축하해 주는 사람들로 와글와글 했다. 달튼은 연출선생의 안내 방송에도 아랑곳하지 않고 무대 위로 뛰어올라갔다. 그때 귓가에 어떤 남학생이 말하는 소리가 들렸다.

"지니, 잘했어!"

라이샌더 역을 맡았던 소년이었다. 그는 지니의 어깨에 팔을 두르고 있었다. 라이샌더의 말이 이어졌다.

"정말 축하해!"

그러더니 지니를 끌어안았다. 달튼은 태연한 척 사람들 틈을 비집고 지니에게 성큼 다가섰다. 그리고 잔뜩 분위기를 잡고는 진지한 목소리로 말했다.

"그대의 두 눈에서 광채가 뿜어져 나오네."

달튼은 언젠가 인용했던 시를 진지하게 읊었다. 지니 덴버리는 달튼의 뜻을 알아챘는지 살짝 웃어 보였다. 두 사람의 눈길이 뜨겁게 마주쳤다. 그 모습을 본 라이샌더가 어색하게 웃으면서 슬며시 자리를 비켜 주었다.

한편 무대 뒤 분장실에서는 기쁨으로 들뜬 남자 배우들이 모여 있었다. 그들은 닐을 어깨 위로 들어 올리며 자축하고 있었다. 여기저기에서 나름대로의 축하 의식이 벌어지고 있을 때였다. 연출선생이 걱정스런 표정을 지으며 분장실로 들어왔다.

"닐!"

그의 목소리는 착 가라앉아 있었다.

"아버지께서 오셨어."

닐은 얼른 친구들의 어깨에서 내려와 연출선생 뒤를 따라 밖으로 나갔다. 외투를 입기 위해 다시 무대로 올라가던 닐은 객석 뒤에 서 있던 아버지와 눈이 마주쳤다. 아버지의 눈은 분노로 일그러져 있었다. 그는 머뭇거렸다. 각오한 일이긴 했지만 막상 아버지를 대하니 심장이 두근거렸다. 그는 무대 아래로 내려갔다. 통로를 따라 걷는 동안 머리에 쓰고 있던 화관을 벗어 손에 들었다. 그때 무대 반대쪽에서 달튼이 닐을 보고 큰 소리로 불렀다.

"닐!"

하지만 그는 대답할 수 없었다. 달튼은 닐이 아버지와 함께 있는 것을 보고 뭔가 일이 잘못되어 가고 있음을 알아차렸다. 달튼은 지니 덴버리의 손을 잡고 무대 밖으로 나갔다.

키팅 선생과 친구들이 로비에서 닐을 기다리고 있었다. 그때 낙스가 크리스를 데리고 다가왔다.

"모두 여기 있었구나! 소개할게, 크리스야!"

"햐, 드디어 해냈구나! 그렇게 애간장을 태우더니!"

믹스의 말에 낙스가 눈을 흘기며 입을 삐죽거렸다.

"아니……. 그러니까……. 내 말은……."

믹스가 둘러댈 말을 찾지 못하고 그냥 얼버무렸다. 믹스, 토드, 캐머룬은 낙스와 크리스를 둘러싸고 이야기꽃을 피우며 닐을 기다렸다. 그때 로비로 통하는 강당 문이 확 젖혀졌다. 닐의 아버지 페리 씨가 마치 죄수를 다루듯이 닐을 끌고 나왔다. 그 뒤를 달튼과 지니가 따라 나왔다. 상황이 어떻게 되고 있는지 모르는 사람들은 로비에 닐이 나타나자 축하의 말을 보냈다. 학생들이 모여들자 페리 씨는 잠시 아들을 놓아 주었다. 순식간에 닐은 사람들에 의해 둘러싸여 버렸다. 토드와 죽은 시인의 사회 친구들이 닐에게 가까이 다가서려 했지만 힘들 정도였다. 토드가 소리쳤다.

"닐! 정말 굉장했어!"

"우리 축하 파티 열자!"

낙스도 신이 나서 말했다. 닐은 뒤에 서 있는 아버지를 힐끗 쳐다보더니 풀 죽은 목소리로 말했다.

"소용없게 됐어……."

그때 키팅 선생이 닐에게 다가갔다. 그는 닐의 어깨를 감싸 안으며 따뜻한 말로 축하의 말을 했다.

"닐! 아주 훌륭했다! 정말 잘 했어!"

키팅은 닐의 연기가 무척 만족스러웠다는 듯 연신 싱글거렸다. 그때였다. 갑자기 페리 씨가 키팅 선생의 손을 강하게 뿌리쳤다.

"이봐! 내 아들에게서 당장 손 떼지 못해?"

천둥 같은 목소리였다. 주위에 있던 사람들이 모두 돌아보았다. 페리 씨는 분노에 가득 찬 눈으로 키팅 선생을 쏘아보았다. 갑자기 로비 안에 싸늘한 기운이 감돌았다. 사람들은 아무 말도 못한 채 페리 씨와 닐을 바라볼 뿐이었다. 잠시 후 페리 씨는 로비를 나가 밖에 세워 둔 자동차로 갔다. 그는 닐을 떠밀어 차 안에 태웠다. 달튼이 두 사람을 따라 나가려고 했다. 키팅 선생이 달튼을 불러 세웠다.

"상황을 더 나쁘게 할 뿐이다."그의 목소리에는 안타까움이 묻어 있었다. 페리 씨는 시동을 걸고 자동차를 출발시켰다. 창문을 통해 언뜻 비치는 닐의 모습은 마치 단두대로 끌려가는 사형수 같았다. 차가 떠나자 토드가 절규하듯 닐의 이름을 소리쳐 불렀다.

"니-일!"

자동차는 금방 사라져 버렸다. 뜻하지 않은 사태를 지켜봐야 했던 '죽은 시인의 사회' 회원들은 할 말을 잊고 힘없이 로비에 서 있었다.

"선생님!"

달튼이 키팅 선생을 불렀다.

"……."

키팅은 생각에 잠겨 달튼이 부르는 소리에 아무런 대꾸도 하지 않았다.

"선장님!"

"그래, 이만 돌아가자."

그는 조용히 말했다. 그의 말에 모두들 로비를 나가 돌아갈 준비를 했다. 키팅은 아버지에게 끌려가다시피 하면서 사라진 닐을 생각하자 몸이 떨려 왔다. 닐에게는 동정심이 갔고, 아버지 페리 씨에게는 분노가 치밀었다.

12

널의 어머니는 서재 구석에 앉아 남편과 아들을 초조히 기다리고 있었다. 그녀는 너무 울어 얼굴이 퉁퉁 부어 있었다. 서재에는 낡은 책상과 의자가 있었고 한쪽 벽에는 책이 가득했다.

닐의 어머니는 닐을 잡아오겠다며 화를 내면서 나간 남편 페리 씨 때문에 걱정이 이만저만한 것이 아니었다. 그녀 역시 하나뿐인 아들에 대해 지나친 욕심을 가진 것은 사실이었다. 하지만 남편은 정도가 심했다. 교육에 관한 한 자신과 닐의 생각을 조금도 받아들이려고 하지 않았다. 오로지 공부에만 전념해 아이비리그 대학에 들어가 의사가 되어야 한다고 고집했고, 그런 남편의 뜻을 거역하는 아들이 안타까울 따름이었다.

그녀는 초조함을 없애기 위해 담배를 피워 물었다. 자꾸만 무슨 일이 벌어질 것만 같은 불길한 예감이 들었다. 자동차 소리가 들리더니 서재의 문이 열렸다. 닐이 들어왔다. 그는 그때까지 연극 의상을 입은 채였다. 닐의 눈동자는 얼마나 울었는지 빨갛게 충혈되어 있었다. 어머니를 본 닐이 무언가 말을 건네려 하자 아버지가 재빨리 막아서며 소리쳤다.

"닐!"

"……."

"너 정말 이래도 되는 게냐?"

"……."

"나는 네가 왜 부모 말을 거역하고 쓸데없는 고집을 피웠는지 이해하려고 무척 애쓰고 있다."

아버지의 목소리는 싸늘했다. 닐은 자신을 이해한다는 아버지의 말이 가증스럽게 느껴졌다. 자신의 마음을 조금이라도 이해한다면 이럴 수는 없는 일 아닌가. 차라리 뺨이라도 한 대 때렸으면 하는 심정이었다.

"좋다, 할 말 있으면 해 봐!"

"……."

"어쨌든 나는 더 이상 네 인생을 망치도록 그냥 놔 둘 수 없다. 이제 너는 더 이상 웰튼을 다닐 수 없어!"

닐은 심장이 멎는 것 같았다. 그것만은 안 된다는 반발심이 불쑥 머리를 스쳐 지나갔다. 하지만 그는 어떤 말도 할 수 없었다.

"내일 당장 브레이든 군사학교로 보내겠다. 넌 그곳에서 하버드로 진학해 의사가 되는 거야! 알겠지!"

이번에도 아버지는 일방통행이었다. 자기 인생이 달린 그렇게 중요한 문제를 두고 아버지는 당사자인 닐은커녕 어머니와도 의논하려 들지 않았다. 언제나 혼자 마음대로 결정하고 강압적으로 명령을 내렸다. 게다가 마지막에는 어머니의 뜻이라는 말로 닐을 달랬다.

어머니의 생각은 아버지와 많이 달랐다. 남편으로서의 페리 씨는 자상하고 다정했다. 그러나 아들의 장래에 관한 문제에는 양보나 상의가 일절 없었다. 그러다보니 마치 폭군 행세를 하는 남편의 뜻을 따를 수밖에 없었다. 어머니는 가정의 평화와 아들 닐을 위해 남편의 결정에 간섭하지 않을 뿐이었지 뜻이 같은 건 아니었다.

"아버지!"

닐의 충혈된 눈에서 뜨거운 눈물이 흘러나왔다. 웰튼을 떠나라는 아버지의 말은 커다란 충격이었다. 그는 강한 반발심으로 아버지를 노려보았다. 아무리 아버지의 명령이라 해도 그것만은 받아들일 수 없었다.

"뭐냐?"

"의사가 되라는 말씀은 저도 알아요……."

"그래서!"

"아직도 10년이나 남은 일이에요. 게다가 그건 제가 평생 해야 할 일이고요. 그런데……."

"그런데?"

아버지의 목소리가 높아지자 닐은 입을 다물고 말았다. 뭐라고 자신의 생각을 설명하려 했지만 더 이상 말이 나오지 않았다. 아버지는 결코 말대꾸를 용납하지 않는 사람 아닌가. 결국 아버지의 말만 계속됐다.

"넌 지금 내가 평생 꿈조차 꿔 보지 못한 기회를 잡고 있다. 나는 그 기회를 놓쳐 버리는 네 꼴을 더 이상 지켜볼 수가 없어. 그런 연극 따위로 말이야! 넌 아버지를 속이고도 자랑스럽게 웃고 있었다. 바로 네 인생을 짓밟는 행위란 걸 정말 모르겠니?"

"……."

"내 말 알아들었지?"

"……."

"왜 대답이 없어?"

"네."

"더 할 말이 있니?"

"없어요."

왜 하고픈 말이 없을까? 닐은 키팅 선생이 깨우쳐 준 대로 진정으로 자신이 하고 싶은 일에 대해 말하고 싶었다. 하지만 그는 아무 말도 할 수 없었다. 태어나 처음으로 아버지의 허락도 받지 않고 몰래 하고 싶은 일을 한 뒤였다. 어차피 말을 해도 들어 주지도 않을 게 아닌가. 차라리 입을 다물어 버리기로 했다.

"할 말 없으면 그만 가서 자거라."

아버지는 말을 마치자마자 서재를 나가 버렸다. 닐의 눈에서 뜨거운 눈물이 흘러내렸다. 그때까지 부자 간의 대화를 엿듣고 있던 어머니가 곁으로 다가왔다. 슬픈 표정이 뚜렷했다.

"닐, 진정해라……."

어머니는 목이 메여 더 이상 말을 하지 못했다. 다만 아들의 등을 조용히 쓰다듬은 뒤 아버지의 뒤를 따라 방을 나갔다. 닐은 감정이 완전히 메말라 버린 채 방 안에 홀로 서 있었다. 아버지가 일방적으로 결정해 버린 자신의 미래가 끔찍하게 머리를 파고들었다. 그는 두 손으로 머리를 감싸고 세차게 흔들었다. 몸과 마음을 텅 빈 진공 상태로 만들어 버리고 싶었다.

'죽은 시인의 사회' 회원들은 곧바로 웰튼으로 돌아가지 않았다. 닐의 문제로 마음이 착잡했기 때문이다. 그들은 자신도 모르게 동굴로 향하고 있었다. 동굴에 들어가자마자 램프 주위에 모여 섰다. 마치 조금의 온기라도 느끼려는 듯한 모습이었다. 달튼 옆에 술병이 나동그라져 있었다. 그는 술이 반쯤 남은 채 바닥에 뒹굴고 있는 병을 집어 들었다. 모두들 답답한 얼굴로 램프를 쳐다보고 있었다. 그 램프는 닐이 동굴로 가져와 직접 '죽은 시인의 사회'의 상징으로 정한 것이었다.

"낙스, 난 이제 가봐야겠어. 체트가 전화할 거야."

걱정스런 얼굴로 크리스가 말했다.

"조금만 있어 봐. 곧 갈 거야. 아까 약속했잖아."

낙스는 크리스의 손을 꼭 잡았다.

"너 정말……."

크리스는 입술을 꼭 다물며 낙스를 빤히 쳐다보았다. 그리고 낙스의 손을 마주 잡았다.

"캐머룬은 어디 간 거야?"

믹스가 말했다. 남은 술을 한 모금 마시던 달튼이 대답했다.

"알게 뭐야! 그깟 놈한테 신경 쓸 것 없어!"

토드가 갑자기 벌떡 일어섰다. 그리고 주먹으로 동굴 벽을 쾅 하고 치더니 소리쳤다.

"닐의 아버지를 만나기만 해 봐라! 한 방 날려 주고 말겠어! 그 다음에 내가 어떻게 되든 상관하지 않겠어!"

"그건 바보 같은 짓이야."

피츠가 말했다. 토드는 초조한 듯 동굴 안을 서성거렸다. 그때 갑자기 키팅 선생이 동굴 속으로 머리를 쑥 들이밀었다. 선생님의 등 뒤로 달빛이 환히 비추고 있었다.

"아니! 선생님!"

모두 놀라 소리쳤다. 달튼은 얼른 술병을 뒤로 감추었다.

"너희들이 여기에 있을 줄 알았지."

키팅 선생은 웃고 있었다. 그는 침통해 보이는 제자들의 얼굴을 둘러보며 입을 열었다.

"닐은 너희가 이러고 있는 걸 바라지 않을 게다. 얼굴 좀 펴

라!"

"닐을 기념하는 뜻으로 모임을 여는 게 어떨까요? 선생님."

달튼이 진지한 얼굴로 말했다.

"선장님, 사회를 맡아 주세요."

모두들 찬성이었다.

"얘들아 안 돼, 난……."

그는 머뭇거렸다.

"어서요, 선생님, 제발 부탁 드려요……."

믹스가 간절하게 말했다. 그는 제자들의 간절한 표정을 보며 주위를 한 바퀴 둘러보았다. 그리고 잠시 학창 시절을 떠올렸다. 키팅은 잠시 머뭇거리더니 마침내 '죽은 시인의 사회' 회원들의 부탁을 받아들였다.

"그럼 좋다. 대신 짧은 거다."

나는 숲으로 갔다.
왜냐하면 인생을 자유롭게 살고 싶어서였다.
나는 인생의 정수를 마음속 깊이
그리고 끝까지 맛보며 살고 싶다.
삶이 아닌 모든 것들을 털어 버리기 위해
목숨이 다하는 그 순간까지
삶이 끝났다고 포기하지 말자.

키팅은 이 대목에서 잠시 멈추고 또 다른 시를 읊었다.

"이번에는 E. E. 커밍스의 작품이다."

꿈을 찾아 뛰어올라라.
그렇지 않으면 표어가 발목을 잡는다.
나무는 그 뿌리이며 바람은 바람이다.
자신의 마음을 믿어라.
비록 바다가 날뛰더라도
별들이 뒷걸음질쳐도
사랑을 믿으며 살아가자.
과거를 기리고
미래를 반겨 맞이하자.
이 혼례의 자리에서 춤을 추자.
죽음을 몰아내자.
이 세상에 악당들이 들끓어도 영웅이
넘쳐나도 걱정하지 마라.
신이 사랑하는 건 여자와 내일과 이 땅이니라.

그는 시 낭송을 마치고 동굴 안을 둘러보았다.
"이번엔 누구 차례지?"
"……."
아무도 나서는 학생이 없었다.
"왜들 그러니? 부끄러워할 것 없다."
그는 다시 한 번 제자들을 둘러보았다.

"제가 해 볼게요."

시 낭송에 자신 없어 하던 토드가 드디어 나섰다.

"네가 계속 써 왔던 시 말이야?"

달튼이 물었다.

"응."

토드가 끄덕였다. 늘 자기 차례만 되면 꽁무니를 빼던 토드였다. 그런 그가 스스로, 그것도 자작시를 읊겠다고 하자 친구들이 놀라 입을 다물지 못했다. 토드는 한 걸음 앞으로 나가 꼬깃꼬깃 구겨진 종이를 꺼냈다. 그는 모두에게 종이조각을 한 장씩 나누어 주었다. 그리고 그 가운데 하나를 치켜들며 말했다.

"한 연이 끝날 때마다 모두 거기에 적힌 문구를 읽어 줘."

토드는 자신의 시를 소리 내어 읽기 시작했다.

우리는 내일을 꿈꾸지만 내일은 오지 않는다.
우리는 영광을 꿈꾸지만 그것을 바라지 않는다.
우리는 새날을 꿈꾸지만 새날은 이미 여기 와 있다.
우리는 전쟁터에서 도망치지 말고 맞서 싸워야 한다.

토드가 고개를 끄덕이며 신호를 보내자 모두들 종이에 적힌 시구를 소리 내어 읊었다.

그런데 지금 우리는 잠들어 있다.

토드는 계속 시를 읊었다.

우리를 부르는 소리를 듣지만 마음은 다른 곳에 가 있다.
미래의 성공을 꿈꾸지만 희망일 뿐이다.
지혜를 꿈꾸지만 우리는 날마다 피하며 살아간다.
구원을 위해 기도하지만
구원은 이미 우리 마음에 와 있다.

그런데 지금 우리는 잠들어 있다.

그런데 지금 우리는 잠들어 있다.
그런데 지금 우리는 기도하고 있다.
그런데 지금 우리는 두려워하고 있다.

토드는 슬픈 표정을 짓더니 낭송을 멈췄다. 그리고 잠시 뒤 '그런데 지금 우리는 잠들어 있다.'라고 읊고는 종이조각을 접었다. 동굴 안에 있던 사람들이 일제히 박수를 쳤다.

"야! 정말 멋있다!"

감동을 받은 믹스가 찬사를 보냈다. 토드는 빙그레 웃으며 쏟아지는 칭찬과 자신의 등을 두드려 주는 격려의 손길을 고마워하며 받아들였다. 키팅 선생은 토드의 눈부신 발전을 보며 무척 기뻐했다. 그는 동굴 천장에 매달려 있는 고드름을 따서 그 안을 들여다보며 말했다.

내 손에는 수정 구슬이 있노라.

이 속에

토드 앤더슨의 위대한 미래가 담겨 있음을 보노라!

토드는 키팅 선생을 뚫어지게 쳐다보았다. 그러더니 갑자기 두 사람은 서로를 힘껏 얼싸안았다. 잠시 후 키팅 선생은 팔을 풀고 다른 학생들을 향해 돌아섰다.

"이번에는 말이야."

그가 계속 말을 이었다.

"베이첼 린지가 지은 '윌리엄 부스 장군 천국에 들어가다'이다. 내가 중간에 말을 멈추면, 모두들 '그대는 어린양의 피로 몸을 깨끗이 씻었는가?' 라고 받는 거다."

키팅은 다시 시를 읊기 시작했다.

부스 장군은 큰 북을 둘러메고

용맹스럽게 선두에 나섰네…….

모두들 키팅 선생의 낭송에 맞춰 마지막 연을 따라 읊었다.

그대는 어린양의 피로 몸을 깨끗이 씻었는가?

키팅은 시를 읊으며 슬그머니 동굴 밖으로 나갔다. 그러자 모두들 뒤를 따랐다. 그렇게 시를 주고받으며 스승과 제자들은 웰튼 아카데미 쪽으로 걸음을 옮기고 있었다.

'죽은 시인의 사회' 회원들과 키팅이 동굴에서 닐을 위해 우정의 시를 낭송하던 바로 그 시간이었다. 닐은 어두운 방에 혼자 앉아 창밖을 내다보고 있었다. 모든 열정이 사그라지고 빈껍데기만 남은 느낌이 들었다. 웰튼 아카데미를 그만둔다는 것은 사형선고나 마찬가지였다. 학교에는 자신이 이끌던 '죽은 시인의 사회'가 있다. 수풀 속의 은신처인 동굴이 있고, 세상에서 가장 멋진 친구들도 있다. 게다가 신선한 충격과 함께 인간의 긍지를 깨닫게 해 준 키팅 선생님이 있었다.

그런 모든 것은 바로 닐 자신이었다. 목숨보다 더 소중한 보물이었다. 이제 내일 아침이면 아버지는 학교로 놀런 교장을 찾아갈 것이다. 그리고 아들이 원하는 꿈이 아니라 자신의 꿈을 이루기 위해 브레이든 군사학교로 전학 수속을 밟을 것이다. 하지만 닐은 그럴 수 없었다. 더 이상 아버지의 독선을 참을 수가 없었다. 그렇다고 완고한 아버지를 설득하기도 싫었다. 키팅 선생님의 충고처럼 열여덟 살이 될 때까지 버텨낼 힘도 없었다. 더 이상 자신이 설 자리가 없다고 느껴졌다.

닐은 앉아 있던 자리에서 일어나 천천히 창문을 열었다. 몇 시간 전까지 온몸을 휘감고 있던 열정이 모두 사그라져 버렸다. 그는 자신이 쉽게 부서지고 마는, 속이 텅 빈 소라 껍데기

같다는 생각이 들었다. 떨어지는 눈꽃송이 하나조차 지탱하지 못하는 그런 존재라는 생각도 들었다. 밤바람이 몰아치자 커튼 자락이 휘날렸다.

13

휘영청 밝은 둥근 달이 밤하늘에 걸쳐 있었다. 헤아릴 수 없는 수많은 별들이 반짝거렸다. 하늘은 구름 한 점 없이 맑고 바람은 유난히 차가웠다. 고드름이 매달려 있는 나무 사이로 한 무리의 사람들이 지나가고 있었다. '죽은 시인의 사회' 회원들과 지니 덴버리, 크리스가 키팅 선생의 뒤를 따라 걷고 있었다. 산바람이 몰아쳤다. 달빛을 받아 나뭇가지에 매달려 있던 고드름이 다이아몬드처럼 반짝이며 흔들렸다. 키팅 선생이 먼저 시를 읊자 학생들이 입을 모아 받았다.

성자들이 우울하게 웃으며 말했다
저기 그가 와서…….

그대는 어린양의 피로 몸을 깨끗이 씻었는가?

문둥이들이 꼬리에 꼬리를 물고 뒤따라가네.
진흙탕의 갈대와
뒷골목의 매춘부와
창백한 약물 중독자가 넘실대며 춤을 춘다.
정욕에 지친 사람들이여
영혼의 힘은 덧없이 약해진다…….

그대는 어린양의 피로 몸을 깨끗이 씻었는가?

존 키팅 선생과 '죽은 시인의 사회' 회원들이 밤의 정적을 깨뜨리며 행진을 하고 있을 때 페리 씨의 집에는 아주 불길한 정적이 휘감고 있었다. 페리 부부는 잠자리에 들기 위해 불을 껐다. 그때 2층 닐의 방문이 소리 없이 열렸다. 열린 창문으로 겨울바람이 스산하게 밀려들어왔다. 침실을 나온 닐은 잠시 주위를 두리번거렸다. 그는 복도 모퉁이를 돌아 조심스럽게 아래층으로 내려갔다. 페리 부부는 침실 밖에서 들리는 소리를 조금도 알아채지 못했다.

고요한 달빛이 페리 씨의 서재로 스며들고 있었다. 닐은 아버지의 책상으로 다가가 맨 위쪽 서랍을 열고 깊숙이 손을 넣었다. 열쇠를 꺼낸 다음 맨 아래 쪽 서랍의 자물쇠를 열었다. 닐은 가죽으로 된 의자에 앉아 책상 반대쪽으로 손을 뻗었다.

거기에는 닐이 연극에서 썼던 꽃으로 꾸민 화관이 놓여 있었다. 그는 화관을 천천히 머리 위에 얹었다.

행진을 계속하던 키팅 선생과 '죽은 시인의 사회' 회원들은 꽁꽁 얼어붙은 폭포 옆에서 발걸음을 멈췄다. 쏟아지던 물살이 얼어붙은 폭포는 마치 중력의 법칙을 부정하고 있는 듯했다. 모두들 그 아름다운 모양에 취해 넋을 잃었다. 밤하늘은 눈이 부시도록 맑고 깨끗했다. 눈 위에 되비친 달빛은 푸르스름한 광채를 띠었고, 그들은 더욱 소리를 높여 시를 읊었다.

삼베옷과 가시관을 쓰신 그리스도가
부스 장군에게 다가서자 군중은 무릎을 꿇었네.
부스도 왕이신 예수를 발견하고
그분께 머리 숙여 인사했네.
그는 이 성스러운 땅 위에 무릎 꿇고 눈물을 흘렸네.

그대는 어린양의 피로 몸을 깨끗이 씻었는가?

푸르스름한 달빛과 얼어붙은 폭포의 신비로운 모습이 한데 어우러지면서 그들이 읊는 시의 언어가 마술로 바뀌어 버렸다. 그들은 달빛이 쏟아내는 황홀한 분위기와 시에 취해 눈밭위에서 덩실덩실 춤을 추었다. 일동 모두는 그렇게 흥겹고 황홀한 꿈속으로 잠겨들고 있었다.

낙스와 크리스는 무리에서 멀리 떨어져 걸었다. 그리고 얼어붙은 달빛 아래에서 서로 껴안으며 부드럽고 뜨거운 입맞춤을 나누었다.

페리 씨 집 주변은 쥐죽은 듯 고요했다. 페리 부부는 잠을 이루지 못하고 뒤척이고 있었다. 그들은 서로 등을 돌리고 누워 다른 생각으로 아들의 미래를 걱정했다. 페리 부인의 소리없는 흐느낌이 조그맣게 들렸다. 잠시 뒤 잠이 들었는지 두 사람의 숨소리가 가지런히 들리기 시작했다. 그때였다. 갑자기 고막을 울리는 굉음이 밤의 정적을 깨고 들려왔다.

"무슨 소리지?"

페리 씨가 화들짝 놀라며 잠자리에서 일어났다.

"왜 그러세요?"

아직 잠에서 덜 깬 페리 부인이 물었다.

"이상한 소리가 들렸어. 당신 못 들었소?"

"어디서요?"

"집안에서 들렸어."

"……."

페리 씨는 침대에서 내려와 복도로 나갔다. 불길한 예감이 스쳤다. 그는 복도를 오가며 주위를 살폈으나 별다른 이상을 찾지 못했다. 고개를 갸웃거리던 페리 씨는 닐의 침실 쪽으로 가며 아들의 이름을 불렀다.

"닐!"

방문이 열려 있었다. 페리 씨는 순간적으로 불길한 생각이 들었다. 방 안으로 들어가며 큰 소리로 아들의 이름을 불렀다.

"닐!"

닐은 방 안에 없었다. 아들의 모습이 보이지 않자 불길한 생각은 점점 두려움으로 바뀌고 있었다. 갑자기 커튼이 날리면서 찬바람이 방 안으로 휙 몰아쳐 들어왔다. 페리 씨는 등골이 오싹했다. 창문은 활짝 열려 있었고 창밖에는 얼음장 같은 달빛이 하얗게 쏟아져 내리고 있었다. 페리 씨는 점점 더 무서운 생각이 들었다. 그는 서둘러 계단을 뛰어내려갔다. 페리 부인이 가운을 걸치고 남편을 뒤쫓았다.

'도대체 무슨 일이 생겼단 말인가, 이 밤중에.'

페리 씨 부부는 상상할 수가 없었다. 두 사람은 식당과 거실 심지어 정원 곳곳을 뒤져보았다. 하지만 이상한 흔적이나 닐의 모습은 어디에도 보이지 않았다. 그들은 다시 한 번 아들의 이름을 불러 보았다.

"닐! 닐!"

문득 페리 씨 뇌리에 서재가 떠올랐다.

'혹시, 거기에?'

그는 서재 쪽으로 재빨리 뛰어갔다. 역시 문이 열려 있었다. 혹시나 하는 마음으로 불을 밝힌 뒤 방 안을 둘러보았다. 이상한 점은 하나도 없었다. 페리 부인도 남편의 어깨 너머로 아들이 없음을 확인하자 안도의 숨을 내쉬었다.

그때였다. 두 사람이 몸을 돌려 막 방을 나오려는 순간, 양

탄자 위에 뭔가 반짝이는 검은 물체가 페리 씨의 눈에 들어왔다. 페리 씨는 심장이 멎는 것 같았다. 서랍 깊이 숨겨 놓았던 자신의 권총이었다. 떨리는 몸으로 책상 앞으로 다가갔다. 그러자 핏기 없는 하얀 손이 눈에 들어왔다. 페리 씨는 숨을 쉴 수가 없었다. 닐은 온몸이 피투성이가 된 채 바닥에 쓰러져 있었다. 그는 무릎을 꿇고 싸늘하게 식어 버린 닐의 몸을 감싸 안았다.

"닐! 네, 네가 어떻게……!"

그의 입에서 비명이 터져 나왔다. 뒤늦게 닐을 발견한 페리 부인도 온몸을 흔들며 절규했다.

"오, 닐! 안-돼……!"

페리 부부는 너무 놀라고 두려워 신음조차 내지 못했다. 잠시 시간이 흐른 뒤 한밤중의 처절한 통곡 소리가 하얀 달빛을 타고 멀리 멀리 퍼져 나갔다. 한 방의 총소리와 함께 닐은 진정 '죽은 시인의 사회' 정회원이 되어 버린 것이다.

키팅 선생과 '죽은 시인의 사회' 회원들이 지니와 크리스를 집까지 바래다주고 웰튼으로 돌아온 시간은 모두가 잠든 늦은 새벽이었다.

"완전히 지쳤어. 쓰러지기 일보 직전이야."

토드가 방으로 들어가며 믹스에게 말했다.

"점심 때까지 자야겠어."

"안녕, 이따 보자."

겨우 몇 시간 지난 뒤 아침이 밝았다. 달튼과 낙스, 믹스가 닐과 토드의 방문을 열고 들어왔다. 세 사람의 얼굴은 침울했다. 그들은 평화롭게 코를 골며 잠에 떨어진 토드의 얼굴을 내려다보았다.

"토드!"

달튼이 조용히 말했다.

"토드, 일어나!"

토드는 달튼의 목소리를 알아들었는지 눈을 비비며 일어나 앉았다. 몹시 피곤한 기색이었다. 아침 햇살이 눈부신지 눈을 뜨지 못했다. 그러더니 다시 힘없이 자리에 드러누웠다. 잠시 후 더듬더듬 시계를 찾아들더니 시간을 확인했다.

"겨우 8시네. 한숨 더 자야겠다."

토드가 다시 머리끝까지 이불을 끌어당겼다. 그러나 세 사람의 표정에서 심상치 않는 분위기를 느꼈는지 얼른 자리에서 일어났다. 친구들은 입을 굳게 다물고 제자리에 서 있었다. 뭔가 심상치 않은 일이 벌어진 것이 틀림없었다.

"토드……, 닐이 죽었어. 자살했대, 권총으로……."

달튼이 울먹이며 말했다. 그의 두 눈에도, 뒤에 서 있는 두 친구들의 눈에도 눈물이 글썽했다. 토드는 눈앞이 아찔해졌다. 온몸이 충격으로 얼어붙고 말았다. 전날 밤만 해도 같은 방을 썼던 룸메이트 닐이 아닌가?

"뭐라고? 닐이 죽었다고?"

토드는 침대에서 벌떡 일어났다.

"그게 무슨 말이야! 닐이 죽다니?"

"……."

"정말이야? 정말이냐고! 말을 해봐!"

토드는 달튼과 낙스, 믹스의 멱살을 차례로 잡아 흔들며 소리쳤다. 세 사람은 말없이 눈물만 흘릴 뿐이었다.

"닐, 안-돼! 니-일……!"

토드는 갑자기 욕실 안으로 뛰어들어갔다. 그는 격렬한 흥분에 휩싸여 울부짖었다. 세 사람은 흥분한 토드에게 아무 말도 못하고 방안을 서성거릴 뿐이었다. 얼마나 시간이 지났을까. 토드는 얼굴을 훔치며 욕실 밖으로 나왔다. 여전히 눈가에는 눈물이 하염없이 흐르고 있었다.

"페리 씨의 짓이 틀림없어! 아버지가 죽였어! 닐이 자살할 까닭이 없어! 얼마나 자기 삶을 사랑했는데! 왜! 무엇 때문에 죽어야 하느냐고!"

토드는 미친 듯이 소리쳤다.

"설마, 아버지가 아들을……."

낙스가 한숨을 내쉬며 말했다.

"물론 그 작자가 직접 방아쇠를 당기진 않았겠지! 하지만 틀림없이……."

토드는 목이 메는지 더 이상 말을 못했다. 타오르는 감정을 주체하지 못한 듯 눈물이 쏟아지는 두 눈은 분노로 이글거렸다.

"페리 씨가 총을 쏘진 않았어도 그가 닐을 죽인 거나 다름

없어. 얼마나 몰아세웠으면! …… 아, 빌어먹을!"

토드는 다시 미친 듯이 소리를 질렀다. 그리고 침대에 얼굴을 파묻고 소리쳐 닐을 불렀다.

"닐! 니-일!"

토드는 침대에서 내려와 방바닥을 뒹굴었다. 그리고 마치 자기에게 죽음의 고통이 찾아오기나 한 것처럼 괴로워하며 소리를 질렀다. 세 친구들은 그런 토드를 물끄러미 바라보고 있을 뿐이었다. 그들의 눈에도 뜨거운 눈물이 하염없이 쏟아져 내렸다.

갑작스런 닐의 죽음은 걷잡을 수 없는 파문을 몰고 왔다. 그 가운데서도 존 키팅 선생은 가슴이 찢어질 듯 아팠다. 연극에 대한 열정과 아버지와의 갈등으로 고민하던 닐의 모습이 자꾸 어른거렸다. 페리 씨에게 허락을 받았다고 거짓말을 했을 때 말리지 않았던 것이 너무나 후회스러웠다.

키팅 선생은 텅 빈 교실에 혼자 앉아 있었다. 그는 아직 학생들이 닐의 자살 소식을 모르고 있는 줄 알고 있었다. 그는 벌떡 일어나 닐의 책상 앞으로 갔다. 마치 그가 지금도 '오 선장님, 나의 선장님!'하며 웃고 서 있는 것 같았다. 닐의 책상 속에서 낯익은 책 한 권을 집어 들었다. 언젠가 닐에게 빌려주었던 낡을 대로 낡은, 오래된 시집이었다. 책의 겉장을 펼쳐 보니 학창 시절에 써 놓았던 '죽은 시인의 사회'라는 글자가 눈에 들어왔다. 키팅 선생은 무너지듯 닐의 의자에 털썩 주저

앉으며 울부짖었다.

"니일!"

참았던 비통과 고통의 눈물이 뺨을 타고 주르르 흘러내렸다. 닐의 불행이 자신 때문이라는 생각이 들었다. 그리고 웰튼 아카데미와의 인연도 끝장이라는 생각이 들었다.

다음 날 아침은 유난히 추웠다. 그리고 하늘은 잔뜩 흐려져 있었다. 스산한 겨울바람이 웰튼 아카데미를 휘감았다. 구슬픈 백파이프 소리가 사람들의 마음을 미친 듯이 파고들었다. 장송곡이 연주되는 가운데 닐의 젊은 육체는 웰튼 아카데미의 묘지에 안장되었다.

'죽은 시인의 사회' 회원 모두가 닐의 관을 메고 행렬을 뒤따랐다. 검정 베일로 얼굴을 가린 닐의 어머니는 남편 옆에서서 장례식을 지켜보았다. 두 사람은 슬픔에 젖어 몸을 제대로 가누지 못하고 비틀거렸다. 놀런 교장을 비롯해 키팅 선생과 교직원, 학생들도 침통한 얼굴로 닐이 묻히는 모습을 지켜보았다.

장례식이 끝나자 웰튼의 모든 교직원과 학생들은 교회에 모였다. 키팅 선생을 포함한 모든 교사는 벽 쪽에 나란히 서 있었다. 추도 예배가 끝날 무렵 모두 찬송가를 불렀다. 이어 학교 담임 목사가 추도사를 했다.

"전지전능하신 하느님 아버지, 우리의 사랑하는 닐 페리 군을 그 자비로운 두 팔로 안아 주소서. 그의 영혼을 축복하고 보살펴 주시옵소서. 또한 자비의 빛으로 그를 비추사 편히 잠들게 해 주시옵소서. 그에게 사랑을 베푸시고 영원한 안식을 주시옵소서. 주님의 이름으로 기도드리옵나이다. 아멘."

"아멘."

추도사가 끝나자 놀런 교장이 연단으로 올라갔다.

"제군들, 닐 페리 군의 죽음은 가슴 아픈 비극입니다. 그는 웰튼을 대표하는 모범생이었습니다. 그런데 그만 우리 곁을 떠나고 말았습니다. 우리 모두 머리 숙여 닐 페리 군을 추모해야겠습니다."

그는 침통한 목소리로 닐의 죽음에 애도의 뜻을 표했다. 그런 다음 목소리를 잔뜩 깔고는 다음과 같이 말했다.

"학교 당국은 이미 제군들의 부모님께 연락을 취해 모든 상황을 다 설명했습니다. 나는 닐 페리 군 부모님의 요청에 따라 이 사건을 철저히 조사할 방침입니다. 여러분 모두에게 큰 협조를 부탁합니다."

놀런 교장은 제자의 죽음에 대한 애도보다는 오히려 웰튼에 불명예를 끼친 사람을 찾아내는 게 목적인 것처럼 보였다. 추도 예배가 끝나자 학생들은 말없이 교회를 빠져 나갔다. 놀런 교장의 연설은 심상치 않았다. 달튼과 토드, 낙스, 피츠, 믹스, 캐머룬은 교회 문을 함께 나설 때와 달리 뿔뿔이 흩어져 따로따로 걸었다. 그러나 목적지는 같은 장소였다.

잠시 뒤 캐머룬과 낙스를 뺀 '죽은 시인의 사회' 회원들은 기숙사 지하 창고에 모였다. 놀런 교장의 경고에 대한 대비책을 세우기 위해서였다. 곧이어 문을 두드리는 소리와 함께 낙스가 들어왔다.

"어딜 갔는지 도무지 못 찾겠어."

낙스가 고개를 흔들며 말했다.

"여기서 모인다고 얘기는 한 거야?"

달튼이 물었다.

"응, 두 번이나 했어."

믹스가 대답했다.

"그래. 차라리 잘됐어."

달튼이 주먹을 불끈 쥐며 말했다. 그리고 창가로 가서 잔디밭 건너편에 있는 본관 건물을 노려보더니 몸을 돌려 친구들을 향해 말했다. 그의 얼굴에는 차가운 웃음이 감돌았다.

"……이제 알겠어. 우린 퇴학당하는 거야."

"그게 무슨 소리니!"

피츠가 눈을 동그랗게 뜨고 겁먹은 표정으로 말했다.

"캐머룬은 고자질하러 간 게 틀림없어. 그 자식 지금 교장실에 있을 거야. 쥐새끼 같은 놈!"

달튼은 그동안 캐머룬이 보여 온 미심쩍은 행동을 떠올리며 대답했다.

"뭐가 말이야?"

피츠가 아직도 눈치를 못 챈 듯 다시 물었다.

"생각해 볼 것도 없는 뻔한 일이잖아."

모두들 어리둥절해하며 서로의 얼굴을 쳐다보았다.

"놀런 교장은 희생양이 필요한 거야."

"희생양?"

"그럼, 이처럼 엄청난 사건이 생겼는데 학교 체면이 뭐가 되겠니? 누군가 책임질 사람이 필요할 테지."

달튼의 분석이었다.

"그런다고 그게 해결될까?"

"적어도 학교에서 책임질 일은 없어야 하지 않겠어!"

"기가 막힌 일이로군!"

"나쁜 놈들……."

그들은 이구동성으로 학교 측의 처사에 불평을 늘어놓았다. 닐의 죽음은 본인의 적성이나 꿈은 무시하고 공부만을 강요했던 아버지와 학교의 공동 책임 아니던가. 그런데 그들은 뉘우치기는커녕 책임을 떠안길 사람을 찾는 데 급급했다. 하지만 그 문제는 단순히 닐 혼자만의 일로 몰아붙일 수 없는, 학생들 모두의 문제이기도 했다.

그때 지하실로 연결되는 복도 끝에서 문 열리는 소리가 희미하게 들렸다. 낙스가 살며시 문을 열고 내다보니 멀리 복도 끝에서 캐머룬이 들어서고 있는 것이 보였다. 낙스는 손짓으로 빨리 오라는 신호를 보냈다. 캐머룬은 망설이는 표정이 역력했다. 그가 창고 안으로 들어서자 모두의 시선이 일제히 쏠렸다.

"너희들 왜 그래?"

캐머룬은 영문을 모르겠다는 표정을 지으며 물었다.

"이 배신자! 네가 교장한테 다 일러바쳤지?"

달튼이 캐머룬의 멱살을 움켜잡으며 소리쳤다. 그는 당장 주먹을 날릴 기세였다. 캐머룬은 간신히 달튼의 손에서 빠져나왔다.

"너 왜 이래! 미쳤어? 도대체 무슨 소릴 하는 거야!"

"네가 전부 불었잖아, 이 자식아! 놀런 교장한테!"

달튼이 미친 듯이 악을 썼다. 그는 캐머룬이 시치미를 잡아떼자 더 화가 치밀었다.

"무슨 얘긴지 설명을 해 봐! 뭘 불었다는 거야!"

"난 벌써 알고 있었어! 네가 동굴 모임을 고해 바쳤지!"

달튼이 구체적으로 지적을 하자 캐머룬은 어깨를 으쓱하며 옷매무새를 고쳤다. 그리고 딱하다는 표정을 지으며 말했다.

"네가 모르고 있는 게 있어 이 멍청아! 우리 학교에는 엄연히 윤리 규정이라는 게 있지. 어떤 학생이든 선생님한테 질문을 받으면 대답해야 한다는 규칙 말이야. 맞아, 진실을 말하지 않으면 퇴학 처분을 당한다고!"

캐머룬은 당당했다. 그의 비열한 궤변에 모두 어이가 없었다. 그 가운데서도 가장 흥분한 달튼이 캐머룬을 향해 달려들었다.

"이 새끼가……."

믹스와 낙스가 그를 뜯어말렸다.

"달튼, 그만둬! 이러지마!"

믹스가 소리쳤다.

"요 나쁜 새끼! 자기 발등에 불똥이 튈 것 같으니까 꽁무니를 빼는 거야! 저 혼자만 살겠다고! 그렇다고 친구들을 팔아먹어?"

달튼이 캐머룬을 노려보며 소리쳤다.

"그 놈에게 손대지 마, 달튼! 손 대봤자 너만 손해니까!"

낙스가 차갑게 말했다.

"소용없어! 어차피 난 퇴학당한 거나 마찬가지야."

그 말에 캐머룬이 드디어 본색을 드러냈다.

"그래, 달튼 너 말 잘했다. 머리가 제대로 돌아간다면 나처럼 순순히 협조해 주고 구제 받는 게 좋을 거다. 학교에서 노리는 건 우리가 아니야. 닐과 우리 모두는 이번 사건의 희생자일 뿐이야!"

"무슨 소리야? 도대체 누굴 노린단 말이야!"

"당연히 키팅 선생이지. 몰라서 물어? 자칭 그 선장 말이야!"

"키팅 선생님을 노려?"

키팅 선생의 이름이 나오자 모두들 약속이나 한 듯 깜짝 놀라며 입을 딱 벌렸다.

"키팅 선생에게 책임이 없다고 생각하는 건 아닐 테지?"

캐머룬은 비열한 웃음을 흘리며 그렇게 말했다.

"망할 작자들이 키팅 선생님한테 뒤집어씌우려고 꾸며댄단 말이야? 닐의 자살에 대한 책임을……?"

달튼이 억울해 죽겠다는 표정으로 말했다. 캐머룬은 그런 달튼을 비웃는 듯 묘한 표정을 지으며 말했다.

"그럼 누구 때문에 이 사건이 생겼을까? 학교? 페리 씨? 아냐. 모두 키팅 선생 때문에 생긴 거야. 그 사람이 우릴 부추겼잖아. 안 그래? 키팅 선생만 없었다면 닐은 지금쯤 도서관에서 조용히 화학 공부나 하면서 의사가 되는 꿈을 꾸고 있었을 거야!"

캐머룬은 놀런 교장에게서 무슨 말을 들었는지 자신만만했다.

"아니야! 거짓말이야!"

그때까지 말없이 서 있기만 했던 토드가 소리쳤다. 그는 닐의 죽음으로 가장 큰 충격을 받은 친구였다. 토드는 흥분한 목소리로 계속 말했다.

"키팅 선생님은 아무 잘못이 없어! 선생님은 결코 닐에게 뭘 하라고 말씀하지 않았어! 닐은 자기가 좋아서 연극을 선택한 거야!"

캐머룬은 물러서지 않았다.

"그건 너의 순진한 생각이야!"

토드는 어깨만 부르르 떨 뿐 아무런 대꾸를 하지 않았다. 캐머룬은 입가에 잔인한 미소를 머금고 계속 이야기했다.

"어쨌든……, 난 키팅 선생이 벌 좀 받았으면 좋겠어. 그가 우리 인생을 망쳐 놓을 권리는 조금도 없어!"

"이런 나쁜 새끼!"

달튼이 번개같이 달려들어 주먹으로 캐머룬의 턱을 날려

버렸다. 캐머룬은 뒤로 나자빠졌다. 그의 코에서 시뻘건 피가 흘러내렸다. 그래도 성이 안 풀렸는지 캐머룬을 올라타고 앉아 주먹을 날렸다.

"달튼! 안 돼!"

낙스가 소리쳤다. 하지만 이미 달튼은 여러 차례 주먹을 날려 캐머룬의 얼굴을 엉망으로 만들어 버렸다. 뜻밖에도 캐머룬은 별다른 반응을 보이지 않았다. 다만 눈을 부릅뜨고 한심하다는 듯이 달튼을 쳐다볼 뿐이었다. 그리고는 비열한 웃음을 지으며 말했다.

"달튼! 아니 누완다! 넌 지금 퇴학 명령서에 도장을 찍었다고 생각해!"

캐머룬은 말을 마치고 흐르는 코피를 손등으로 닦았다. 달튼은 캐머룬을 말없이 바라보다 무표정한 얼굴을 한 채 밖으로 나갔다. 다른 친구들도 모두 그를 따라 나갔다. 캐머룬만 쓰러진 채 바닥에 누워 있었다. 그는 밖으로 나가 버린 친구들의 등에 대고 소리쳤다.

"너희들이 정말 똑똑하다면 나처럼 생각하는 게 좋아! 놀런 교장은 이미 모든 걸 알고 있어! 키팅 선생은 구할 수 없어! 기왕에 이렇게 된 거 너희들 목숨이나 걱정하란 말이야! 이 멍청한 놈들아!"

14

닐이 떠난 방 안에는 침대 시트가 벗겨지고 책상은 깨끗이 치워져 있었다. 토드는 창가에 앉아 멍하니 밖을 바라보았다. 운동장 건너편으로 본관 건물이 눈에 들어왔다. 그때 헤이거 박사의 뒤를 따라 기숙사 쪽으로 걸어오고 있는 믹스의 모습이 보였다. 드디어 놀런 교장이 심문을 시작한 것이었다.

토드는 문을 반쯤 열어 놓고 복도의 동정을 살폈다. 믹스와 헤이거 박사의 모습이 나타났다. 믹스는 잔뜩 풀이 죽어 어깨를 축 늘어뜨린 모습이었다. 교장실에서 어떤 취급을 당했는지 짐작이 갔다. 믹스가 힘없이 자기 방으로 들어가는 모습을 헤이거 박사는 말없이 지켜보고 있었다. 마치 다른 학생들이

접근하는 것을 막기 위한 것처럼 보였다.

믹스는 토드를 보지 못한 듯 방문 앞을 지나쳤다. 하지만 그 얼굴에는 한 줄기 눈물이 흐르고 있었다. 그는 방으로 들어가더니 쾅 하고 소리나게 문을 닫아 버렸다. 그 순간 토드의 심장이 덜컥 내려앉았다. 그렇지 않아도 모범생인 형의 그늘에 가려 늘 가족으로부터 소외당해 온 자신이 아니었던가. 그런데 이번 일이 부모님께 알려졌을 거라는 생각이 들자 더욱 불안하고 초조했다. 죽음을 택할 수밖에 없었던 닐의 심정을 충분히 이해할 수 있었다.

"낙스 오버스트릿 군!"

헤이거 박사는 복도 끝에 서서 다음 학생의 이름을 불렀다. 낙스의 방문이 열렸다. 그 역시 모든 것을 각오한 표정이었다. 얼마 후 두 사람이 기숙사 문을 나서서 운동장을 가로질러 가는 모습이 보였다. 토드는 복도 건너편에 있는 믹스의 방문 앞으로 다가갔다.

"믹스, 나 토드야."

그는 주위를 둘러보며 조용히 문을 두드렸다.

"문 좀 열어 봐. 할 얘기가 있어."

"그만 돌아가."

"믹스!"

"난 공부해야 돼!"

방 안에서 들려오는 믹스의 목소리는 여느 때와 달랐다. 토드는 믹스의 갈라진 목소리에서 그가 교장실에서 얼마나 심하게 당했는지 상상할 수 있었다. 토드는 잠시 망설이며 생각에 잠겼다. 방법이 없었다. 놀런 교장에게 불려 갈 생각을 하니 앞이 캄캄했다.

"그럼 하나만 물어볼게, 달튼, 아니 누완다는?"

토드는 숨을 크게 들이쉰 뒤 물었다.

"퇴학이래."

그의 목소리는 차가웠다. 예감이 맞아떨어지자 토드의 가슴은 또다시 철렁 내려앉았다. 마치 망치로 뒤통수를 얻어맞은 느낌이 들었다. 다시 닫힌 문을 통해 물었다.

"너는 뭐라고 말했는데?"

"난 아무런 말도 할 수 없었어. 그들은 이미 다 알고 있었으니까. 처음부터 끝까지 죄다."

"정말이야?"

"그래."

토드는 힘없이 자기 방으로 돌아왔다. 더 이상 물을 필요도 없었다. 달튼이 퇴학 처분을 받았다면 이번엔 자기 차례라는 생각이 들었다. 캐머룬처럼 비굴하게 책임을 회피할 것인가 아니면 떳떳하고 당당하게 웰튼을 떠날 것인가 하는 갈림길에 서 있었다. 하지만 어느 쪽으로도 결정지을 수가 없었다. 그는 마음을 졸이며 다시 창가로 다가섰다.

낙스 역시 헤이거 박사와 함께 기숙사로 돌아오고 있었다. 토드는 조금 전처럼 문틈으로 복도를 살펴보았다. 낙스와 헤이거 박사의 모습이 보였다. 낙스의 얼굴이 심하게 떨리고 있는 것이 눈에 들어왔다. 그 역시 항복한 것이 틀림없었다. 믹스와 달리 낙스는 조용히 문을 닫고 방으로 들어갔다.

문틈 사이로 지켜보던 토드는 소리나지 않게 살며시 문을 닫았다. 그리고 벽에 기대선 채 한숨을 내쉬었다. 낙스까지 넘어갔다는 사실을 알게 되자 토드 역시 흔들리기 시작했다.

그때 자신의 이름을 부르는 소리가 들렸다.

"토드 앤더슨!"

헤이거 박사였다. 그는 복도 끝에서 먹이를 노리는 호랑이처럼 토드를 기다리고 있었다. 토드는 크게 심호흡을 하고 천장을 한 번 쳐다보았다. 그리고 방문을 열고 천천히 헤이거 박사 쪽으로 걸어갔다.

교장실 쪽으로 가는 헤이거 박사의 발걸음은 점점 느려졌다. 늙은 몸으로 똑같은 길을 몇 번씩 반복해 오가는 것이 무척 힘들었던 모양이다. 그는 토드와 함께 본관 앞에 도착한 뒤 잠시 숨을 고르고 안으로 들어갔다.

두 사람은 교장실로 통하는 계단을 올라갔다. 토드의 모습은 마치 사형수가 형장으로 끌려가는 듯했다. 교장실 문을 열고 들어서자 놀런 교장이 위풍당당하게 책상에 앉아 있었다. 그런데 토드는 놀런 교장 옆에 앉아 있는 두 사람을 보고 심장이 멎어 버리는 것 같았다. 놀런 교장 옆에 아버지와 어머니가 앉아 있었던 것이다.

"어머니! 아버지!"

토드는 짧게 소리쳤다. 전혀 생각지도 못한 부모님의 출현으로 불안감은 점점 더 커졌다. 그것은 상상을 초월하는 각본이 미리 짜여져 있음을 뜻하는 것이었다.

"이리 앉게, 토드 앤더슨 군."

놀런 교장은 근엄한 목소리로 말했다. 토드는 교장의 책상과 마주 보고 있는 빈자리로 주춤주춤 다가갔다. 그는 의자에 앉자마자 부모님의 얼굴을 곁눈질로 훔쳐보았다. 두 사람은 싸늘한 표정을 짓고 있었다. 한 줄기 땀방울이 눈썹을 타고 흘러내렸다.

"토드 군, 우리는 이미 이 사건의 진상을 상세하게 파악하고 있네. 자네도 그 '죽은 시인의 사회'라는 조직에 가담했나?"

교장이 딱딱한 말투로 물었다. 뭔가 끝장을 보겠다는 표정이었다. 토드는 부모님과 놀런 교장을 번갈아 쳐다보았다. 눈을 감고 인정한다는 뜻으로 고개를 끄덕이는 순간, 아버지가 끼어들며 재촉했다.

"대답해라, 토드!"

아버지의 목소리에는 노여움이 가득 배어 있었다. 닐과 마찬가지로 토드 역시 아버지는 늘 두려움의 대상이었다. 그런 아버지의 호통에 토드는 더욱 움츠러들었다.

"예."

토드의 목소리는 모깃소리만큼 작았다.

"토드 앤더슨 군. 잘 들리지 않네."

놀런 교장은 확실히 자백을 받아내겠다는 듯이 재차 대답을 요구했다.

"네, 맞습니다."

토드가 아까보다 조금 더 큰 목소리로 대답했다. 하지만 별다른 차이는 없었다. 놀런 교장의 눈길이 토드의 부모님 쪽으로 향했다. 토드의 아버지는 어떤 결정이 내려지든 간에 학교의 방침에 따르겠다는 표정이었다. 그것은 아들을 향한 경고의 표시기도 했다. 놀런 교장은 더 이상 묻지 않았다. 그리고 책상 위의 서류 한 장을 집어 들며 말했다.

"이 서류에는 너희들이 그 불법 조직에서 했던 일이 자세히 적혀 있다. 주모자인 키팅 선생이 너희들을 꼬드겨 비밀 조직을 만들게 했던 경위와 그 조직이 분별력 없는 타락의 행동을 유발한 원인 따위가 적혀 있다. 또한 키팅 선생은 그것이 부모님의 확고한 의사에 반대되는 것임을 잘 알면서도 닐 페리 군으로 하여금 끝까지 연극을 하도록 종용했다는 것이 적혀 있다. 이것이야말로 키팅 선생이 저지른 교사로서의 명백한 직권 남용이 아닐 수 없다. 바로 닐 페리 군을 죽음으로 몰아넣은 직접적인 원인인 것이다.

말을 마친 놀런 교장은 그 서류를 토드에게 건네주었다.

"이게 바로 그 서류다. 적힌 내용을 자세히 읽어보도록. 만약 추가할 사항이나 고칠 부분이 없다면 거기에 서명해라."

놀런 교장은 한마디 덧붙였다.

"그럼 퇴학을 시키지 않겠다."

토드는 서류를 받아들었다. 그의 눈이 아래쪽으로 내려갈

수록 손이 바들바들 떨렸다. 사실과 다른 어처구니없는 내용이었다. 서류 밑에는 친구들의 자필 서명이 적혀 있었다. 캐머룬이 제일 먼저 했고, 퇴학 처분을 당했다는 달튼의 서명은 없었다. 그리고 안타깝게 눈물을 흘리던 믹스와 낙스의 서명이 눈에 들어왔다. 바로 다음 칸에 자신의 이름이 보였다. 하지만 토드는 비겁하게 거기에 서명할 수 없었다. 그는 얼굴을 들어 놀런 교장을 쳐다보았다.

"그, 그럼……, 키팅 선생님은…… 어, 어떻게 되는 거죠?"

토드가 더듬거리며 말했다. 그러자 토드의 아버지가 자리에서 벌떡 일어났다. 그는 더 이상 못 참겠다는 듯이 주먹을 휘둘렀다.

"그게 너하고 무슨 상관이란 말이냐? 못난 녀석!"

"고정하십시오, 앤더슨 씨."

놀런 교장이 끼어들었다.

"자리에 앉아 계십시오. 그렇지 않아도 키팅 선생의 정체를 알려 주려던 참이었으니까요."

놀런 교장은 눈길을 토드 쪽으로 돌리며 말했다.

"키팅 선생이 법을 어겼다는 점에 관해서는 아직 명확한 결론이 나와 있지 않다. 만약 그렇게 되면 그는 기소될 것이다. 지금 우리가 해야 할 조치는 키팅 선생이 두 번 다시 웰튼의 교단에 설 수 없도록 만드는 것이다. 너희들의 서명은 그 점을 증명하는 자료가 된다."

"두 번 다시…… 교단에…… 설 수…… 없다고요……?"

널의 죽음도 부족한 듯 키팅 선생의 강의까지도 금지하는 교장의 처사에 충격을 받은 토드는 너무나 가슴이 떨렸다. 이것은 자신을 비롯한 다른 친구들에게 또 하나의 새로운 비극의 시작이었다. 이럴 때 늘 의젓한 판단을 해 주던 닐이 곁에 있으면 얼마나 좋을까 하는 생각마저 들었다. 토드의 아버지가 다시 자리를 박차고 일어섰다. 그리고 벼락같이 화를 냈다.

"닥쳐! 잔소리 말고 얼른 서명이나 해!"

"토드, 부탁이다. 제발 아버지 말씀대로 하거라."

잠자코 앉아 있던 어머니도 아버지를 거들었다. 그러나 토드는 순순히 복종할 수만은 없었다. 키팅 선생님은 자유의 진정한 개념을 가르쳐 준 유일한 스승이었다.

"그렇지만……. 가르치는 일은 선생님의 인생이에요. 선생님께는 그게 전부라고요!"

토드의 목소리는 간절했다. 처음으로 선생님을 위해 진실을 말하고 싶었다.

"네가 왜 그런 걸 걱정해!"

아버지가 목에 핏대를 세우며 말했다.

"그럼 아버지는 언제 저한테 관심이나 보였나요? 오히려 키팅 선생님은 늘 내 걱정을 해 주고 관심을 가져 주셨다고요. 하지만 아버지에게 중요한 건 단지 형뿐이었죠. 언제 내게 신경 한 번 써 주셨나요?"

토드는 아버지의 말을 맞받아치며 그동안 쌓인 감정을 쏟아냈다. 아버지의 얼굴이 분노로 창백하게 변하고 있었다. 아들이 그렇게 대든 것은 처음이었다. 토드를 이따위로 망쳐 놓은 키팅이란 선생을 진정 학교에 놔두면 안 되겠다는 생각이 더욱 커졌다. 그는 분노를 억누르고 펜을 들고 명령했다.

"얼른 서명해!"

"싫어요, 그럴 수 없어요!"

토드는 고개를 저었다.

"토드야, 제발!"

어머니의 목소리도 점점 커졌다.

"하지만 이건 사실과 달라요! 전 서명 따윈 하지 않겠어요!"

아버지는 펜을 아들의 손에 억지로 밀어 넣으려고 안간힘을 썼다. 그는 지금 체면 따위가 문제가 아니었다. 아버지와 아들 사이에 어처구니없는 실랑이가 벌어졌다. 이를 지켜보던 놀런 교장은 얼굴을 찌푸리며 자리에서 일어서며 말했다.

"그만두시죠, 앤더슨 씨. 앞으로 토드는 자신의 행동에 대해 책임을 져야 할 겁니다."

그리고는 책상을 돌아 토드 앞에 섰다.

"자네가 키팅 선생을 구할 수 있을 거라고 생각하나?"

놀런 교장이 목소리를 높였다.

"너도 봐서 알겠지만 우린 이미 다른 학생들의 서명을 받아 놓은 상태야. 너 하나 빠진다고 달라질 것은 없어! 만약 네가 끝까지 서명을 거부한다면 징계를 받아야겠지. 금년 학기가 끝날 때까지 무기정학 처분을 내리겠다. 날마다 오후와 주

말에는 주어진 과제를 해야 한다. 그리고 학교 밖으로 한 발짝이라도 나간다면 곧바로 퇴학이다!"

경고의 말을 마친 그는 토드의 눈을 뚫어지게 쳐다보았다. 토드의 부모도 아들의 얼굴을 빤히 쳐다보고 있었다. 그가 마음을 바꾸기를 기대하는 눈치였다. 하지만 토드는 아무런 말도 하지 않고 잠자코 앉아 있었다. 그러다가 비장한 목소리로 천천히 말했다.

"서명하지 않겠습니다."

목소리는 작았지만 결연한 의지가 담겨 있었다. 앤더슨 씨의 얼굴에는 실망감이 스쳐 지나갔다. 하지만 놀런 교장은 무표정한 얼굴이었다.

"그럼 수업 끝나고 다시 오도록 해."

놀런 교장은 그렇게 말하고 등을 돌려 제자리로 돌아갔다.

"이젠 돌아가도 좋네."

토드는 말없이 교장실을 나갔다. 그가 나가자 놀런 교장은 앤더슨 부부에게 눈길을 돌렸다.

"죄송합니다, 교장 선생님……."

앤더슨 부인이 송구스럽다는 듯이 말했다.

"저희들이 부족한 것이 많아서……. 모두 제 잘못입니다."

"이럴 줄 알았으면 웰튼에 입학시키는 게 아니었는데 면목없습니다."

앤더슨 씨 역시 마룻바닥으로 눈을 떨구고 있었다.

"그런 말씀하지 마십시오. 저 또래 소년들은 아주 민감하답니다. 제가 잘 가르칠 테니 너무 걱정하지 마십시오."

다음 날 라틴어 수업 시간이었다. 맥카리스터는 학생들을 이끌고 눈 덮인 교정으로 향하고 있었다. 학생들은 동사 변화를 외우며 그 뒤를 따랐다. 학생들의 얼굴에는 생기가 돌고 있었다. 이전의 라틴어 수업 시간에는 결코 볼 수 없었던 표정들이었다.

맥카리스터는 교직원 숙소 앞을 지나면서 무의식적으로 위를 올려다보았다. 마침 키팅 선생이 창가에 서서 학생들의 수업 광경을 내려다보고 있었다. 순간 두 사람의 눈이 마주쳤다. 맥카리스터는 당황한 듯 얼른 눈길을 돌리고 학생들에게 계속 행진하라고 말하면서 앞으로 걸어갔다. 키팅도 라틴어 선생과 눈이 마주치자 창문에서 물러섰다. 키팅은 책장으로 걸어가 자신이 아끼는 바이런, 휘트먼, 워스워드의 시집을 꺼내기 시작했다. 책을 펼쳐 보던 그의 입에서 긴 한숨이 흘러나왔다. 이제 그에게 남은 건 학교를 떠나는 일뿐이었다. 학교의 명령이 아니더라도 닐의 죽음으로 인해 교단을 떠날 생각을 하고 있었다. 그는 다시 한숨을 쉬고 시집을 책꽂이에 도로 꽂아 놓았다. 그리고 조그만 방 안을 마지막으로 한 번 둘러본 뒤 방을 나갔다.

키팅이 학교를 떠날 준비를 하고 있는 동안 그가 가르치던 학생들은 국어 수업을 받기 위해 교실에 앉아 있었다. 토드는 축 늘어진 모습으로 앉아 바닥만 한없이 쳐다보고 있었다. 처음 이 학교에 왔을 때의 맥없는 모습 그대로였다. 낙스와 믹스 그리고 피츠도 각자 자리에는 앉아 있었지만 개운치 않은 표정이었다. 그들의 얼굴에는 굴욕감이 깔려 있었다. 과거 '죽은 시인의 사회' 회원들은 모두 자신들의 행동을 부끄러워하며 서로의 눈길을 피하고 있었다. 그런 대로 평소의 감정을 유지하고 있는 것은 캐머룬뿐이었다. 그는 아무 일도 없었다는 표정으로 책상에 앉아 책을 보고 있었다.

며칠 전까지 닐과 달튼이 앉아 있던, 지금은 주인 잃은 책상이 되어 버린 텅 빈 2개의 책상이 눈에 도드라지게 들어왔다. 2개의 빈 책상은 교실 전체를 온통 어색한 분위기로 만들어 놓고 있었다.

교실 문이 열리더니 놀런 교장이 들어왔다. 학생들은 모두 자리에서 일어섰다. 교장이 교탁에 앉자 그들도 함께 자리에 앉았다.

"이 시간부터 학년 말 시험 때까지 당분간 내가 국어를 맡아 가르칠 것이다."

놀런 교장은 교실 안을 둘러보며 말했다. 학생들은 아무 반응도 보이지 않았다. 무거운 침묵만이 흐를 뿐이었다. 그는 교과서를 펼치며 말을 이어갔다.

"새 국어 선생님은 시험이 끝난 후 방학 동안에 찾기로 하겠다. 자, 그럼 프리차드 교과서는 어디까지 배웠는지 누가 말해 볼까?"

한바탕 소동을 겪은 직후라 그런지 놀런 교장의 목소리에는 가식적인 친절함과 따뜻함이 묻어 있었다. 그는 정말 몰라서 묻는다는 듯한 눈초리로 학생들을 둘러보았으나 대답하는 사람이 아무도 없었다.

"토드 앤더슨 군!"

"네…… 네, 프리차드 교과서를……."

토드는 항상 그랬듯이 거의 들리지 않는 작은 목소리로 우물거렸다. 그는 말을 계속하지 못하고 불안한 듯 책장만 뒤적이고 있었다.

"잘 안 들리네, 토드 앤더슨 군."

놀런 교장이 재촉했다.

"그러니까……. 진도……, 진도는……."

토드는 여전히 작은 목소리로 더듬거리기만 할 뿐이었다. 그의 말은 겨우 옆 사람만이 알아들을 수 있을 정도였다.

"캐머룬 군! 자네가 말해 보게."

토드의 답답한 태도에 짜증이 난 그는 캐머룬에게 물었다.

"교과서의 상당 부분은 그냥 건너뛰었습니다. 낭만주의 일부분과 남북 전쟁 이후, 전후 문학에 관한 몇 부분만 배웠습니다."

"사실주의 문학에 관해서는?"

그가 다시 물었다.

"그 부분도 거의 건너뛰었습니다."

캐머룬은 또박또박 대답했다. 교장은 그를 똑바로 바라보더니 교실 전체를 천천히 둘러보았다. '죽은 시인의 사회' 옛

회원들은 잔뜩 긴장했다. 혹시 키팅 선생님을 비난하지는 않을까 하는 생각이 들었기 때문이다. 그러나 놀런 교장은 뜻밖의 반응을 보였다. 다른 말을 하지 않고 곧바로 수업으로 들어갔다.

"좋아, 그럼 처음부터 수업을 시작하겠다. 제군들 시란 무엇인가?"

그는 대답을 기다렸다. 하지만 누구 한 사람 손을 들지 않았다. 그때 갑자기 뒷문이 열리며 키팅 선생이 불쑥 들어왔다.

"제 물건 좀 챙겨갈 게 있어서요."

그는 놀런 교장의 얼굴빛을 살피며 공손히 말했다.

"수업이 끝날 때까지 기다릴까요?"

"지금 당장 갖고 가시게, 키팅 선생!"

놀런 교장은 언짢은 표정으로 퉁명스럽게 대꾸했다. 그리고는 학생들을 향해 말했다.

"제군들, 교과서 21쪽 서문을 펼쳐라."

그는 목에 잔뜩 힘을 주며 우렁찬 목소리로 말했다.

"캐머룬 군. 시의 이해에 관한 프리차드 박사의 훌륭한 논문을 큰 소리로 읽어 보도록."

"교장 선생님, 그 부분은 찢어져서 없습니다."

캐머룬이 말했다.

"그렇다면 옆 사람의 책을 빌려 읽게."

놀런 교장이 신경질적으로 말했다.

"다른 사람의 책들도 모두 찢어지고 없습니다."

그는 키팅 선생을 힐끗 본 뒤 학생들을 쏘아보며 물었다.

"책이 찢어졌다니 도대체 무슨 소린가?"

"교장 선생님, 그게……."

캐머룬은 교장에게 확실한 신임을 받아야 한다는 생각에 그 동안의 상황을 설명하려고 입을 뗐다. 그러자 갑자기 놀런 교장이 말을 막았다.

"됐네."

그는 자신의 교과서를 캐머룬에게 건네주며 말했다.

"이 책으로 읽게!"

"시의 이해, 문학 박사 J. 에반스 프리차드 지음. 시를 완벽하게 이해하려면, 먼저 시의 운율과 음률 그리고 시어가 함축하고 있는 비유에 대해 사전에 충분히 알아들을 필요가 있다. 그러고 나서 다음의 두 가지 물음에 대해 생각해야 한다. 첫 번째, '시의 소재가 얼마나 예술적으로 표현되고 있는가……."

캐머룬이 서문을 읽는 동안 키팅은 교실 모퉁이에 있는 사물함 앞에 서서 학생들을 바라보고 있었다. 맨 처음 토드의 얼굴이 보였다. 그의 눈에는 눈물이 가득 고여 있었다. 이어서 낙스, 믹스, 피츠의 모습이 눈에 들어왔다. 그들은 수치심으로 키팅을 제대로 바라보지 못하고 있었다. 그렇지만 그들의 얼굴에는 아쉬운 표정이 잔뜩 배어 있었다.

그는 한숨을 내쉬었다. 자신이 교실에 들어온 바로 그때 하필 놀런 교장이 프리차드의 서문을 읽히다니……. 우연치고

는 너무나 가혹한 장난이었다. 물건 정리를 다 끝내자 그는 교실을 가로질러 뒷문을 향해 걸어갔다. 키팅 선생이 막 문을 여는 순간 토드가 벌떡 일어서며 큰 소리로 키팅을 불렀다.

"키팅 선생님!"

프리차드 서문을 읽고 있던 캐머룬이 멈칫거렸다.

"저희들은 강제로 서명한 거예요!"

놀런 교장이 불같이 화를 내며 소리쳤다.

"조용해라! 토드 앤더슨!"

"키팅 선생님!"

토드는 멈추지 않고 계속해서 말했다.

"정말이에요, 믿어 주세요!"

키팅은 부드럽게 웃으며 말했다.

"그래, 난 너희들을 믿는다."

놀런은 더욱 화가 나서 씩씩대며 소리쳤다.

"당장 나가게, 키팅 선생!"

토드는 교장을 향해 소리질렀다.

"그건 키팅 선생님의 잘못이 아니란 말이에요!"

놀런 교장은 교단에서 내려가 토드를 억지로 자리에 앉혔다.

"앉아 토드! 한 번만 더 이런 짓을 했다가는……."

그는 토드와 학생들 모두에게 큰 소리로 엄포를 놓았다.

"어느 누구도 예외 없이 곧바로 퇴학 처분이다!"

놀런은 키팅 쪽으로 돌아섰다. 키팅은 발길을 돌려 마치 토드를 도와주려는 듯 교실 안으로 들어오고 있었다. 놀런은 분노로 치를 떨며 큰 소리로 고함을 쳤다.

"나가시오! 키팅 선생! 지금 당장!"

학생들의 눈길이 모두 키팅 쪽으로 쏠렸다. 그는 학생들을 찬찬히 바라보며 뜻 모를 웃음을 짓더니 곧 몸을 돌려 문 밖으로 향했다.

그때였다.

"오! 선장님! 나의 선장님!"

토드가 떨리는 목소리로 외쳤다. 키팅은 뒤돌아서며 토드 쪽으로 눈길을 돌렸다. 스승과 제자 사이에 말없는 교류가 이루어지고 있었다. 다른 학생들은 번갈아 가며 토드와 키팅 선생을 바라보았다. 그때였다. 갑자기 토드가 한 발을 들어 책상 위에 올려놓더니 다른 한 발마저 책상 위에 올려놓았다. 그리고 흘러내리는 눈물을 간신히 참으며 키팅 선생을 쳐다보았다.

"앉아!"

화가 잔뜩 치밀어 오른 놀런 교장이 토드 곁으로 다가서며 소리쳤다. 그때였다. 교실 반대쪽에 있던 낙스가 키팅 선생의 이름을 부르며 역시 책상 위로 뛰어올라갔다. 놀런은 당황해서 낙스 쪽으로 뛰어갔다.

"앉아!"

그러자 믹스도 용기를 내어 책상 위에 올라섰다. 피츠도 마찬가지였다. 그러자 한 사람 두 사람 책상 위에 올라서기 시작했다. 그리고 마침내 모든 학생이 책상 위로 올라서더니 떠나는 키팅 선생에게 말없이 인사를 보냈다. 캐머룬만이 자리에 앉아 어리둥절한 채 주위를 두리번거릴 뿐이었다.

놀런 교장은 학생들을 말리는 것을 포기하고 그 자리에 꼼짝 않고 서 있었다. 옛 국어 선생님을 향한 거침없는 학생들의 모습에 그저 놀랄 뿐이었다. 키팅은 복받치는 감정을 억누르며 문 옆에 서 있었다.

"고맙다, 모두들. 정말…… 고맙다."

그는 그렇게 말하고 토드와 눈을 맞춘 다음 나머지 '죽은 시인의 사회' 회원 모두와 눈을 맞추었다. 더 이상의 말이 필요하지 않았다. 잠시 후 키팅은 고개를 끄덕인 뒤 천천히 몸을 돌려 교실을 빠져 나갔다. 학생들은 각자의 책상 위에 서서 키팅 선생이 떠나는 모습을 지켜보며 소리 없이 작별을 고했다.

닐이 죽고 이제 키팅 선생도 떠나지만 '죽은 시인의 사회'는 이들의 마음속에 영원히 남게 될 것이다.

〈끝〉

옮긴이의 말

카르페 디엠

미국에는 8개의 유명한 사립대학이 있다. 브라운(Brown), 컬럼비아(Columbia), 코넬(Cornell), 다트머스(Dartmouth), 하버드(Harvard), 펜실베이니아(Pennsylvania), 프린스턴(Princeton), 예일(Yale) 대학이 그곳이다. 이들 8개 대학을 미국에서는 아이비리그(Ivy League)라고 부른다.

원래 아이비리그란 이들 8개 대학이 펼치던 미식축구 경기를 말했다. 그러다 세월이 흐르면서 리그전을 벌이는 8개 대학을 뜻하는 말로 굳어졌다.

아이비리그는 미국의 대표적인 명문대학들이고, 많은 학생이 아이비리그 진학을 꿈꾼다. 이러한 열망은 아이비리그 진학률을 기준으로 평가하는 이른바 명문 고등학교를 만들어내고 말았다.

〈죽은 시인의 사회〉 무대인 '웰튼 아카데미'는 미국 내에서 아이비리그 진학률이 가장 높은 사립 고등학교 가운데 하나로 해마다 졸업생의 70% 이상이 아이비리그로 진학한다.

학생들은 모두 기숙사 생활을 하면서 철저하고 엄격하게 교육 받는다. 물론 교육의 목표는 오로지 아이비리그 진학이다. 그것은 학교가 바라는 것이었고, 학부모들도 바라는 것이었다. 그리고 학생들 자신도 그렇게 되기를 원했다.

웰튼 아카데미에서는 오로지 공부와 성적, 아이비리그 진학이라는 일차원적인 선상에서 모든 것이 판단되고 결정될 뿐이었다. 학교는 그것을 오래된 전통으로 목숨처럼 지켰고, 학부모들은 그런 웰튼 아카데미를 믿고 자식들을 학교로 보냈다.

학생들은 학교와 학부모 사이에 맺어진 그러한 현실적인 관계를 극복하지 못한 채 꼭두각시처럼 오로지 아이비리그 진학만을 위해 공부했다. 그 결과 그들은 점점 기형적인 모습으로 변해 갔지만 그것을 이상하게 생각하는 학생들은 아무도 없었다.

이러한 웰튼 아카데미에 존 키팅이란 젊은 국어 선생이 오면서 학교는 잔잔한 변화를 일으키게 된다. 존 키팅 역시 웰튼 아카데미를 졸업한 사람이다. 더군다나 그는 옥스퍼드 대학을 졸업했고, 그곳에서도 가장 성적이 뛰어난 사람에게 주는 로즈 장학금을 받은 수재 중 수재였다.

그런데 국어 교사로 다시 웰튼 아카데미에 나타난 그는 다른 교사들과 달랐다. 첫 수업부터 학생들에게 명문대 합격을 위한 맹목적인 공부보다는 스스로 생각하고, 스스로 인생을 설계하는 창조적인 삶을 위한 공부를 하라고 요구했다. 학생들로 하여금 주체적인 판단을 가로막는 그 모든 억압과 그 모든 굴절된 삶의 방식에서 벗어나 거침없이 능동적으로 살아가는 독립적이고 개성이 강한 인간이 되라고 가르쳤다. 그런 그가 학생들에게 던진 한마디는 '카르페 디엠(Carpe Diem)', 즉 '오늘을 즐겨라'였다.

학생들은 당황하기 시작했다. 오로지 아이비리그에 진학해 부모님이 원하는 공부를 하고, 부모님이 원하는 직업을 갖는 것을 인생의 가장 중요한 목표라고 생각하던 그들에게는 너무나 충격적인 것이었다.

그렇지만 곧 학생들은 키팅 선생의 말을 이해할 수 있었고, 스스로 문제점들을 느껴 가면서 조금씩 변하기 시작했다.

키팅 선생의 가르침에 가장 먼저 변화를 보인 것은 닐과 그의 친구들이었다. 닐은 웰튼 아카데미 최고 모범생으로 학업 성적도 가장 뛰어났다. 닐의 친구들인 달튼, 낙스, 믹스, 캐머룬, 피츠 역시 공부도 잘하고 서클 활동에도 충실한 모범생이었다. 여기에 전학생 토드까지 합세해 키팅 선생이 웰튼 아카데미 학생일 때 결성했던 '죽은 시인의 사회'라는 비밀 조직을 다시 만든다. 그리고 '부모님이 원하는 것을 하던 삶'에서 '자기 자신이 원하는 것을 하는 삶'으로 자신들을 차츰 바꾸어 간다. 이 소설은 이러한 변화의 과정을 섬세하게 묘사하고 있다.

작가는 이러한 변화의 과정을 토드를 통해 자세히 보여주고 있다. 늘 자신 없고 무기력하기만 하던 토드 앤더슨은 키팅 선생을 만난 뒤부터 활기차고 자신감 넘치는 모습으로 변해 간다. 다른 사람 앞에서 큰 소리로 대답하는 것조차 어려워하던 토드는 자작시까지 짓고, 그 시를 친구들 앞에서 낭독하기에 이른다. 이러한 토드의 변화는 소설 결말에서 절정에 이르게 되는데, 키팅 선생을 징계하기 위한 거짓 서류에 그는 끝내 서명하지 않는다. 토드보다 더 적극적으로 '죽은 시인의 사회' 모임에 참여했던 낙스와 믹스가 학교 쪽의 강요를 못 이겨 끝내 서명한 것과 비교하면 토드가 얼마나 용감한 학생으로 바뀌었는지 잘 알 수 있다.

토드의 변화와 함께 닐이 새로운 자아를 찾아가는 모습 역시 감동적이다. 닐은 단 한 번도 아버지의 말을 거역한 적이 없는 학생이었다. 그런데 이 소설에서 닐은 처음이자 마지막으로 아버지의 명령을 거역한다. 그리고 자기가 하고 싶어 했던 연극을 열정적으로 마무리 짓고 스스로 목숨을 끊고 만다.

토드와 닐이 힘겹게 찾아가는 참된 자아의 모습, 여기에다 사랑하는 여자 친구 크리스를 위한 낙스의 엉뚱한 행동과 웰튼 아카데미를 상대로 일종의 공개적인 불만을 드러낸 달튼의 독특한 행동은 키팅 선생의 창조적이고 자율적인 가르침이 실천적으로 드러나는 좋은 예라고 할 수 있다.

닐의 자살과 존 키팅이 학교를 떠나는 것으로 이야기는 마무리되지만 그렇다고 비극적으로 끝나는 것은 아니다. 키팅 선생의 수업 방식에 불만을 품었던 라틴어 선생 캑카리스터가 자신도 모르는 사이 키팅 선생의 수업 방식을 흉내내는 것을 보여줌으로써 작가는 웰튼의 변화가 계속된다는 것을 암시한다. 그리고 수업 도중 학생들 모두가 책상 위로 올라가 키팅 선생에게 작별인사를 보내는 맨 마지막 장면을 통해 작가는 웰튼의 변화가 이제부터 시작이라는 것을 은연중에 말한다.

이 소설은 원래 웰튼 아카데미 출신 작가이자 영화 감독인 톰 슐만의 영화 〈Dead Poets Society〉를 소설가 낸시 클레인바움이 각색한 소설이다.

영화 〈죽은 시인의 사회〉는 톰 슐만의 체험을 바탕으로 웰튼 아카데미를 생생하게 묘사해 1990년 아카데미 최우수 각본상을 받은 작품이다. 이어 영국 아카데미 최우수 작품상과 음악상을 받으면서 세계적으로 유명해졌다.

이 책은 부모님들에게는 자녀 교육에 대한 올바른 지침서가 되고, 교사들에게는 진정 참된 가르침이 무엇인지 깨닫게 해주는 길잡이가 될 것이다. 아울러 왜, 무엇 때문에 공부하는지도 모른 채, 가정과 사회가 내리 누르는 숨 막히는 경쟁 속에서 헤매고 있는 중고등학생들에게는 삶의 확실한 나침반이 될 것을 믿어 의심하지 않는다.

- 2021년 10월 옮긴이

옮긴이 _ 한은주

숙명여자 대학교 영문과와 동대학원을 졸업하고(영문학 석사) 서강대학교 대학원 박사과정에 다니고 있다. 니키검블 목사의 알파 토크 시리즈물을 우리말로 옮겼고, 〈빨간 머리 앤〉 〈죽은 시인의 사회〉 외 많은 책을 번역했다. 지금은 번역 전문가로 활동하고 있다.

죽은 시인의 사회

초판 1쇄 인쇄일 | 2004년 3월 31일
초판 81 쇄 발행일 | 2024년 10월 14 일

지은이 | N.H. 클라인바움
옮긴이 | 한은주
펴낸이 | 김정동
펴낸곳 | 서교출판사

주소 | 서울시 마포구 합정동 371-4번지 덕준빌딩 2F
전화 | 3142-1471(대) 팩스 | 6499-1471
등록번호 | 제10-1534
이메일 | seokyodong1@naver.com
인스타그램 · 페이스북 | @seokyobooks

편집 | 김미영
교정 • 교열 | 김선동
디자인 | 최진영

ISBN 978-89-88027-40-0 03840

잘못된 책은 구입처에서 바꾸어 드립니다.
책값은 뒤표지에 적혀 있습니다.

읽으면 읽을수록 행복해지는
돈 까밀로 시리즈~~계속 출간됩니다 (전 10권)

소중한 사람에게 주는 최고의 선물

신부님 우리들의 신부님

조반니노 과레스키 연작소설 | 이승수 옮김

웃음 속에 진한 감동이 넘쳐 나는 돈 카밀로 신부와
패포네의 사람 사는 이야기!

100대 베스트 셀러

- 이탈리아 출판 사상 '최고 재미있는 책으로 선정'
- 초판 발행 이후 7천만부 이상 판매된 책!
- 연극, 영화, 비디오, TV드라마로까지 제작되어 전세계 독자를 울리고 웃긴 화제의 슈퍼 밀리언 셀러!
- 국내 최초, 〈돈 까밀로 시리즈〉 이탈리아어 첫 완역!

각권 12,900원 • 46판 • 320쪽 내외

값 12,700원

레미제라블(한 권으로 읽는)

빅토르 위고 장편소설 · 최은주 옮김

프랑스 문학의 최고봉 『레미제라블』에 대한 찬사

- 단테의 『신곡』, 밀턴의 『실낙원』과 견줄 만한 명저-**월터 페이터**(비평가)
- 인간의 영혼을 울리는 위대한 소설-**앙드레 지드**(작가)
- 웅대한 피와 흙과 눈물에 잠긴 대서사시-**안토니오 데샹**(시인)
- "나의 일생을 좌우한 소설"-**한인섭**(서울대 법대 교수)
- 검사들이 꼭 읽어야 할 도서-**대검찰청**(중앙일보)

서교출판사 T.3142-1471(대) www.skbook.net

현재를 즐겨라, 인생을 독특하게 살아라!

죽은 시인의 사회

N.H. 클라인 바움 | 한은주 옮김

값12,500원

• 전국 서점가 베스트 셀러

- ▶ 21세기 리더를 꿈꾸는 청소년들이 반드시 읽어야 할 책– 지미 카터 (전 미국 대통령)
- ▶ 20개국 이상의 언어로 출간, 2천만부 돌파 – 퍼블리셔 위클리
- ▶ 청소년이 꼭 읽어야 할 좋은 책 선정– 미국 YWCA

단 한번 밖에 없는 짧디 짧은 인생, 그 소중한 시간을 왜 내가 원치 않는 일에 허비하겠는가? – 루이스 브란데이즈 (영국의 교육 철학자)

헬렌 G. 브라운 지음
김현종 옮김
값 11,900원

세상은 나에게 모든걸 가지라 한다

뉴욕타임스 베스트셀러

일과 사랑에서 성공하는 노하우부터 부자가 되기 위한 재테크 기술까지

- ● 자기 일을 가진 여성, 자기 성취를 가진 여성, 멋진 인생을 디자인 하는 여성들에게 꼭 필요한 자기계발서다.–뉴욕 타임스
- ● 이 책을 조금만 더 일찍 알았더라면 하는 아쉬움이 크다. 책 한 페이지 한 페이지가 내게 하는 말처럼 느껴진다. 대단한 비법을 전수 받은 것처럼 흥분을 금할 수 없었다.–유나 게이츠(USA 뱅크 컨설턴트)
- ● 일과 사랑에서 성공한 커리어 우먼들의 치열한 경험과 실용적 지혜가 가득 담겨져 있다.–글로리아 존(우먼리브 CEO)

전 세계적으로 매월 1000만부, 미국에서만 200만부가 팔리는 세계 최고 여성지「코스모폴리탄」수석 편집장 출신 CEO의 밀리언셀러다. 이 책에는 우리 여성들이 특히 20 · 30 여성들이 현실에서 부닥치는 '일' '사랑' '돈' '성공' '섹스' '결혼' '자녀 양육' '다이어트' '외모' '패션 스타일' 등 사회생활 전반에서 마주치는 문제에 대한 솔직한 해법이 담겨있다.

DEAD POETS SOCIETY

BY

N.H. Kleinbaum